일곱 명의 여자

일곱 명의 여자

리디 살베르 | 백선희 옮김

Sept Femmes

에밀리 브론테
주나 반스
실비아 플라스
콜레트
마리나 츠베타예바
버지니아 울프
잉에보르크 바흐만

musintree
뮤진트리

차례

일곱 명의 미친 여자들.

사는 것만으로는 부족한 여자들. 그들은 생각한다. 먹고, 자고, 단추를 꿰매는 것이 인생의 전부란 말인가?

맹목적으로 어떤 부름에 따르는 여자들. 그런데 누구의 호출, 무엇의 호출인가, 울프는 자문한다.

글 쓰는 일이 삶의 전부인, 불붙은 일곱 명의 여자(그중 가장 극단적인 여자 츠베타예바는 단언한다. "글 쓰는 일을 뺀 모든 것은 아무것도 아니다"). 이런 저런 이유로 글쓰기에 전념할 수 없게 되자 그들은 삶의 지지대를 송두리째 잃는다.

통념을 뛰어넘은 이 일곱 여자들은 모든 절제와 모든 이성에 맞서고, 정치든 문학이든 아니면 그 둘 모두를 좌지우지하려는

"섭정 늑대" 무리에게 거부의 뜻을 밝히고, 자기만의 방식으로 글을 쓴다.

그러면서 몇몇은 절규하고 문을 쾅 닫아버리고 가면을 벗어던지는데, 딱하게도 살갗과 살점이 가면과 함께 떨어져나가기도 한다.

다른 몇몇은 기품 있게, 대단히 영국적인 방식으로 쓴다.

그러나 모두가 자신의 귀에 속삭이는 목소리를 듣는다. 조금 더 왼쪽으로, 조금 더 오른쪽으로, 더 높이, 더 빨리, 더 강하게, 스톱, 서두르고, 속도를 늦추고, 자르라는 소리. 리듬의 목소리. 이 목소리만 없다면 이 여자들은 단호하다. 글쓰기 없이는 작가도 없다. 이렇게 단순하고 또 준엄하다.

글쓰기를 문학 언저리를 기웃거리는 관광객의 가벼운 산책쯤으로 여기지 않고, 이른바 진짜 삶으로 돌아간 일곱 명의 무모한 여자들.

그들에게 작품은 실존의 부록이 아니다.

그들에게는 작품이 곧 실존이다. 더도 덜도 아니다. 그들은 자신이 처한 상황이 덜 적대적으로 변할 때까지 기다리지 않고 열정에 몸을 던진다.

그러므로 나는 말한다, 일곱 명의 미친 여자들이라고.

본질적으로 남성이 지배하는 문단에서 여성이 글을 쓰겠다는 건방진 의지를 표현하려면 미쳐야만 했다. 자기 소설이나 시를 통해 평범한 길에서 과감히 벗어나 위험한 낭떠러지 길을 헤쳐나아가려면, 때를 초조히 기다리거나 앞당기고 그 결과로 인한 비난과 지탄과 파문을 견디려면, 더 나쁘게는 의지와 무관하게 그들 때문에 혼란스러워진 사회의 무지를 견디려면, 미쳐야만 했다.

나는 일 년 전에 그들의 책을 몽땅 다시 읽었다.
힘든 시간을 헤쳐나가던 때였다. 글 쓰는 맛이 나를 떠난 뒤였다. 하지만 글을 읽는 맛만큼은 간직하고 있었다.
내겐 공기가, 생기가 필요했다. 그 독서가 내게 그걸 가져다주었다.
나는 그 여자들과 함께 살고 함께 잠을 잤다. 그들을 꿈꿨다.
어떤 날엔 플라스의 시 한 구절에 정신을 온통 빼앗겼다. 그 완벽함이 지독해서 후속을 낳을 수 없다고 나는 거듭 되뇌었다. 이튿날엔 울프의 317쪽짜리 소설 《올랜도》를 단숨에 집어삼켰다. 거의 완벽한 행복에 취한 채.

그 행복을 연장하기 위해 나는 그때껏 관심이 없었던, 그저 나의 무지를 보완해줄 뿐이라고 생각한 일을 했다. 일곱 여자들의 전기와 편지, 일기에 빠져든 것이다. 별다른 의도 없이 한 일이었다. 작품에 숨겨진 어떤 비밀을 밝히기 위해서도 아니고, 어떤 학자의 가설을 보강하기 위해서도 아니었다. 그런 일이 얼마나 어리석고 헛된 일인지 나는 알고 있었다. 그저 그들의 책을 읽으면서 느꼈던 감동을 조금 더 연장하고 싶었고, 말하자면 그들 곁에 다정하게 머물고 싶은 욕구에 사로잡혔던 것뿐이다(그럴 권리를 내 마음대로 누리기는 했다).

나는 그 여자들을 더 잘 드러내주고 더욱 매력적으로 보이게 해주는 세부 사실들을 여기저기서 끌어모았다. 잉에보르크 바흐만이 사람들 앞에서 처음 낭독을 하고 너무 긴장해서 실신했다는 사실, 타고난 연인인 츠베타예바가 스물여섯 번 사랑에 불이 붙었다가 스물다섯 번 미망에서 깨어났다는 사실, 그리고 젊은 에밀리 브론테가 시뻘겋게 달군 인두로 자신의 상처를 직접 지지면서 신음 소리 한 번 내지 않았다는 사실을 알고서 나는 가슴 깊이 뭉클했다.

나는 그들의 작품을 지어냈던 것처럼 그들의 삶도 지어내기 시작했다. 모든 독자가 그러리라. 그리고 상상 속에서 한 사람에게서 다른 사람으로 건너갔다.

어떤 내면의 지진이 시 한 구절의 떨림으로 축소되고 어떤 사소한 사건이 비극으로 증폭되는 걸 보고서, 요컨대 평상시에는 보지 못했던 이 모든 변모의 작업을 발견하고서 나는 황홀했다.

인과론적 설명에 빠지지 않으려 조심하긴 하지만, 내가 그들의 이야기 속에서 발견한 말과 움직임들을 가져와 이것은 이러저러한 의미라고 추론하는 것이 도를 넘는 일처럼 보이긴 하지만, 어쩔 수 없이 확인하게 되는 사실들이 있었다. 그들의 삶과 작품은 불가분하게, 복잡하게, 돌이킬 수 없을 정도로 이어져 있어 때로는 갈등을 일으키거나 종종 전쟁까지 벌였고, 그들은 자신의 삶과 작품이 모두 완벽하게 일치하기를 갈구하는, 집요하지만 불가능한 갈망에 사로잡혀 있었다.

지금까지 나는 한 작가의 삶에 관해 파헤치듯 낱낱이 알아내는 걸 누구보다 경멸했다. 수업을 제대로 받았던 것이다. 프루스트의 《생트 뵈브에 반대함Contre Sainte-Beuve》이 내게 경전 같은 참고문헌 역할을 해줬기 때문에, 나는 해석학자들이 작품에 덤벼들더라도 작가는 편안하게 익명을 지킬 수 있다는 생각을 믿었다. 작가의 자아는 지구와 달만큼이나 그 자신의 세속적 자아와 떨어져 있기 때문이다. 말하자면, 나는 작품의 제작과정을 보여주는 메이킹 필름은 우리에게 아무것도 알려주지 못한다고 믿었다.

이 여자들의 실존에 관심을 기울이면서 나는 프루스트의 가설에 어긋나는 다음의 사실을 확인하게 되었다. 글을 쓰는 것과 사는 것은 그들에게 단 하나의 일이자 같은 일이었다는 것(그래도 그들의 작품이 설명에 대한 모든 시도에 고분고분하지 않은 건 조금도 달라지지 않았다). 가장 급진적이었던 츠베타예바는 이렇게 표현했다. 문제는 살면서 글을 쓰는 것이 아니라, 글을 사는 것이다. 정말로 그녀 심장의 호흡은 그녀 문장의 호흡과 리듬이 맞았고, 그녀가 잠 못 이루며 쓴 시들에서는 낮 동안 말없이 내질렀던 비명이 공명했다.

그들의 글쓰기는 삶이라는 구속 이외의 구속은 알지 못했다.

그래서 글을 쓰지 않고 사는 건 죽음을 뜻했다.

플라스를 필두로 그들 대부분에게 자신이 쓴 글은 일종의 항의였다. 한쪽에 예술이 있고 다른 쪽에 신중하게 거리를 둔 일상의 삶이 있다고 여기는 생각—이것이 타협적인 생각이라는 걸 인정해야 한다—에 맞서는 항의. 플라스는 그중 하나를 다른 하나의 속으로 끌어들였다. 지저분한 냄비와 실내화를 서정시 속으로 끌어들인 것이다.

나는 또다른 사실을 확인했는데, 이번에는 조금 더 암울했다. 삶을 무한히 사랑하고 사랑을 무한히 사랑하고 하늘이 내린 온갖 재능을 갖춘 이 여자들, 고통의 온갖 협박을 혐오하고 거부하고, 열악한 운명에서 끌어낼 수 있었던 온갖 이점을 거부한 이 여자들, 고통스러운 것만큼이나 아픈 것을 몹시도 싫어하고 비열한 문학적 재활용을 조롱한 이 여자들이 거의 모두 불행한 운명을 살았다는 사실.

몇몇은 살지 말았어야 할 곳에서 사느라 어려움을 겪었고, 또 몇몇은 살지 말았어야 할 때에 사느라 어려움을 겪었고, 또 어떤 이들은 오직 죽음 속에서만 평정을 찾을 수 있을 정도로 끔찍한 고통을 겪었다.

그들의 적이 그들 내면에 있건 외부에 있건 실존은, 적어도 그

중 네 사람에게는 기나긴 고통이었다. 그러니 잿빛 삶 속에서 그들의 언어가 두드러지려면 그들의 삶이 불타버리거나 피를 흘려야 했던 걸까? 그들의 작품은 검디검은 고뇌의 밑바닥에서 만들어질 수밖에 없었던 걸까? 오직 지옥에서 벗어나기 위해 창작을 해야 했던 걸까?

내가 걸려 넘어진 무시무시한 질문은 고통과 창작의 관계를 묻는 물음이었다. 백 번 제기되고 백 번 피해간 그 물음은 어떤 이들에게는 누구나 아는 진부한 사실이고, 어떤 이들에게는 강요된 행복에 던지는 욕설이고, 드물게 몇몇의 눈에는 중요한 문제이거나 고통에 대한 오래된 낭만적 자족이다. 나는 물음에 대답하려고 애쓰지 않았다. 그 물음은 나를 번민에 빠뜨렸다. 나는 그걸 피해 달아났다. 그러나 자신의 안락을 정당화하려고 집요하게 애쓰는 이들이 저주받은 예술가들이라면 질색하며 드러내는 선천적 경계심과 불행의 맛에 대한 본능적 혐오 때문에 나는 이렇게 단언하게 되었다. 이 일곱 명의 여자들에게서 내가 무턱대고 좋아한 건(거침없이 사는 위험을 무릅쓴 그들은 그로 인해 고통을 겪을 위험을 피하지 못했다) 그들 시의 힘이었고, 그들 글에 깃든 재능이었고, 그들이 죽음의 힘에 끌어들인 반전이었고, 작품과 삶을 하나로 결합할 줄 아는 능력이었으며, 그들이 내 안에 추동한 전복이었고, 그들이 오래전부터 줄곧 내게 불어넣어준, 덤으로 얻은 생명이었다.

후대는 참여에 대한 그들의 열정에 정당성을 부여하고 그들의 재능을 찬양했으며, 그들의 작품에 영업 허가증을 내주었다. 이제 그들의 책은 보호받을 필요도, 옹호받을 필요도 없다. 인정받은 걸작들은 더이상 아무것도 요구하지 않는다. 작품 스스로가 말할 뿐. 이 작품들에 붙는 온갖 해설이 아무리 탁월하다 한들 작품의 아름다움에는 보탬이 되지 못한다. 거꾸로, 바로 그 아름다움이 말을 부추기고 정당화한다. 내겐 이 작품들의 아름다움이야말로 몇 번이고 되풀이해 얘기될 가치가 있어 보인다. 다른 무엇이 이 난장판 같은 세상에 전해질 가치가 있단 말인가? 다른 무엇이 호시탐탐 위협해오는 망각과 무관심에서 구해낼 가치가 있는가? 여러분에게 묻고 싶다.

그러니 여기, 내가 흠모하는 그들이 있다. 다른 세상에 속한, 골드먼 삭스 이전의, 스토리텔링 이전의 다른 시간에 속한 이들이지만, 그들의 언어는 지금까지도 우리 입에서 이야기되기에 우리는 그들이 살아 있다는 데 동의한다. 그들은 바로 에밀리 브론테, 주나 반스, 실비아 플라스, 콜레트, 마리나 츠베타예바, 버지니아 울프, 잉에보르크 바흐만이다.

그들을 소개할 순서를 찾아야 했다. 무지개의 일곱 색깔의 순서대로 적용해보면 어떨까 싶었다. 알파벳 순서나 연대순은 너무 작위적이었다. 나는 한순간도 망설이지 않고 이 책에 실린 순서를 제안했다. 설명할 어떤 진지한 근거도 내세우지 못하면서.

Emily Brontë

에밀리 브론테

에밀리 브론테Emily Jane Brontë(1818~1848)

1818년 영국 요크셔 주 손턴에서 영국국교회 목사의 1남 5녀 중 넷째 딸로 출생. 셋째 언니가 《제인 에어》를 쓴 샬럿 브론테, 동생이 《애그니스 그레이》를 쓴 앤 브론테. 1846년 샬럿 브론테가 자매들의 시를 모아 런던의 출판사에 보내 커러, 엘리스, 액턴 벨이라는 남자 가명으로 《시집》 출간. 이듬해 《폭풍의 언덕》이 엘리스 벨이라는 가명으로 250부 출간되었으나 혹독한 비난을 받음. 에밀리 브론테는 책의 성공을 보지 못한 채 서른 살의 나이로 사망. 이 작품은 훗날 비평가들에게 다시 발굴되고, 조르주 바타유에게서 "세기를 통틀어 가장 위대한 사랑 이야기"라는 격찬을 받음.

　나지막한 소리로 도덕적인 얘기만 나누는 런던의 밀폐된 살롱들에 갑자기 책 한 권이 끼어든다. 책의 주인공은 이루어질 수 없는 사랑이라는 이름으로 모든 관례와 단절하고, 사랑하는 마음보다는 양모 상인들을 위해 만들어진 것처럼 보이는 세상에 맞서 저항하고, 상상할 수 있는 최악의 악랄함 속에 절망적으로 끌려들어가는 인물이다.

　그 책은 공포를 불러일으킨다.

　그 돌연함이 공포를 불러일으킨다.

　그 돌연함이 이 우아한 세계 한가운데에 파문을 일으킬 견해를 던지기 때문이다. (프로이트 이후로는 진부해질) 그 견해에 따르면, 모두의 내면에는 근본적인 폭력성이, 파괴하고 파멸하려는 강렬한

에밀리 브론테

욕구가 존재하는데, 그것이 최악의 재앙을 불러일으킬 수도 있지만 오히려 사람들의 정신에 불을 붙여 좀더 생기 넘치고 치밀하게 세상을 살아가도록 이끌 수도 있다는 것이다.

게다가 남자 가명 뒤에 숨은 그 책의 저자는 여자다. 사람들이 한 여자에게서 기대하는 모든 것에 역행하는 여자, 악의 불가사의에 대담하게도 의문을 던진, 심지어 아주 젊은 여자다.

그녀의 이름은 에밀리 브론테. 그리고 그녀의 소설은 《폭풍의 언덕Wuthering Heights》, 내가 열다섯 살에 읽고 마음을 빼앗긴 작품이다.

나는 여자 고등학교의 기숙학생이었다. 나는, 그리고 우리 모두는 위대한 사랑을 꿈꿨다. 그 시절 우리 모두에겐 애인이라고 불렀던 존재가 있었다. 하지만 우리가 애인과 함께 하는 대담한 행동에는 한계가 있어서, 일요일에 만나 서툰 입맞춤과 은밀한 스킨십 몇 번을 나누는 정도였다(몰래 손을 잡는 것이 우리가 감행하는 가장 대담한 행동이었다).

《폭풍의 언덕》의 주인공 히스클리프가 사랑에 대한 우리의 요구 수준을 갑자기 올려놓았다. 히스클리프는 야성적이고, 거만하고, 형이상학적이고, 비사교적이고, 냉혹하게 완고했다. 그의 눈은 어두운 불 같았고, 얼굴엔 오만이 깃들어 있었다. 그의 검은 영혼은 우리를 겁에 질리게 하는 게 아니라 매료했다. 사랑하는 연인에게 품는 그의 열정은 절대적이었다.

우리는 똑같은 열정을 갈망했다.

그러나 일요일에 만나는 우리의 시시한 연인들은 도무지 비교 상대가 되지 못했다. 그들은 풋내기였다. 그들은 밋밋했고 서툴렀으며, 경오토바이를 타고 다녔다. 그들은 기껏 기업의 수습 사원이나 되길 갈망했다. 그리고 부모의 집에서 얌전하게 살고 있었다.

그래서 우리는 저녁 공부를 하면서 잘 쓰지 않는 수식어와 고상함을 잔뜩 실어 연인에게 결별 편지를 썼다. 내가 다른 친구들보다 이 미묘한 글쓰기 훈련에 더 끌렸다는 사실을 자랑스럽게 고백하련다. 나는 안달루시아 비극을, 사람을 쓰러뜨리는 열정을, 마음을 조각내는 결별을, 사랑을, 죽음을, 운명을, 거대한 비명을, 거창한 말을 좋아한다(이런 사랑이 이제 나를 완전히 버렸다고는 생각하지 않는다).

기숙사에서 《폭풍의 언덕》은 이 손 저 손으로 건네졌다. 그리고 가슴마다 불을 질렀다. 우리에겐 삐딱한 사춘기 감성이 있었고, 절대에 대한 갈망이, 살아서나 죽어서나 영원한 절대적 사랑에 대한 갈망이 있었다. 게다가 우리는 이 책의 저자 에밀리 브론테가 우리와 같은 운명을 공유하고 있었다는 사실까지 알게 되었다. 우리가 레몽 나브 고등학교에 일주일 내내 갇혀 지내다가 주말에만 밖으로 나갈 수 있었듯이, 그녀는 요크셔 지방의 외진 마을 하워스에

에밀리 브론테

평생 틀어박혀 살았다. 감금생활에 잘 적응하지 못하던 우리는 이제 그 생활에서 더없이 귀중한 이점을 발견하게 되었다.

주중에 우리는 꿈과 연애소설을, 온갖 종류의 연애소설을 목구멍까지 차도록 만끽했다. 대개 숭고한 감정들, 펑펑 쏟아지는 눈물, 절망에 찬 애가哀歌, '오!' '아!' 같은 감탄사가 그득하고, 부당한 결별과 피 흘리는 경쟁 관계나 외설적이고 방종한 내용 일색이라 우리는 그 소설들을 사물함에 숨겨두었다. 그 소설들은 우리에게 성의 신비와 그에 딸린 외설적인 것들을 가르쳐주었으며, 우리를 웃게 하고 은밀히 달뜨게 했다.

그러나 우리 눈엔 어떤 소설도 내가 태어나기 한 세기 전인 1846년에 하워스에 갇혀 산 여성이 쓴 《폭풍의 언덕》만큼 아름다워 보이지 않았다.

하워스는 땅끝에 있다.

그곳은 날씨가 화창할 때조차 엄숙하고 슬픈 마을이다.

그곳에 가려면 바람에 단련된 황야를 수 킬로미터나 가로지른 후, 워스 계곡을 굽어보는 언덕 꼭대기까지 자갈길을 힘겹게 올라가야 한다고들 말한다.

그곳에 이르면 자갈길이 가운데를 가르는 풀 우거진 언덕 풍광이 끝없이 펼쳐진다. 언덕 위에는 드문드문 초라한 농가 몇 채와 움직이는 양떼들이 매달리듯 서 있고, 계곡 깊이 자리한 세 개의 방적공장에서 나오는 연기가 우중충한 하늘을 한층 어둡게 만들고 있다.

가족이 하워스에 정착했을 때 에밀리 브론테는 두 살이었다.

그곳은 모든 것이 척박했다.

어떤 면에선 그곳의 모든 것이 폭력 그 자체였다.

나무 꼭대기들은 강한 서풍에 휘었다. 겨울엔 눈 때문에 바깥출입을 할 수 없어 삽으로 길을 터야 했다. 가을이면 짙은 안개로 그곳은 비현실적인 황야가 되었다. 고리타분한 신앙이 삶의 모든 순간에 배어 있고, 설교자들은 잘못의 대가로 최악의 지옥 불에 떨어질 거라며 무서운 목소리로 신자들을 협박해 엄숙을 조장했다.

거기에 방적공장의 고달픈 노동 조건까지 더해져, 소요가 일어나거나 떠들썩한 데모 행렬이 대로를 차지하는 일도 드물지 않았다. 행렬은 하늘 높이, 그리고 상점 주인들의 면전에 창과 검은 깃발을 휘둘렀고, 상점 주인들은 진열창 너머에서 떨며 성호를 그었다.

그곳에서 난폭성과 폭력성이 가장 잘 드러나는 건 명백히 인간관계에서였다. 지위나 소속을 망라한 인간관계만이 아니라 남녀관계, 어른과 아이의 관계, 인간과 짐승의 관계도 마찬가지였다. 에밀리 브론테는 훗날 이 사실을 깨닫고 견디기 힘들어한다.

에밀리가 사는 목사관은 묘지 근처에 자리한 큰 건물이었다. 저택의 한쪽 벽에는 노아의 방주 이야기를 그린 존 마틴의 그림 〈대홍수〉가 걸려 있었다. 집어삼킬 듯한 파도가 위협하는 종말론적 풍경을 배경으로 가련한 사람들을 그린 암울한 그림이었다. 에밀리는 이 죽음의 초상 앞에 자주 멈춰 서곤 했다. 그러나 거기서 두려움을 느끼지는 않았다.

브론테 집안에서 죽음은 가족의 일부였다.

죽는 건 사는 것만큼이나 당연한 일이었다.

그 시절엔 결핵을 쇠약증이라 불렀고, 유럽에서는 네 명 중 한 명이 결핵으로 죽었다. 사혈, 금식, 하제, 발포제도 결핵에는 완전히 무용한 것으로 드러났다. 아직까지는 하층민을 강타하지 않아 결핵이 절대적으로 물리쳐야 할 전염병으로 간주되지도 않았다. 오히려 이 병은 온갖 명성을 누렸다. 오래된 낭만적인 질병, 존 키츠를 덮친 영혼의 질병이며, 열정에 불타는 예민한 존재들을 건드리는 질병이요, 얼굴빛을 창백하게 만들고 눈길에 특유의 그늘을 드리우는 질병이었다. 그리고 브론테 집안의 여섯 아이들을 차례로 죽게 만들 질병이었다.

브론테 집안에는 존 마틴의 다른 그림도 두 점 있었다. 마을의 목사였던 아버지가 벽에 걸어둔 것으로, 성경 내용을 묘사한 그림이었다. 둘 중 하나의 제목은 〈태양을 향해 멈추라고 명령하는 여호수아〉였다. 에밀리는 사람이 태양에게 명령할 수 있다는 생각에 감탄했다. 그녀는 이따금 개들에게 명령을 내리는 것에 만족했다. 개들은 그녀 목소리만 듣고도 복종의 뜻으로 고개를 조아렸고, 그녀는 그걸 즐겼다. 지배하기를 좋아한다는 게 그녀의 약점이었다. 그런 그녀를 놀리려고 오빠와 언니들은 '소령'이라는 별명으로 부르기도 했다. 그러면 그녀는 불같이 화를 냈다.

어머니는 에밀리가 세 살 때 세상을 떠났다.

에밀리는 아주 부드러운 미소를 띤 어머니에 대한 기억을 평생 간직했다. 어머니 앞에서는 낮은 소리로 말해야 했고, 소리 죽여 걸어야 했고, 기쁨에 고삐를 죄어야 했으며, 죽어가는 사람 앞에서 하듯이 나긋해지고 자신을 낮춰야 했다. 에밀리가 파리한 얼굴, 타는 듯한 눈, 가녀린 팔다리로 누워 있던 모습밖에 알지 못한 여인, 그녀에 대한 기억만큼이나 아득히 먼 이 여인은 좀처럼 죽음을 끝내지 않았다. 어머니가 될 시간이 모자랐던 어머니였지만 내가 보기에 그녀의 죽음은 에밀리 안에서 은밀한 상처가 되었고, 버림받는 것에 대한 두려움으로 자리잡았다. 가까운 이들의 떠남과 이별과 상실이 매번 일깨우게 될 두려움이었다.

그러나 의연한 에밀리는 고아가 된 자기 운명 때문에 울거나 한탄하는 걸 스스로 금했다.

울지 않겠다. 울고 싶지 않다.

어머니는 우리가 우는 걸 바라지 않는다.

눈물을 닦아라, 그렇게 오랜 세월

무익한 고통을 연장한들 소용없는 일일 테니.

에밀리 브론테

가까운 지인 모두가 증언했듯이, 어린 에밀리는 아이에게서 보기 드문 자제력과 의지와 결단력이 있었다.

그녀에겐 새끼 여우를 훔쳤다고 털어놓느니 가슴에 숨긴 여우에게 가슴이 뜯어 먹히도록 비명 한 번 지르지 않았다는 스파르타 청년 같은 구석이 있었다.

그녀는 아파도 이를 악물고 참았고, 아주 성숙하면서도 아주 어린아이 같았으며(스물여덟 살이 되도록 유년기 때 하던 놀이를 계속했다), 언니 오빠들이 무시하면 격렬하게 화를 냈고, 부당한 말을 하는 사람에게는 아무 설명 없이 등을 돌렸다. 언니 샬럿은 동생에 대해 훗날 이렇게 쓴다. 남자보다 강하고 어린아이보다 단순한 에밀리의 천성은 유일무이했다.

사내아이 같은 행동으로 여자 형제들을 놀라게 하길 즐겼던 에밀리는 그들에게 무한히 다정하고 짓궂었지만 스스로 옳다고 판단할 때는 불손했는데, 입을 다물어버리는 건 비겁한 사람의 속성이라 생각했기 때문이다. 짧은 생애 동안 단 한 번도 이런 도덕적 강직함과 까다로운 엄격함을 꺾지 않은 그녀는 무한히 너그러운 눈에 잘 웃는 기질, 뜻을 굽히지 않는 사람 특유의 고집 센 턱을 가진 여자였다.

어머니가 죽자 어린 에밀리는 두 하녀 낸시와 새라 가스의 유쾌한 손길에 맡겨졌다가, 다시 이모 엘리자베스 브랜웰의 엄격한 손길에 맡겨졌다. 이 이모는 네 아이의 교육을 맡기 위해 고향인 콘월 주를 일부러 떠나온 경건한 여성이었다.

육체적으로도 신학적으로도 **뻣뻣한** 엘리자베스 브랜웰은 체면의 화신이었다. 엄격한 칼뱅주의자의 검은 옷, 편치 않은 나막신, 순결한 백색의 레이스 모자, 뜨개질한 두 겹의 속바지, 그리고 중요한 순서에 따라 열거되는 교육 원칙들. 감리교회가 공표한 **규율**의 엄격한 준수, 온갖 덕목의 고수, 우리의 세속적 삶인 이 **눈물의 골짜기**에 존재하는 유쾌한 모든 것들에 대한 혐오, 구원의 길 위에서 하늘나라까지 나아가기 위한 몸과 영혼의 완전무결한 정돈, 그리고 전능한 주에게 복종하는 어른에 대한 아이의 완전한 복종 등이 그녀를 말해주는 것들이었다.

마음만큼이나 입도(처녀성을 너무 오래 지켜온 사람들에게서 보이는 콧수염의 흔적처럼 거뭇하게 그늘진 입) 엄격한 엘리자베스 브랜웰은 쾌락을, 나태함을, 놀이를, 유년기를 알지 못했다. 새라와 낸시 가스의 유쾌한 기분 앞에서 그녀의 얼굴은 찌푸려졌다. 그들이 목사 집안에 다소 기독교적이지 못한 기쁨을 퍼뜨린다고 여겨서였다.

그녀는 곧 경솔한 두 여자를 내보내 에밀리를 큰 슬픔에 **빠뜨렸**다. 두 여자의 유쾌함이 그녀의 경건한 신앙심에 거슬렸고, 그녀의 얼굴 표정을 엄격하고 굳게 만들었던 것이다.

두 사람의 뒤를 이은 건 태비라고 불린, 태비서 애크로이드였다.

태비는 바위처럼 튼튼한 여자였다. 푸주한 같은 팔뚝, 넓은 가슴팍, 거친 태도, 어린아이들이 좋아하는 투박한 말투를 지닌 여

에밀리 브론테

자였다.

에밀리는 태비의 무릎 위에 기어오르거나 커다란 부엌 식탁에서 옆자리에 앉아 그녀가 들려주는 그 지역의 돌고도는 이야기와 순박한 이들의 삶에 관한 이야기들을 싫증 내지 않고 들었고, 그런 사람들을 아주 가깝게 느꼈다.

나는 소박한 사람들과 함께하고 싶다.

거만한 사람들은 내게 아무것도 아니다.

이모와의 관계는 정중하고 예의 발라서 겉보기에는 평범했지만, 속을 들여다보면 격렬했다.

어머니의 자리를 찬탈한 이 여성의 엄격주의 앞에서 에밀리의 기질은 철저히 저항했다. 그녀는 꼼짝없이 이모에게 순종해야 했다. 네, 브랜웰 이모, 좋아요, 브랜웰 이모, 좋으실 대로 하세요, 브랜웰 이모. 하지만 혈관 속에서는 피가 들끓었고 동의하지 않는다고 소리치고 싶었다.

그래서 그녀는 대응책을 찾아냈다. 이모의 생각대로라면 세상은 온통 금기로 가로막혀 있었으니, 어떤 핑계를 대서라도 거기서 빠져나가야만 했다. 그렇게 그녀는 산책 취미를 갖게 되었다. 엘리자베스 브랜웰이 보기에도 산책엔 부인할 수 없는 두 가지 장점이 있었다. 첫째는 건강에 좋다는 것, 둘째는 교육에 좋다는 것이었다.

날씨가 화창하건 춥건 아니면 랭커셔에서 바람이 불어오건, 에밀리는 몇 시간이고 거친 황야를 가로지르는 오솔길을 쏘다녔다.

그녀는 그곳에서 앵초며 사프란을 꺾고 뇌조가 세심하게 수놓은 새집을 발견하고 금작화 덤불 아래 감춰진 족제비 굴 입구를 찾아내는 걸 좋아했으며, 가시덤불 울타리를 따라가며 월귤나무 열매를 따고, 노랑 파랑 나비를 잡았다가 다시 날려주고, 검은 돌담에 기어올라가 초록 뱀을 부리에 문 채 날개를 퍼덕이는 왜가리를 관찰하고, 맨발로 얼음장 같은 시냇물을 건너고, 흥분한 올챙이들을 맨손으로 잡으려 따라가고, 인간의 운명에 대해 사색하는 걸 좋아했다. 이런 사색은 그날 저녁 〈곤달 이야기Gondal Chronicle〉의 자양분이 되었다(이에 관해서는 뒤에 가서 얘기하겠다).

이따금 개 한 마리가 따라오면 그녀는 놀이 삼아 죽은 나무 조각을 개에게 던지곤 했다. ·에밀리는 짐승들과 함께하지 않는 삶을 생각해본 적이 없었다. 브론테 집안에는 반짝이는 눈망울의 아일랜드 테리어 그래스퍼, 자다가 소스라치게 놀라곤 하는 스패니얼 암캐 플로시, 묘지의 소나무 꼭대기까지 단숨에 오를 줄 아는 두 고양이 다이아몬드와 레인보, 바위틈에서 다친 채 발견된 꿩 스노플레이크 재스퍼, 그리고 두 마리 거위 빅토리아와 애들레이드가 있었다. 새침하고 까다로운 거위 녀석들은 이따금 뽐내며 적어도 4미터는 날아올랐다가 무사히 착륙하기도 했다. 대단한 위업이었다.

그녀는 이 모든 동물들 위에 군림했다.

그들에게 말을 하고, 그들을 애지중지했다. 다정한 말도 속삭였

에밀리 브론테

다. 때론 혹독하게 나무랐다. 그러곤 용서를 빌었다. 미안해, 미안해, 미안해, 천번 만번 미안해, 내가 심했어. 그리고 곧 다급히 마냥 쓰다듬었다.

그녀는 날개가 부러진 작은 새를 위해 바구니로 새집을 만들 줄 알았다. 그리고 다정스러운 공모자 태비와 함께 덫에 걸린 어린 여우의 다리에 붕대를 감아주기도 했다.

어느 날 그녀는 길 잃은 개 한 마리가 깡마른 모습으로 혀를 늘어뜨린 채 목사관 풀밭으로 들어서는 걸 창가에서 보고, 개에게 마실 물을 주려고 서둘러 달려갔다고 한다. 개는 이빨까지 드러내며 으르렁거렸다. 개를 달래려고 그녀가 무심코 목덜미 쪽으로 손을 가져간 순간 녀석이 거칠게 그녀를 물었다. 그녀는 물린 데를 살펴보았다. 상처가 깊어서 만약 개가 광견병이라도 걸렸다면 치명적일 수 있었다. 그녀는 목사관에 들어서자마자 부지깽이를 집어 불속에 넣었다가 이를 악물고 환부에 댔다. 그녀 입에서는 신음소리 한 번 새어나오지 않았다.

에밀리 브론테의 모든 것이, 그녀 소설의 모든 것이 이 행동 안에 있다.

상처에 입맞춤도 애정 어린 치료도 받지 못하고 다정한 말도 들어보지 못한 에밀리, 누구도 품에 안아주지 않은 에밀리는 다른 아이들이 사랑에 집착하듯 앎에 집착했고, 일찍부터 만물의 이름과 이유를 알고자 하는 채워지지 않는 욕망을 드러냈다. 자매들에 둘러싸인 채 그녀는 이모의 지휘 아래 몇 주 동안 읽는 법을 배웠다. 반면에 오빠 브랜웰은 일찍이 천재로 간주되어 아버지에게서 교육을 받는 특혜를 누렸다.

네 아이는 잔혹한 범죄 소식이 실린 신문을 탐욕스레 읽었고(모든 아이들은 범죄행위에 무서워하면서도 끌린다. 범죄행위의 극적인 특성과 지독한 두려움이 살인에서 현실감을 박탈해 놀이처럼 만들기 때문이다), 아버지가 〈블랙우즈 매거진Blackwood's Magazine〉을 읽어주면 푹 빠져 귀를 기울였으며(그 시절 여자들이 신문을 읽는 건 용서받을 수 없는 잘못처럼 간주되었다는 사실을 기억해야 한다. 이 사실을 목사가 몰랐던 것처럼 보이니 기이한 일이다), 그 시절 대단히 유행했던 범죄소설들(오늘날의 외설적인 SF나 판타지공포 소설 같은)에 열광했다. 망나니 같은 남편, 음탕한 사제, 사기꾼 같은 신사들의 끔찍이도 흉악한 본심을 드러내고 성스러운 결혼, 성스러운 종교, 성스러운 소유권 뒤에 감춰진 위선을 백일하에 폭로하는 소설들이었다. 아멘.

1824년 11월 25일, 여섯 살밖에 되지 않은 어린 에밀리는 목을 죄어오는 울음의 파도를 억눌렀다. 샬럿, 마리아, 엘리자베스 언니들을 따라, 순수한 자비심에서 성직자의 아이들을 받아주는 코원브리지의 기숙학교에 들어가야 했던 것이다.

그녀는 학교에 도착하자마자 바로 불행해졌다. 동정심 때문에

에밀리 브론테

학교에 받아들여졌다는 것에 그녀는 수치심을 느꼈다. 그리고 혹독한 규율에, 얼음장 같은 추위에, 난폭한 징계에, 설교를 통해 일상적으로 권고하는 육체에 대한 경멸에, 자기 운명의 비참함에서 비롯된 증오를 아이들에게 옮기는 사람들의 상스러운 태도에 말없는 분노로 저항했다. 살려는 욕구가 희박해지고 결핵이 멋지게 피어나기에 이상적인 조건이었다.

두 언니 마리아와 엘리자베스는 곧바로 병에 걸렸고, 1825년 봄에 나란히 그 병으로 사망했다. 부당한 일이지만 이 불행 탓에 좋은 일이 생겼다. 브론테 목사가 자신이 속한 수직적 체계를 거스를 각오로, 좋게 말해 불친절하고 솔직히 말해 비인간적인 학교에서 에밀리와 샬럿을 바로 빼내 온 것이다. 이후 아이들의 교육은 전적으로 브랜웰 이모가 맡았다. 어쨌든 불행 중 다행이었다.

1824년 크리스마스 축제 때 브론테 목사는 아들 브랜웰에게 열두 개의 나무 병정을 선물로 주었다.

마음 넓은 브랜웰은 그것을 여자 형제들에게 하나씩 나눠주었다. 그들은 저마다 병정에 이름을 붙였고, 성격과 거동과 역할과 운명을 부여했다. 에밀리는 자기 병정을 그레이비라 불렀고, 샬럿은 웰링턴 공작, 브랜웰은 보나파르트, 그리고 앤은 시종이라 불렀다.

네 아이는 지어내기 놀이에 열중했고, 오직 그 생각뿐이었다. 모이기만 하면 들떠서 웃고 열을 올렸다. 상상력이 달아오른 것만큼이나 그들의 **뺨**도 발갛게 달아올랐다. 그들은 누가 더 놀랍고 더 광적이고 더 비극적인 이야기를 만들어낼지 서로 경쟁했다. 이모가 와서 어서 다 내려놓고 당장 방으로 가 자라고 명령하지 않으면 잘 시간마저 잊었다.

그렇게 그들은 하나의 세계가 생겨나는 걸 보았고, 그 세계는 그들이 만들어내는 대로 주인공, 질투하는 인물, 반역자, 부패한 이, 예술가(이 중 가장 유명한 예술가는 존 마틴에게서 강하게 영감을 얻은 에드워드 드 라일 경이었다), 이 땅의 소금인 작가, 답답한 행정기관, 강력한 정부, 당파 싸움, 민법, 법률, 축제, 경찰, 수도, 언론, 그리고 심지어 전문 잡지까지 갖추며 점차 복잡해지고 교활해졌다.

그 세계의 이름은 '글래스 타운 연방국'이었다.

그들이 서로에게 이야기하던 환상적이고도 곡절 많은 이야기는 점차 책 속에 써넣는 글이 되었다. 진짜처럼 보이려고 인쇄체로 쓰고, 진짜 제목을 달고, 장을 나누고 개요와 지도까지 실은, 진짜처럼 샬럿이 실로 꿰맨 작은 책들이었다.

전설이 만들어지고 있었다.

요크셔 깊은 골짜기의 외딴 목사관에서 세상과 단절된 채 학교 교육을 면제받은(그리고 끔찍한 체조 수업을 면제받았을) 네 아이는 의식하지 못한 채 경이로운 공모 속에서 소설 세계의 첫 토대를 구축하고 있었다. 그것은 훗날 영국문학의 한 기념비가 될 소설 세계였다.

에밀리 브론테

아홉 살에, 자립심 강하고 의지가 굳건한 에밀리는 떼어놓을 수 없는 자매이자 거의 쌍둥이 같은 동생 앤의 도움을 받아 자신만의 콩트를 쓰기로 결심한다. 이것이 〈곤달 이야기〉다. 이야기는 강력한 힘을 가진 여자 오거스타 제럴딘 알메다가 지배하는 태평양 어느 섬에서 전개된다. 그 문체며 깊이며 풍요로움은, 샬럿과 브랜웰이 같은 시기에 지어내며 최고라 자부했던 〈앵그리아Angria〉와 어깨를 견줄 만했다.

그런데 저주받은 해인 1835년 아이들은 헤어져야 했고, 그들의 경이로운 놀이도 중단되었다.

신동 아들이자 존경받는 오빠이자 장차 화가가 될 브랜웰은 왕실 아카데미 수업을 받기 위해 런던으로 떠났고(알려지지 않은 이유로 그의 계획은 이뤄지지 못한다), 샬럿은 그보다 더 몇 년 전에 기숙학생으로 머물렀던 로 해드 학교에 교사로 갔다.

브론테 목사와 엘리자베스 이모는 이제 열다섯 살이 된 에밀리를 샬럿이 있는 학교에 보내기로 결정한다. 그녀의 성마른 성격과 지배하려는 성향이 도를 넘어서기 시작한데다, 브랜웰 이모가 보기엔 여전히 어린아이처럼 노는 염려스러운 기벽이 모든 것을 악화시키는 것 같아서였다.

유치한 짓거리는 끝났다! (유치한 짓거리만이 유일하게 진지한 것이다, 조르주 바타유는 말했다.)

이젠 어른이 되어야 한다!

그리고 좋을 것 하나 없는 자존심 따위는 접어! 숨을 씩씩대며 브랜웰 이모가 내뱉은 선고였다.

1824년의 몇 달 말고는 하워스를 떠나본 적이 없었던 에밀리는 눈물을 삼키고 손수건에 작은 코를 세차게 풀며 태비와 앤에게 작별 인사를 했다.

기숙사에 들어서자마자 모든 희망이 그녀가 떠나온 곳을 향해 날아갔다. 숨이 막혔다. 모든 것이 그리웠다. 그리고 모든 것이 추해 보였다. 그녀는 사라지고 싶었고, 슬픈 잿빛 담장에 갇힌 기숙사에서 달아나고 싶었고, 담장에 부딪치지 않고는 달릴 수 없는 운동장에서 도망치고 싶었다.

그녀는 그토록 떠돌기 좋아했던 히스 들판을 떠나, 빵처럼 부드러운 태비와 그녀만큼이나 노는 걸 좋아하는 동생 앤과 헤어져, 학교의 냉혹한 규율과 엄격한 리듬에 적응하지 못하고 숲을 빼앗긴 짐승들이 괴로워하듯 음산한 담장에 갇혀 괴로워했다. 그녀가 먹는 걸 거부하고 우수에 잠긴 시를 짓고 점점 쇠약해지자 아버지는 다시 딸을 고향으로 데려오지 않을 수 없었다.

그녀가 기숙학교에 머문 건 겨우 석 달 남짓이었다.

고집 센 에밀리는 언제나 제 뜻을 이루었다.

목사관으로 돌아온 에밀리는 오빠 브랜웰과 재회했다. 런던의 실패에서 회복한 그는 이제 자신이 글쓰기에 적성이 있으니 그 일

에밀리 브론테

에 전념해야 한다고 믿었다.

오누이는 두 마리 고양이처럼 냄새로 서로를 탐색하며 조심스레 다가갔고, 몇 년이 흐른 뒤였는데도 어린 시절의 즐거움을 고스란히 되찾아 남몰래 이어갔다. 둘은 살인으로 온통 핏빛인데다 악당들이 비싼 대가를 치르는 제임스 호그의 소설에 함께 열광했고, 지역을 뒤흔든 끔찍한 사회면 기사들에 대해 열정적으로 논평했으며, 신문 일면에 악질적 범행이 낱낱이 실린 범죄자와 생김새가 비슷한 주인공들을 만들어내며 경쟁하듯 이야기를 지었다.

그들이 사로잡힌 지역 인물들 가운데는 그림쇼 목사라는 이가 있었다. 그는 하느님을 위해 봉사하는 슈퍼 경찰 같은 인물이었다. 그는 세상의 모든 죄인들을 맹렬히 배척하며 격분했고, 세상에 우글거리는 죄인들에게 뿔 달린 짐승이 그득하고 음산하기 그지 없고 악취 창궐하는 지옥을 확실히 장담했다.

부자 기업가의 누이 엘리자베스 히튼이라는 인물도 있었다. 수치스러운 존재요 아무 짝에도 쓸모없는 사람인데다 알코올중독자에 난폭하기까지 한 식료품 가게 아들과 서둘러 결혼해야 했던 그녀는 남편 때문에 큰 고난을 겪고서 오빠의 집으로 피신했다가 얼마 지나지 않아 거기서 죽었다. 이것이 사회적 경계를 지키지 않으면 겪는 일이었다!

그리고 무엇보다 어린 고아가 있었다. 마구간지기보다 더 가혹하게 학대당하는 이 아이에게 에밀리는 저항할 수 없는 호감을

일곱 명의 여자

느꼈다.

이 온갖 인물들, 온갖 상황들의 흔적을 우리는 《폭풍의 언덕》에서 발견하게 된다.

아직 에밀리는 소설에 뛰어들 생각을 하기 전이었다. 때는 1838년으로, 에밀리는 스무 살이었다. 집을 떠날 나이였고, 관계를 끊을 나이였고, 자유로워질 나이였고, 다른 풍경을 향해 나아갈 나이였다. 성년이었다.

그녀가 유년기를 부당하게 연장하는 걸 지켜보며 걱정하던 가족들에 등 떠밀려, 결국 에밀리는 싫든 좋든 핼리팩스 근처에 있는 로힐 학교의 교사 자리를 받아들이게 되었다. 그곳의 사람들은 사내 같은 그녀의 태도며 명민한 지성, 환상적인 상상력과 음악적 재능(그녀는 피아노를 쳤다)에 매료됐다. 그러나 교장 미스 패쳇의 각별한 애정과 로힐의 근사한 주거에도 불구하고 하워스에서 멀리 떠나온 에밀리는 활기를 잃고 시들어갔다. 그녀에겐 오직 한 가지 욕망밖에 없었다. 그녀가 그토록 사랑하는 황야로 하루 빨리 돌아가는 것. 서풍이, 건강한 바람이, 울부짖는 바람이, 곧 그녀가 《폭풍의 언덕》의 뜨거운 산문 위로 불게 할 서정적인 바람이 부는 곳으로 돌아가는 것이었다.

하워스를 떠나서는 어떤 삶도 견디기 힘들다는 사실을 확인할

에밀리 브론테

수밖에 없었던 그녀는 태비와 보조 하녀인 마서가 하는 온갖 집안
일을 거들겠다고 나섰다.

아버지도 딸의 뜻을 받아들이고 양보했지만 탐탁해하지는 않
았다.

그래서 그녀는 낮 동안에는 솔질로 양탄자를 청소하고 계단을
쓸고 채소 껍질을 벗기는 등 손을 망가뜨리고 마음에 비애의 감정
을 남기는 일에 몰두했다.

그러나 밤이 내리고 만물이 고요해지면, 태비가 잠자리에 들고
아버지가 기도를 할 때면, 에밀리는 벽시계가 슬픔을 시간으로 째
깍째깍 쪼개는 자기 방으로 돌아갔고 그때부터 다른 삶이 시작되
었다.

나는 촛불 아래 《리차드 3세Richard Ⅲ》를 읽는 데 푹 빠져, 책 읽
는 사람들이 짓는 참으로 현명하고 평온한 표정을 한 그녀를 상상
한다. 그 표정 아래 마음은 아마 흙먼지 속으로 내달리고 있었을
것이다.

혹은 바이런의 《돈 후안Don Juan》에 빠진 그녀를 상상한다. 그녀
가 감탄하는 반골 시인, 위선을 단칼에 베어버리는 작가, 지상에서
가장 멋진 동행, 어느 잡지에서 그녀가 오려낸 초상화 속 오스만의
왕처럼 애가풍의 터번을 쓴—얼마나 멋진지!—그녀가 사랑하는
바이런, 그녀의 위험 인물, 그녀의 기인, 그녀의 방탕한 자유인, 바
람둥이로서 오직 한 가지 지옥, 결혼이라는 지옥밖에 생각하지 못

일곱 명의 여자

하는 그녀의 파렴치한 시인(그녀와는 정반대인), 그걸로 그녀를 웃게 만드는 그 시인 말이다.

혹은 존 그린우드 서점에서 찾아낸 시인들의 전기 중 하나에 몰두해 있는 그녀를 상상한다. 특히, 한곳에 붙박인 채 어떤 방법으로도 벗어나지 못하는 그녀의 가련한 삶보다 훨씬 소설 같고 훨씬 모험으로 가득한 삶을 살았던 메리 셸리의 전기에 빠진 모습을 상상한다.

이따금 그녀는 세상의 모든 독자들이 그러듯이 가슴 위에 책을 펼쳐둔 채 독서를 중단하고, 케베도*가 말했을 법한 '내면 세계el Mundo por de dentro'를 편력한다. 하나의 꿈을 혹은 하나의 이미지를 좇아, 혹은 아무것도 좇지 않거나 〈곤달 이야기〉를 살찌우게 될 온갖 소문과 뜻밖의 전개로 가득한 이야기를 좇아서.

바깥 세계엔 희망이 텅 비었으니
내게는 내면 세계가 두 배로 소중하다.

그러면 에밀리의 정신은 우리에게 결여된 것만 상상하게 만드는 이 불가사의한 법칙에 따라 그녀를 멀리, 그녀를 둘러싼 네 벽에서 아주 먼 곳, 요크셔의 언덕 너머로, 비현실적인 이탈리아로, 황당

---

*Francisco de Quevedo(1580~1645), 피카레스크 소설의 걸작으로 꼽히는 《방랑아의 표본, 대악당의 거울, 돈 파블로스라는 협잡꾼의 생애Historia de la vida del Buscón, llamado Don Pablos, ejemplo de Vagamundos y espejo de tacaños》를 쓴 에스파냐의 작가.

에밀리 브론테

무계한 에스파냐로, 아니면 다른 곳으로, 아드리아 해의 셸리 곁으로 실어 날랐다. 이 격정은 곧 그녀에게 소설 한 편을, 《폭풍의 언덕》을 쓰게 할 것이고, 그 소설은 리얼리즘에 따귀를 날려 비참한 구석으로 돌려보내게 될 것이다. 다시 말해 리얼리즘을 실용에 대한 순종으로, 단단히 고정된 그 의미로, 무한이라는 개념에 대한 완벽한 닫힘으로 돌려보내게 된다는 것이다.

1839년, 소녀처럼 부드러운 젊은 목사 윌리엄 웨이트먼이 에밀리의 아버지를 돕기 위해 하워스에 온다. 그의 섬세한 매력은 에밀리를 매혹해 그녀의 얼굴을 붉히거나 창백하게 만들었으며(어린아이와 처녀들이 보이는 피부 반응으로 다양하게 해석될 수도 있다), 그녀의 맑은 눈빛을 살짝 흔들어놓았고, 그녀의 마음을 무겁게 짓누르던 괴로움을 덜어주었다.

에밀리는 괴로워하고 있었다.

그녀는 상상할 수 있는 온갖 영광이 약속되었다고 믿었던 오빠 브랜웰이 수치심과 무력감, 앙심 어린 적개심으로 병적인 절망에 빠져드는 걸 보았다. 그녀는 서랍 속에서 곰팡이가 슬어가는 그의 원고를 보았고, 이젤 위에서 말라가는 그의 그림들을, 그가 쓰다 만 채 중단한 이합체離合體 시를 보았다.

다양한 재능(그는 온갖 재능을 가지지 않았던가)으로 숱한 기대와 몽상을 낳았던 브랜웰은 이제 〈블랙우즈 매거진〉에 보낸 글에 답변을 받지 못했다는 이유로 원한을 곱씹었고, 문학 서클들의 문을 열지 못하는(거기에 받아들여지지 못하면 아무것도 아니기 때문이다) 무능력을 자책하면서 불운을 한탄했고, 대부분의 시간을 하워스의 선술집 '블랙 불'에 앉아 보냈다. 그곳에서 당나귀 울음소리보다 조화로운 말은 한 마디도 듣지 못한 채 그는 새벽이 다 되어서야 술에 취해 험한 소리를 쏟아내며 비틀비틀 집으로 돌아왔다.

따라서 그가 포슬드웨이어 집안의 가정교사 자리를 받아들이자 에밀리는 무거운 짐을 던 것만 같은 느낌이었다. 그러나 그건 일시적인 안도감일 뿐이었다. 브랜웰은 곧 거기서 쫓겨났다. 마찬가지로 얼마 후에는 러덴든 풋 역의 창구 자리에서도 쫓겨나는데, 더 호의적인 제안이 들어오지 않아 그 자리에 앉아 술에 취해 졸기나 했기 때문이었다.

1842년 샬럿은 책임을 맡은 맏딸로서 에밀리를 집의 속박에서 마지막으로 끌어내어 에제 부인이 운영하는 브뤼셀의 호사스러운 기숙학교로 데려가기로 결심했다. 그곳에서 에제 부인의 남편이 하는 문학 강의는 탁월하다는 소문이 자자했다.

이것이 에밀리가 하워스를 떠나는 마지막 외도였다.

그리고 또다시 실패였다.

에밀리는 무슨 수를 써서라도 학생들에게 어른의 완전무결한 품행을 따라하게 하려는 선생과 부딪쳤고, 그의 뜻을 거역하고 반항했다.

에밀리 브론테

아니었다, 결정적으로 아니었다. 에밀리는 문학 수업도, 문체 모방도, 매혹적인 작문도, 습관도, 타성도, 규율도, 직업도, 방법론도, 훈계도, 학교에서 주입하는 어떤 교수법도 맞는 사람이 못 되었다. 요컨대, 그들이 가진 능력과 맞는 사람이 아니었다.

그녀에겐 굳은 신념이 있었다. 그녀는 그런 그들의 능력이 자기 안의 태생적 야생성을 마비시킨다고, 결코 드러나게 표명하지는 않아도 자신에게 독창성을 버리길 요구한다고 굳게 믿었다. 그리고 에밀리는 그걸 버리고 싶지 않았다.

그렇다, 내가 간청하는 건 오직 이뿐이다.

산 영혼이건 죽은 영혼이건 속박 없는 영혼.

그녀는 지구상의 모든 학교보다, 모든 교양 있는 사람들보다 하워스가 더 좋았다. 그녀의 하워스, 그 고립, 그 엄격함, 그 잿빛 색조, 그 멜랑콜리, 그곳은 그녀에게 자유의 공간을 열어주었다. 그곳은 그녀의 글 쓰는 재능이 발휘되는 공간이자, 그녀가 이 땅의 다른 어느 곳에서도 찾지 못하는 공간이었다.

그래서 그녀는 구원의 안식처로 돌아갔다. 초조하면서도 가벼운 마음으로.

불행히도 가벼운 마음은 오래가지 못했다. 하워스의 여름은 브랜웰 이모와 사랑스러운 웨이트먼 목사가 죽고, 에제 부인의 학교로 가기 위해 샬럿이 브뤼셀로 떠나고 앤과 브랜웰이 로빈슨 가家로 떠나면서 끝이 났다.

혼자 남은 에밀리는 앤과 브랜웰이 보잘것없는 가정교사 자리로 가면서 자신들보다 지성과 교양이 비할 수 없을 정도로 부족한 사람들에게 하등한 사람으로 취급당하는 것도 받아들인다고 생각했다.

그녀는 아니었다.

그녀는 그 보잘것없는 동정에 만족하길, 사회의 논리 속에 들어서길 맹렬히 거부했다. 그토록 젊고 경험도 없었지만 그녀는 그 사회의 논리가 사람들을 약화시키고, 때로는 파괴하고, 종종 어긋나게 만드는 것을 느꼈다.

에밀리는 스스로의 주인으로 남고 싶었다.

그녀에겐 그런 오만함이 있었다.

그래서 그녀는 하워스에 남았다. 그녀는 그곳이 자신의 삶이라고, 사람들이 더 진지하게 더 자기 자신으로, 덜 피상적으로 덜 변하면서, 내면의 경박한 변덕에 덜 시달리며 사는 곳이라고 생각했다.

그래서 이제는 그곳에서 꼼짝하지 않을 작정이었다.

하워스는 가장 저속한 일을 하는 장소이자 글쓰기의 성소가 되었다. 그곳은 감금의 장소이자 자유의 장소였다. 세상의 전망대인 동시에 그녀의 껍질이었다(버지니아 울프는 1904년 하워스를 방문하고 이렇게 쓴다. 하워스는 브론테 가족을 드러내고, 브론테 가족은 하워스를 드러낸다. 그곳의 그들은 껍질 속에 든 달팽이와 같다).

에밀리는 최종적으로 도시의 유흥에서 멀리 떨어져, 대중을 위한 표지가 세워진 도로에서 멀리 떨어져, 사람들을 끌어모으는 안락한 합의 안에서 행해지고 생각되고 쓰이는 것들에서 멀리 떨어져, 성공하기 위해 그들이 가담하는 술책과 계략에서 멀리 떨어져 고독 속에서 살기로 결심했다.

침울한 환희 없이, 체념 없이, 반감 없이, 과장 없이 그녀는 은둔을 선택했다. 자기 내면에서 스스로 확인했듯이, 오직 은둔만이 그녀가 사람들이 줄곧 외면하는 것과 대면할 수 있는 유일한 조건이었기 때문이다. 사람들 안에 존재하는 어두운 힘, 최악의 상황으로 치닫게 하는, 그녀의 가족에게서도 그 피해를 확인한 바 있는 그 어두운 힘과의 대면 말이다.

게다가, 왜 하워스를 떠나야 한단 말인가? 하워스에 온 세상이 담겨 있는데? 인류가 통째로 거기 있는데? 사토장이의 딸인 마서와 그녀의 음산한 이야기가 있고, 건실한 태비와 그녀의 투박한 선의가 있고, 앤과 그녀의 독실한 신앙이 있고, 낭만적인 인물이 되고 싶었으나 딱한 인물밖에 되지 못한 브랜웰과 그의 불행이 있고, 짝사랑하게 된 교사에게 대담한 시도를 했다가 차갑게 거절당한 샬럿과 그녀의 원한이 있고, 하워스 거리에서 분노하며 외치는 소모梳毛 직공들과 그들의 항거를 신속하게 진압하려는 찰스 네이피어 경의 기병대가 있고, 인사 대신에 손가락 하나로 모자를 들어 올리는 서점 주인 존 그린우드, 부자 로버트 히튼과 (부인할 수 없는 호사의 기호인) 주렁주렁 장식이 달린 샹들리에로 환하게 밝혀진 그의 저택, 가련한 순교자 아이와 그 아이가 별 이유 없이 들어선, 사람들이 그 시련을 모르는 척하는 고뇌의 배출구가 있고, 거기에 더해, 이름을 잃은 순박한 사람들, 방황하는 사람들, 상처 입은 사람들, 멸시당하는 사람들, 성마른 사람들, 상심한 사람들, (훨씬 드물게는) 흡족한 사람들, 곧 다른 옷을 걸치고 다른 색채로, 바람의 분노가 인간의 분노에 필적하는 다른 세계에, 다름 아닌 《폭풍의 언덕》에 등장할 사람들이 모두 있는 곳인데 말이다.

에밀리가 머릿속에 품은 세계, 어두운 것들과 광적인 열정으로 가득한 세계는 말할 것도 없고.

이제 위대한 날들이 가까웠다. 때는 1843년이었다.

영광이나 후대의 명성 따윈 아랑곳 않는 에밀리 브론테와 미친 몇몇 작가들을 제외한 거의 모든 작가들처럼 샬럿은 문학적 영광을 꿈꾸었고, 그런 이유로 자작 시 몇 편을 로버트 사우디에게 보냈다. 머리털은 풍성했지만 진보적 사상에 대해서는 빈약한, 당대에 대단한 명성을 누렸지만 이제는 신의 은총으로 문인들이 득실대는 망각의 지하감옥에 떨어진 바로 그 낭만주의 시인 말이다.

그 시인 나부랭이는(시인 카를로 에밀리오 가다의 시어로 '시 망상증 환자'라고도 불리는) 그녀에게 다음과 같이 대답했다. 그야말로 액자에 넣어 간직해야 할 글이었다.

문학은 여자의 일이 될 수 없으며, 그러고 싶어도 할 수 없는 일입니다. 여자가 자신에게 부과되는 의무에 헌신하자면 재능을 발휘한다거나 여흥 삼아서라도 문학 활동을 할 여유를 갖기는 힘들 것입니다.

그 시절 여성들에게 부과된 운명을 유창하게 압축해 말해주는 대답이었다. 마인츠 공의회에서, 정확히 밝히자면 한 표 차이로 여성에게 영혼이 있음을 인정했는데도 말이다.

편지를 받고 샬럿이 느꼈을 모욕과 분한 마음은 브뤼셀 학교에서 에제 선생의 질투심 많은 부인에게 도둑처럼 내쫓긴 비애를 더욱 비참하게 만들었다. 그래서 그녀는 다시 목사관으로 돌아왔고, 스스로 가정교사 자리를 떠나온 앤과, 로빈슨 목사의 아내 리디아와 불륜 관계를 맺었다고 떠벌렸다가 내쫓긴 브랜웰과 다시 합류했다.

그 즈음 브랜웰은 절망의 나락에 떨어져 있었다.

도무지 위로할 수 없는 상태였다.

마치 스스로 파멸을 심고 뿌리를 내리려는 듯 그는 폭음했다. 피가 알코올로 변해버린 술꾼들에게서 풍기는 시큼한 사과 냄새가 몸에 뱄을 정도였다. 때로는 위스키 잔에 아편을 넣기도 해서 몇 시간 동안이나 퀭한 눈에 심장박동이 느려진 상태로 얼빠진 얼굴을 하고 있었고, 갚을 길 없는 빚만 늘렸고, 체면을 가리지 않고 홀

쩍댔으며(위스키에는 눈물을 쏟게 하는 힘이 있다), 아무것도 아닌 일로 격분했고, 자제하지 못했고, 대꾸하지 않으려는 에밀리나 태비에게 툴툴거렸고, 자신의 좌절감을 세상 탓으로 돌렸고, 신파조의 소네트들을 썼고, 종종 착란을 일으켜 벽에 기어다니는 혐오스러운 벌레들을 보았고, 마조히스트처럼 자기 회한에 잠기거나 사람들이 그에게 저지른 잘못들을 곱씹었고, 겁을 주려고 팔을 들어 위협적인 행동을 하려다 곧 내리곤 했고, 자애로운 여자의 손길을 모조리 심술궂게 밀어냈다.

브랜웰은 파멸을 향해 나아갔다.

그리고 세 누이는 그렇게 파멸을 재촉하는 그를 지켜보며 걱정했다.

그런데 하늘이 내린 한 사건 덕분에 그들은 나이에 비해 너무 버겁게 지고 있던 슬픔에서 잠시 벗어나 유쾌함을 즐길 수 있었다.

1846년 어느 가을날, 샬럿은 에밀리가 몰래 쓴 시들을 발견하고 감탄한다.

용인할 수 없는 침입을 당했다는 사실을 확인하고 에밀리는 문을 쾅 닫으며 몹시 화를 냈지만, 평소처럼 언니의 너그러운 열정에 금세 마음이 누그러졌다.

문학적 야망을 조금도 포기하지 않은 샬럿은 은밀하게 에밀리와 앤을 설득해, 각자 제일 좋은 시들을 골라 모아 출판사에 보내기로

에밀리 브론테

했다. 세 자매는 열정적으로 작업에 몰두했고, 런던의 출판업자 에이로트 씨와 존스 씨에게 시 모음을 보냈다.

그리고 기적이 일어났다.

출판사에서 긍정적인 답변을 보내왔다. 믿기지 않는 사실이었다. 그들의 간절한 기도가 이루어진 것이다. 그렇게 1846년 5월 커러Currer, 엘리스Ellis, 액턴 벨Acton Bell이라는 남자 가명으로 《시집Poems》이 출간되었다.

세 여자는 인생에서 두세 번밖에 경험하지 못할 어마어마한 기쁨을 맛보았다. 그것은 억눌러야 할 기쁨이었다. 하워스에서 이 일은 비밀로 남아야 했기 때문이다. 하지만 긴장은 달콤하게 고조되었다.

기호를 이용한 밀담, 공모의 작은 웃음, 장난기를 번득이며 주고받는 눈길, 비밀에 끼지 못한 사람은 거의 감지하지 못할 정도로 쾌활해진 어조, 브랜웰과 아버지는 절대 들어오지 않는 부엌에서 귓속말로 주고받는 잡담, 이 정도까지가 세 여자가 스스로 허용한 범위였다.

그러나 그들의 마음은 이미 신대륙에 가 있었다.

《시집》은 첫해에 두 부가 팔렸다. 저조한 판매였지만 세 자매의 꿈과 광적인 희망을 북돋우기에는 충분했다. 이때부터 그들은 소설 쓰기에 젊음의 온 열정을(혹은 온 리비도를) 쏟아부으며 몰두했다.

일곱 명의 여자

샬럿은 《교수The Professor》를, 앤은 《애그니스 그레이Agnes Gray》
를 썼고, 에밀리는 사람들의 뇌리에서 지워지지 않을 히스클리프
라는 이름의 주인공이 등장하는 《폭풍의 언덕》을 썼다.

히스클리프는 '히스heath'와 낭떠러지를 의미하는 '클리프cliff'
를 조합한 이름이다.

히스클리프, 하늘과 지옥, 선과 악, 기품과 추악함의 조합.

정열적이고, 극단적이고, 미치도록 섹시한 히스클리프(엉큼한 상
상으로 나는 그에게 현재 나의 이상형인 로랑 테르지에프의 이목구비를
갖다붙인다), 눈길만으로 여자들을 경직 상태에 빠뜨리는(제임스 딘
도 그 앞에서는 당할 수가 없다) 그는 모든 소설 속 인물들을 물이라
도 탄 것처럼 싱겁게 만들어버린다.

나는 생각했다. 나처럼 타협을 모르는 히스클리프. 나처럼 고독
한 히스클리프. 거듭 말하지만, 나처럼. 나처럼 고통을 잘 견디는
히스클리프. 나처럼 오만한. 교만해 보일 정도로 감수성이 예민한.
나처럼, 나처럼.

히스클리프는 나였다. 그의 천성은 곧 나의 천성이었다. 계시
였다.

그래서 나는 악마처럼 머리를 손질했다.

인상도 찌푸렸다.

나는 질베르 세스브롱*의 작품을 너절하다고 선언해 반 친구들

에밀리 브론테

을 충격에 빠뜨렸다.

나는 아버지를 증오했고, 아버지에게 말을 걸지 않기로 결심했다.

어느 토요일 저녁, 친구 모니크 마스카랭과 함께 오트리브 축제에 가려고 준비하고 있는데 아버지가 외출을 못하게 한 일이 기억난다. 나는 방으로 들어가 문을 잠근 채 창문을 열고 허공에 몸을 던지겠다고 협박했다. 아버지는 뜻을 굽혔다. 히스클리프는 나였다.

집을 나서면서 나는 다시 아버지의 집에 발을 들여놓지 않겠다고 극적으로 선언했다(사촌이 자주 얘기한 에스파냐의 카다케스로 도망 갈 생각이었다).

주중에는 저녁 공부를 하면서 우수 젖은 침묵 속에 틀어박혔다. 아니면 노트에 아무도 보여주지 않을 끔찍한 글을 썼다.

나는 가난한 가정에 태어난 불행을 지나치게 과장했고, 그 불행은 형편없는 언어로 표현되었다. 에스파냐어가 뒤섞여 종잡을 수 없는 프랑스어였다. 참으로 부끄럽지만 지금도 그런 오류를 범할 때가 있다(그래서 대중 앞에서 말하는 것에 대한 두려움이 나를 떠난 적이 없다).

---

*Gilbert Cesbron(1913~1979), 프랑스의 소설가. 가톨릭 교의를 기반으로 한 사회소설들을 썼다.

일곱 명의 여자

히스클리프는 나였다.

소설 속에서 히스클리프는 업둥이, 야생의 아이, 이름도 혈통도 없는 아이다. 언쇼 씨가 어느 날 자기 집으로 데려와 그의 딸 캐시와 아들 힌들리를 (두려움 섞인) 경악 속에 빠뜨린 아이다.

그러나 아이들은 혈통과 이름에 아무 가치를 부여하지 않는다. 아이들의 눈에는 더 소중한 것들이(강낭콩이나 조약돌로 놀이를 만들어내는 것 따위) 더 중요하기 때문이다.

그래서 다음과 같은 일이 일어난다. 사생아 히스클리프와 번듯한 가문의 캐시가 가까워지고, 곧 서로에게 푹 빠지게 되고, 경이로울 정도로 천진하게 아이들의 놀이에 몰두하게 된다.

안타깝게도 매혹은 오래가지 못한다. 이것은 어떤 예외도 허용하지 않는 소설의 규칙이다. 또한 삶의 규칙이기도 하다. 내가 아는 한 꽃도 지고, 해도 지고, 아름다움도 시들며, 우리를 기다리는 죽음은 누구도 봐주지 않는다. 그러나 기획된 스토리텔링 속에서는 매혹이 영원히 머물 수 있으며, 미래는 빛나고, 빛나고, 또 빛난다….

다시 이야기로 돌아가겠다.

처녀가 된 캐시는 명문가 출신의 희멀건 청년에게 반한다. 그리고 젊음 때문에, 방황 때문에, 허영심 때문에, 변덕 때문에, 혹은 동시에 이 모든 이유 때문에 그 나약한 청년 곁에서 안락한 삶을 살고 싶다는 유혹에 넘어간다.

에밀리 브론테

이 사실을 안 히스클리프는 이성을 잃을 정도로 괴로워한다.

캐시가 자신의 어린 시절을 부인한 것이다. 자신의 마음을 배반한 것이다. 자신의 마음을 배반하면서 그의 마음까지 산산조각 낸 것이다.

절망과 분노를 가슴에 품고 히스클리프는 어린 시절 사랑의 순수함을 되찾는 데 집념을 불태운다. 그것은 어른들의 마음을 타락시키는 계산 따위를 지독하게 경멸하는, 우리를 사다리 꼭대기나 아래에 위치시키고 부자나 가난뱅이로, 존경받는 사람이나 멸시받는 사람으로, 사랑받는 사람이나 업신여김받는 사람으로 가르는 사회의 논리를 지독하게 경멸하는 사랑이다. 미친 사람처럼(가수 라라 파비앙이 부른 노래의 가사 같지만 현대문학에서 내쫓긴 서정시가 대중가요로 피신한 걸 난들 어쩌겠는가?), 미친 사람처럼 그는 이 한계 없는 사랑을 단념하지 않겠노라고 말한다. 그가 말한바, 이 사랑은 평범한 인간이 믿는 것처럼 시간이 흐른다고 약해지지 않으며, 사물이 닳듯 닳지 않는다.

고통으로 피폐해지고 삶의 현장과 이어진 끈을 잃은 히스클리프는, 자신을 갉아먹는 광적인 욕망, 한계를 모르는 극성스러운 욕망에 대한 대답을 오직 악惡에서 찾을 뿐이다. 끝났음을 받아들이고 싶지도 않고 받아들일 수도 없는, 그가 품은 사랑의 열정만큼이나 지독한 악. 이 얼마나 아름답고, 얼마나 슬픈가! 나는 열다섯 살이었고, 이 모든 과잉된 감정에 말 그대로 사로잡혔다. 히스클리프가 주위로 퍼뜨리는 악은 나를 질겁하게 만들기는커녕 영혼의 굳건함을, 선한 존재들이(내 어머니 같은) 아주 드물게 드러내는 정열적인 에너지를 증언하는 것처럼 보였다.

더할 수 없이 가증스럽고 자신을 증오할 정도로 미움에 사로잡히고 복수의 격한 욕망에 휩쓸린 히스클리프는, 연민과 동정과 후회 같은 감정을 모두 잃을 정도로 지옥 같은 암흑 속으로 빠져든다. 인간이라 할 수 없는 존재가 될 때까지.

그는 소중한 모든 것과 신까지 모독하면서, 인간들이 스스로 정하고 선이라 명명한 모든 도덕률을 어기고 자기 주위에 혐오감과 두려움, 때로는 공포까지 불러일으키면서, 상상할 수 있는 한 가장 비인간적인 고독을 스스로에게 선고한다.

히스클리프 혹은 검은 천사, 그는 더없이 순수한 사랑과 완전 무결한 어둠을 번갈아 나누어주는 인물이다.

유폐된, 무고한 에밀리 브론테, 요크셔의 황량한 마을을 거의 떠난 적이 없는, 벌판과 바람 이외에 다른 것을 사랑할 줄 몰랐고 짧은 생애 동안 모범이 될 만한 윤리적 태도를 버린 적이 없는 이 젊은 여성에게 우리는 이 무시무시한 어둠의 교훈을, 우리 안의 심연으로 빠져드는 현기증 나는 침잠을 빚지고 있다.

그녀는 자기 주인공의 내면에 이성의 모든 경계를 넘어서는 움직임이 있으며, 그 과도함이야말로 우리의 것이며, 우리가 자신에

에밀리 브론테

게서 멀어지지 않고는 그것에서 멀어질 수 없다는 사실을 적확하게 말할 줄 아는 사람이었다.

조르주 바타유는 말한다. 그녀는 악의 심연에 대해 깊이 경험했다. 그녀보다 더 엄격하고, 더 용기 있고, 더 올곧은 이가 없었건만, 그녀는 악을 알기 위해 끝까지 갔다.

아우슈비츠의 참사가 일어나기도 한참 전에, 올곧은 영혼의 소유자요, 채 유년기에서 빠져나오지 않은 이 천진한 젊은 여성은 예감했다. 누구나 내면에 악취와 억누를 수 없는 분노의 가능성이 존재하며, 인간을 이루는 이런 요소를 짐짓 모른 척한다고 해서 그 표출 가능성이 결코 무화되지 않는다는 것을. 그녀는 누구나 폭력의 어두운 본성이 있으며, 그것이 죽음보다 덜 확고부동한 사실이 아님을, 그것이 언제고 거짓 조화를 깨고 난입할 수 있음을 예감했다.

그러나 기도의 힘으로 비열함을 사면하거나 악마의 치마폭에서 손을 씻으며 비열함을 외면하려는 도덕을 거칠게 위반한 그녀의 예지는 그 시대에 불손과 모욕으로 비쳤다. 이 얘기는 나중에 다시 하도록 하자.

아직 우리는 1846년에 머물러 있다. 에밀리는 자기 책을 마지막으로 손질했고, 그때 샬럿은 두 번째 소설 《제인 에어Jane Eyre》를 스미스 앤드 엘더 출판사로 발송했다. 출판사는 그 원고를 커러 벨이라는 가명으로 바로 출간했다.

출간은 성공적이어서 초판이 며칠 만에 동이 났다.

에밀리의 소설은 여러 출판사를 돌다가 런던의 뉴비 출판사에서 엘리스 벨이라는 가명으로 출간되었다.

이 책은 이백오십 부만 발행되었다. 그리고 발행인들은 자신들이 신중했다고 자축했다. 당연히 비평가들이 난색을 표했기 때문이다.

그중 가장 상냥한 비평가들은 이야기에 사실성이 떨어지고, 인물들은 상스럽고, 열정은 지나치게 자유분방하고, 글 전체에 도덕이라곤 완전히 결여되었으며, 참으로 상스러운데다 역겨운 문체로 쓰였다고 평가했다.

모든 점에서 예술에 역행하는, 도덕적으로 옹호할 수 없는 소설이라는 것이었다.

사랑을 폭력과 광기, 찢기는 고통과 죽음과 연결 지음으로써 고통이 인간 사회의 응집력에 항구적 위협이 된다는 걸 가리키는 이 소설은 낙담을 안기고,

나아가 인간 내면의 어두운 부분을 부각함으로써 이성의 진보에 대한 고무적 환상에 치명타를 가하므로 용납할 수 없다는 것이었다.

비평가 조지 설 필립스는 〈타임스〉 지에 **파렴치하고 도를 넘은 책**이라고 썼다. 그는 이상주의자였는데, 그가 그렇게 불리는 건 스스로는 악인으로 남으면서 타인들을 이상적으로 개선하고자 하는 것

에밀리 브론테

이 그의 철학이었기 때문이다.

〈쿼털리 리뷰〉지는 에밀리가 사망한 며칠 후 추악하고 가증스러울 정도로 이교도적인 책 앞에서 격분했다.

영향력 있는 문인인 조지 헨리 루이스, 말의 우아함을 인지 체계의 필수적 요소라고 보는 그는 세 자매가 쓴 세 편의 소설을 언어가 상스럽고 생각이 상스러운 사람들에게조차 상스러운 책이며, 그 상스러움은 폭력을 낳고 교양 없는 사람들을 낳는다고 규정했다.

에밀리 사후에 책이 출간된 북미에서도 비난 일색이었다. 〈아메리칸 리뷰〉지의 서평 작가는 고결한 경련을 일으키며 선언했다. 이 소설을 이미 수천 명의 처녀들이 읽었다는 사실을 안다면, 우리는 이 책을 그들에게서 멀리 떼어놓는 게 의무라고 생각할 것이다.

에밀리 브론테의 천재성에 대한 재평가는 뒤늦게 이루어진다.

1877년 앨저넌 스윈번이 《폭풍의 언덕》의 매혹적인 페이지들에 열광했을 때 여론이 바뀌기 시작한다.

그러나 이 작품이 결정적으로 인정받는 건 버지니아 울프의 찬사를 통해서였다. 울프는 거대한 무질서로 분열된 세상을 바라보며 그 세상을 한 권의 책 안에 결합시킬 힘을 자기 내면에서 느낀 여성의 거대한 야심을 찬양했다.

책이 출간된 이듬해 내내 에밀리는 마음이 무거웠다. 하지만 그

슬픔의 이유는 그녀가 그다지 중요하게 여긴 듯하지 않은 책의 판매 부진보다는 결핵으로 망가진 브랜웰의 건강 악화에 있었다.

브랜웰은 1848년 9월 24일에 죽었다.

그를 정성껏 세심하게 돌보던 에밀리도 병에 걸렸다. 고열과 기침이 그녀의 젊은 몸을 뒤흔들었다. 얼굴색은 납빛이 되었다. 야위어갔고 피를 토했고 나날이 쇠약해졌지만, 그녀는 결코 불평하지도 자신에게 할당된 집안일을 놓지도 않았다.

에밀리는 마지막까지 용기를 고스란히 지켰다.

그리고 1848년 12월 9일, 말 그대로 불이 꺼지듯 그녀의 생명이 꺼졌다. 한 세기 뒤에 조르주 바타유라는 작가가 《폭풍의 언덕》을 온 세기를 통틀어 가장 위대한 사랑 이야기로 지목하리라는 사실을 그녀는 끝내 알지 못했다.

그녀가 죽던 날, 마지막 세월을 함께했던 거대한 불도그 키퍼가 그녀의 침실 문 앞에 엎드려 있었다.

녀석은 울면서 나흘 동안 그곳을 지켰다.

에밀리 브론테

Djuna Barnes

주나 반스

주나 반스Djuna Barnes(1892~1982)

1892년 미국 뉴욕 주 콘월 온 허드슨에서 실패한 음악가인 아버지와 바이올린을 공부한 어머니 사이에서 8남매 중 둘째로 출생. 열 살 때 뉴욕으로 이주해 미술을 공부하고, 이혼한 어머니와 형제들의 생계를 돕기 위해 기자로 일함. 1920년 문화의 수도였던 파리로 가서 당시 문화예술계를 주름잡는 문인 및 예술가들과 활발하게 교유함. 동성 연인 셀마 우드와의 연애는 당시 큰 화제를 불러일으킴. 셀마와의 이별, 파리의 영락으로 인해 폭음에 빠져들고, 1935년 힘든 조건 속에서 쓴 역작 《나이트우드》를 발표해 비평계의 비난과 작가들의 찬사를 동시에 받음. 1950년대부터 사망하기까지 거의 모습을 드러내지 않고 은둔 생활을 함. 1982년 뉴욕의 아파트에서 사망.

1928년의 며칠 밤 동안 파리의 밤거리를 지나는 이들은 몽파르나스의 거리에서 넋 나간 얼굴에 달뜬 걸음으로, 마치 그림자 속에 몸을 숨기려는 듯 담에 바짝 붙어 걷는 검은 망토의 젊은 여자와 마주쳤겠지만, 아무도 그녀가 누굴 쫓는지 누구에게 쫓기는지는 알 수 없었을 것이다.

그 여인은 밤 사냥에 나선 주나 반스였다.

그녀는 추격하고, 매복했다.

불안한 마음으로.

목이 멘 채.

미친 여자처럼.

나는 주나 반스가 《나이트우드Nightwood》에서 노라의 모습으로 자신을 묘사한 대로 그녀를 상상한다. 시간을 빨리 흐르게 해 연인이 어서 돌아오게 하려는 듯 걸음을 재촉하고, 사람의 형체가 보이거나 커플과 마주칠 때마다 연인 셀마를 찾고, 그렇게 이슥한 시간 그녀를 밖으로 내몬 혼란스러운 마음을 아무도 의심하지 못하도록 셀마가 있는 게 분명한 술집 앞을 애써 지나지 않으려는 그녀의 모습.

그러나 만 레이의 사진들에서 본 완벽하게 화장한 그 엄숙한 얼굴, 그녀의 공식적인 얼굴, 그 아름다운 가면과, 내가 상상하는 얼굴, 절망적인 수색에서 돌아와 슬픔에 넋이 나가 잠자리에 드는 그녀의 얼굴, 불안으로 초췌한, 웅크리고 모로 누워 아플 정도로 주먹을 꽉 쥔 채 거리의 온갖 소음과 정원의 속삭임에 귀를 기울이면서, 여주인의 귀환을 알리는 이른 아침 도시의 웅성거림을 불안하게 기다리는 얼굴을 일치시키기는 힘들다.

그 시절 주나 반스는 아직 자신의 걸작을 쓰기 전이었다.

아직 완전히 주나 반스가 아니었다.

사랑하는 여자를 기다리느라 보낸 고통의 밤들이 자신의 책 《나이트우드》의 주제가 되리라는 것도 아직 알지 못했다.

그녀는 몇 년 뒤 쓰게 될 소설의 인물들 가운데 한 사람을 통해 말한다. 모든 끔찍한 사건은 유익하다.

이 불행한 해 1928년도 어느 면에서는 유익했다.

주나 반스는 1892년 뉴욕 주 콘월온허드슨에서, 기인처럼 묘사된 아버지와 젊어서 바이올린을 공부한 어머니 사이에서 태어났다.

그녀는 외젠 쉬의 소설 《떠돌이 유대인Le Juif errant》에 등장하는 한 인물의 이름인 잘마로 세례를 받았으나, 남자 형제들이 주나로 바꿔 불렀다. 그 이름이 그녀에게 남았다. 모든 주제에 자기 의견을 가졌던 그녀의 아버지는 학교에서 가르치는 종교와 교육이 겁쟁이들만 양산한다고 판단하고 딸을 학교에 입학시키길 거부했다(이 때문에 그녀는 평생 맞춤법 실력이 참담했다). 학교 교육의 결핍을 채워주기 위해 페미니스트이자 문학적 소양이 있었던 그녀의 할머니는 손녀에게 새커리*와 셰익스피어를 읽어주었다.

따라서 그녀는 교양 있게 양육되었다.

아주 어려서부터 주나는 아버지를 싫어했다. 아버지가 하는 일이라곤 시시한 경구를 만들어내고, 피아노로 오페레타를 작곡하지만 끝내는 법이 없고, 자식들을 이상한 실험에 이용하는 것이 전부였다(어느 날엔 농장의 닭들처럼 장을 청소시킨다며 아이들에게 자갈을 삼키게 했다). 아버지의 애인들은 더더욱 싫었다. 주나는 그중에서도 페루 귀족 출신이라고 주장하는 뚱뚱한 여가수 아멜리아 달바

---

*William Makepeace Thackeray(1811~1863), 영국의 소설가. 중상류 계층의 허영에 찬 생활을 상세하고도 풍자적으로 그린 소설들로 유명하다. 《허영의 시장Vanity Fair》이 대표작.

레즈를 특히 싫어해서, 훗날 《라이더Ryder》에서 그녀를 얼빠진 눈을 한 암소의 모습으로 무참히 희화화했다.

어머니는 그녀에게 훨씬 모호한 감정을 불어넣었다. 바람기 많은 남편 때문에 모욕을 당하면서도 참기만 하는 어머니의 나약한 모습 앞에서 딸은 격분했고, 어머니의 질투심과 욕구불만에 희생양이 된 것에 상처를 입었다. 하지만 그럼에도 그녀는 마지막까지 어머니 곁을 지켰고, 1915년에 발표한 시집 《혐오스러운 여자의 책The Book of Repulsive Women》을 어머니에게 헌정했다. 어느 정도는 모든 어머니와 같았지만 나의 어머니였기에 최고였던 내 어머니께 바친다. 어린 시절 어머니의 불행을 찢어지는 마음으로 무력하게 지켜보았던 주나 반스는 성인이 된 후 엄숙하게 두 가지를 맹세했다. 첫째, 자신의 삶만큼 슬프고 쓰라린 삶을 견뎌야 할 아이를 절대 갖지 않겠다. 둘째, 어느 누구에게도 기대지 않겠다(그러나 이 두 번째 맹세는 이루어지지 못했다).

네 명의 남자 형제들이라면 그들이 그녀를 싫어한 것만큼이나 그녀도 그들을 싫어했다. 남자 형제들은 어떤 면에선 자신들도 공범이었던 끔찍한 가족사를 작가인 주나가 폭로할지도 모른다고 생각했다(그녀는 가족이 모두 아는 근친상간의 희생자였던 것으로 보인다).

어머니와 남자 형제들 그리고 그녀는 1909년에 정착한 롱 아일랜드의 농가에서 아버지가 귀족적인 연애 사업에 너무 바쁜 나머지 경멸하듯 방치한 일들을 도맡아 해야 했다. 주나는 남자처럼 일했다. 땅을 갈고, 밀을 빻고, 빵을 반죽하고, 닭 모가지를 비틀었다.

이런 농사 경험을 통해 그녀는 농촌 여인의 투박한 솔직함과, 남자처럼 욕설을 날리는 즐거움과, 가축들의 교미를 똑바로 쳐다보는 눈, 거기서 논리를 확장해 인간 성교의 다양한 변주들도 똑바로 쳐다보는 눈을 갖게 되었을 뿐 아니라, 그 행위들을 할 때 작동하는 신체기관들을 아무렇지도 않게 상스러운 이름으로 부르게 되었다. 그야말로 작가의 운명을 꿈꾸는 이에게는 대단히 소중한 것들이었다. 비꼬려고 하는 말이 결코 아니다.

1912년 그녀는 저주와도 같은 농가를 떠나 뉴욕의 미술학교에 등록했고, 그 후에는 데생을 공부하기 위해 브루클린의 프랫 인스티튜트에 진학했다. 앞서 말했듯이 눈을 가만히 주머니 속에 넣어두지 않는 그녀는 그곳에서 탁월한 재능을 발휘했다. 그리고 학비를 벌기 위해 천으로 몸을 살짝 가린 채 당혹스러워 하는 남학생들 앞에 모델로 섰다.

부모가 헤어지자 그녀는 어머니와 남자 형제들을 재정적으로 돕기 위해 〈브루클린 데일리 이글Brooklyn Daily Eagle〉 지에서 기자로 일했다. 그곳에서 그녀는 엄청나게 많은 글과 근사한 그림들을 쏟아내 결국 신문의 공동 발행인 자리까지 올랐다.

그리니치 빌리지에 자리 잡은 그녀는 1915년에 직접 삽화를 그린 《혐오스러운 여자의 책》을 출간하고, 리디 켈크쇼즈라는 귀엽기 짝이 없는 가명*으로 단막극 희곡들을 쓰고, 〈더 프레스〉 〈더 월드〉 〈더 모닝 텔레그래프〉 등의 대형 일간지에 기고하기도 했다.

언제나 그 유명한 검은 망토를 두르고 다니는 그녀는 밤처럼 아름답고 우아하고 어두운 자태로 뭇 남성들을 홀렸고, 결국 사회주의적 신념을 가진 신문기자 코트니 레먼과 결혼해 그와 함께 앵무새 한 마리를 길렀다. 하지만 이런 부모로서의 유대만으로는 부부 관계를 유지하기에 충분치 못했다. 부부 관계는 오래가지 못했다. 코트니 레먼은 주나의 귀고리를 좋아하지 않았는데, 결국 그것이 절대로 용납할 수 없는 점이 되었다.

결별 후 주나 반스는 잠옷에 맞춰 열아홉 명도 넘는 연인을 연달아 사귀었다. 그 시절 여성의 자유는 갈아치운 연인의 수로 가늠되었다. 스무 번째 연인이 될 수도 있었을 사람이 다짜고짜 자유롭냐고 물었을 때, 그녀는 자신이 얼마나 비싼 사람인지 아느냐고 빈정거리곤 그 자리에서 그를 차버렸다. 그녀의 마음은 온통 다른 중요한 것들에 가 있었다. 주나는 곧 파리로 떠날 참이었다. 파리는 그녀뿐 아니라 그녀 세대의 모든 미국인들에게 세계 문화의 수도이자, 예술가라 불리는 사람이라면 누구나 거쳐야 할 곳이었다.

---

* 켈크쇼즈(quelquechose)는 프랑스어로 '대단한 인물'이라는 뜻이다.

일곱 명의 여자

대서양을 횡단하는 동안(1920년이었다) 반스는 같은 미국인 여자들이 이방인의 애무에 몸을 맡기면서 이미 유럽인이라는 자격증이라도 딴 것처럼 구는 모습을 짓궂게 관찰했다.

그녀는 성적으로 피곤할 일도 애정이 식을 일도 없이 같은 자격을 획득할 수 있으리라 믿었기에 그들처럼 행동하기를 거부했다. 그리고 선장의 식탁에 초대를 받는 영예를 누렸는데, 그녀가 선장의 말에 호탕한 웃음을 터뜨려 모든 사람이 고개를 돌려 쳐다볼 정도였다(주나 반스는 늘 품위 있게 처신했지만 사람들이 건네는 농담에는 폭소를 터뜨렸고, 곧바로 무례한 행동 뒤에 냉정을 되찾듯 본래의 품위를 되찾곤 했다).

파리에 도착한 그녀는 자콥 가 24번지에 있는 '영국 호텔'에 묵었다. 조국을 떠나온 떠들썩한 미국인들이 무리 지어 즐겨 묵는 곳이었다.

양차 대전 사이의 이 시기엔 모든 미국인들이 낡은 유럽에, 파리에, 파리의 카페에 미쳐 있었다.

세월을 거슬러 올라가보면 훗날 유명해질 작가와 예술가들이 모두 그곳으로 도피해갔음을 알 수 있다. 에즈라 파운드, 제임스 조이스, 어니스트 헤밍웨이, 스콧 피츠제럴드, 만 레이, 새뮤얼 퍼트넘, 윌리엄 윌리엄스, 존 더스 패서스, 매슈 조지프슨, 맬컴 카울리, 에드워드 E. 커밍스, 데이비드 러브 구디스, 포드 매독스 포드, 사뮈

엘 베케트. 분명 내가 잊어버린 인물들도 있을 것이다.

미국인 여자들도 남자들에 비해 수가 적지 않았다. 조국의 편협한 청교도주의와 성 문제를 둘러싼 위선으로부터 도망온 그들은 남성들만큼이나 혹은 그 이상으로 열정적인 사교계를 이루었다. 그것은 일종의 온건한 고모라 같은 세계로, 예술에 대한 그들의 사랑이 각별하고 그 영향력이 엄청나서 혹자들은 그들이 센 강 좌안을 장악했다고 할 정도였다.

실비아 비치, 아이리스 트리, 미나 로이, 케이 보일, 베레니스 애벗, 메리 레이놀즈, 니나 햄넷, 키키, 조지핀 베이커, 플로시 마틴, 마거릿 앤더슨, 낸시 큐나드, 거트루드 스타인, 이디스 워튼, 내털리 바니, 페기 구겐하임, 재닛 플래너, 솔리타 솔라노···. 그들은 하나같이 독특하고 재능이 넘쳤으며, 독립적이고 자유를 갈망했으며 모두가 혹은 거의가 레즈비언이었다.

이 시기 동안 파리는 이 모든 망명자들에게 약속된 축제의 장이 되지는 못했을지라도, 어떤 이들은 그곳에서 돈 부족으로, 때로는 악의가 가득하고 저속한 뒷말이 무성한 곳으로 보일 수 있는 좁은 사회의 해악으로 지독히 고통받았을지라도, 그들 대부분에게 전례 없는 교류와 연구, 발견과 협력과 상부상조가 이뤄지는 장소이자 이제껏 한 번도 존재해본 적 없고 앞으로도 결코 없을 실험실이었다. 이 글을 쓰면서 향수를 느끼지 않을 수 없다.

일곱 명의 여자

주나 반스도 이 끓어오르는 열기에 휩쓸렸다.

그녀는 덥수룩한 빨간 머리에 맹수의 눈을 가진 시인 에즈라 파운드를 만났고, 에즈라는 어김없이 그녀의 환심을 사려고 애썼다. 그녀는 폭소를 터뜨렸다. 그리고 매몰차게 거절했다. 그러곤 이튿날 태연하게 논평했다. 그는 우리 모든 여자들에게 그랬을 것이다.

이 시절 에즈라 파운드는 파리 문단의 중심이었다. 그는 누구보다도 될성부른 떡잎을 알아볼 줄 알았고, 대형 출판사들이 슬프게도 재정을 이유로 거절하는 전위적인 글을 싣는 잡지들과 가능성 있는 예술가들을 끈기 있고 넉넉한 마음으로 지원했다. 에즈라 파운드는 이윤의 지배에 맞서 싸웠고(훗날 이 싸움에서 그는 길을 잃게 되지만 이건 다른 얘기다), 재능 있는 창작자들이 설 자리가 점점 더 없어진다고 생각하고 관습주의의 압박에 반대했다. 그리고 온갖 수단을 동원해 젊은 작가들을 도왔다. 그래서 커밍스는 동세대 모든 작가들이 에즈라 파운드에게 빚을 졌다고 말했고, 이것은 확실히 맞는 말이다. 강렬한 두 인물 파운드와 주나는 즉시 서로에게 호감을 느꼈고, 《숙녀 연감Ladies Almanack》이 출간되었을 때 파운드는 아낌없이 호평했다.

주나 반스는 파리를 발견하는 데 몰두하는 한편, 당시 사교계에서 유행하던 놀이에도 기꺼이 동참했다.

그녀는 만 레이와 베레니스 애벗에게 모델이 되어주었고, 그들은 눈부시게 아름답고 무표정한 그녀의 초상 사진을 찍었다.

그리고 주나는 맥알먼과 조이스가 단골이었던 '셰익스피어 & 컴퍼니' 서점에 갔다. 윌리엄 윌리엄스가 쓴 바에 따르면, 그곳은 미국인이라면 으레 들러야 하는 장소였다. 실비아 비치는 그곳에 들르는 주나 반스를 따뜻하게 맞아주었다. 비치는 그녀를 조이스만큼이나 아일랜드인이라고 생각했다(조이스처럼 아일랜드인 같다는 말은 그 시절 최고의 찬사였다).

그녀는 르 댕고 바에서 거친 사내처럼 행세하던 헤밍웨이와도 우정을 맺었다. 조이스의 말에 따르면 헤밍웨이는 여리고 예민한 사람이었다.

파리로 오기 전 헤밍웨이는 산전수전 다 겪은 사람이었다. 흉터들(정확히 말하자면 몸에 스물일곱 개, 영혼에 거대한 흉터 하나)를 보면 알 수 있었고, 그의 그런 면을 사람들은 무척 좋아했다. 젊고 미숙하고 열정적이며, 운동선수처럼 건장하고 에너지가 넘쳐 흐르는 그는 자전거를 타고 파리를 휘젓고 다녔으며, 파운드와 함께 권투 연습을 했고, 구디스와 테니스를 쳤고, 오퇴유 경마장의 경마를 정기적으로 참관했고, 벨디브 경기장에서 열리는 사이클 선수권 대회를 관람했고, 에스파냐의 팜플로나까지 차를 몰고 가 투우 경기를 구경했고, 세상 누구보다 진지하게 택시 운전사가 될 생각을 했다.

그는 꾸밈없이 말하고 말하듯이 글을 썼으며, 카페 라 클로즈리 데 릴라의 언제나 같은 자리에서 노트에 고개를 묻은 채 아침나절

일곱 명의 여자

을 보냈다.

1964년 《파리는 날마다 축제A Movable Feast》가 사후 출간되었을 때 주나는 페기 구겐하임에게 털어놓았다. 그 어린애가 결국 토해버렸네. (내 생각엔 그녀가 그다지 좋아하지 않았던 거트루드 스타인이 올라서 있던 자리가 마침내 뒤집어졌다는 뜻으로 한 말인 것 같다.)

그 어린아이는 생전에 친구 주나를 대단한 숙녀라고 생각했다.

헤밍웨이의 말대로 주나는 정말 대단한 숙녀였기에 제임스 조이스 부부와 함께 불로뉴 숲을 산책하는 특권을 누렸다(조이스는 개를 끔찍이 무서워했다. 왠지 모르지만 이런 사소한 사실에 나는 매혹된다).

조이스와 노라 부부는 태도가 대단히 소박하고 거드름을 피우지 않아서 주나와 그들 사이의 장벽은 금세 무너졌다. 조이스는 사교계 살롱에서 파리 사람들의 가식적인 태도에 시골 사람처럼 경멸을 느끼고 울적해했다. 그럴 때 그는 라르보와 맥알먼과 함께 집시스(생미셸 가에 자리한, 창부들이 드나들던 댄스홀)에 한잔하러 가거나(어느 날 밤 그들은 조이스를 수레에 실어 데려가야 했다. 그가 위스키를 너무 많이 마셨던 것이다) 집으로 친구들을 불러 피아노 반주에 맞춰 아일랜드 노래를 불러주거나 짓궂은 미소를 띠고 《율리시즈Ulysses》의 한 대목을 읽어주는 걸 더 좋아했다.

그는 주나 반스와도 그렇게 지냈고, 그의 낭독에 주나는 폭소를 터뜨리곤 했다.

주나 반스

우정의 표시로, 그리고 아마도 그토록 서민적이고 아름다운 그녀의 웃음에 감사를 표하기 위해 조이스는 자신이 직접 주석을 단 《율리시즈》 원고를 그녀에게 선물했고, 몇 년 뒤 그녀는 돈이 떨어졌을 때 그걸 팔았다.

아직 주나는 돈이 충분해서 〈뉴요커〉 통신원 재닛 플래너와 그녀의 연인 솔리타 솔라노를 카페 르 플로르로 초대하기도 했다. 어떤 날들에는 새까맣게 차려입은 그들이 백짓장처럼 창백한 얼굴로 꼿꼿하니 아무 말 없이 세 파르카 여신처럼 카페에 나란히 앉아 있는 광경이 보이기도 했다. 음산하면서도 눈부시게 아름다운 모습이었다.

재닛과 솔리타에게 강한 호감을 느낀 주나는 《숙녀 연감》에서 그들을 닙Nip과 턱Tuck이라는 이름으로 간략하게 스케치했다.

반면에 거트루드 스타인은 그녀에게 억누를 수 없는 혐오감을 불러일으켰다. 남자 같고 위압적이고, 명성을 탐욕스레 갈망하는 만큼 자기 확신이 강하고, 프랑스인들이 문학에 눈곱만치도 재능이 없다는 소리를 아무에게나 떠들어대던(프랑스인들이 범한 유일한 잘못은 그녀의 재능을 발견할 줄 몰랐다는 것이다) 스타인을 주나는 끔찍한 인간이라고, 요컨대 괴물 같은 에고로 똘똘 뭉친, 제 것이 아닌 다른 모든 것에는 철저히 무관심한 골칫덩이라고 생각했다. 거트루드 스타인은 글쓰기 분야에서 세기 최초이자 가장 위대한 실험자라 자처했고, 스스로를 거장이라 일컬었고, 다른 작가들, 특히 대중의 관심과 찬사를 놓고 그녀와 경쟁하는 악취미를 가진 제임스 조이스라는 이해할 수 없는 아일랜드 작가를 깔보았다. 뿐만 아니라, 자기에게 상냥한 작가들(이라고 쓰고 아첨꾼들이라고 읽는다)에 대해서만 우호적으로 얘기했다.

괴물은 끝까지 괴물이었다.

주나 반스도 나름대로 괴물이었지만 전혀 다른 부류였다.

어느 저녁, 그녀는 대단히 영광스럽게도 〈베니티 페어〉 지의 발행인이자 〈뉴요커〉 지의 주간이자 당대 최고의 문학 비평가로 통하던 에드먼드 윌슨의 저녁 초대를 받아 몽파르나스의 큰 레스토랑으로 갔다. 그는 주나에게 홀딱 반해 저녁식사 끝에 허심탄회하게 함께 살자고 제안했다. 주나는 더없이 무례하게 그를 냉대했다. 그가 프러포즈 직전 그녀 앞에서 이디스 워튼의 글을 칭찬하며 저속한 취향을 드러냈던 것이다. 주나는 워튼의 성공을 그녀의 소설에 넘쳐나는 상투적 표현들 때문이라고 생각했고, 워튼이 그걸 너무 우려먹는다고 여겼다.

그런 상황에서 주나는 예의를 차리지 않았다. 몸을 사리지 않고 닭 모가지를 비틀어야 했던 시골에서의 어린 시절은 종종 그녀의 예의 바른 태도 너머로 불쑥 튀어나왔고, 사람들을 놀라게 했다.

그녀의 글에도 그와 똑같은 힘이 있었다.

그러니까 주나 반스는 워튼의 소설과 그녀의 사람 됨됨이는 싫어했지만(마르셀 프루스트가 표현한 성적 일탈에 대해 마이 갓! 하면서 격분하던 저 미니 부르제의 부르주아 살롱에서 차 마시기를 즐기고 문학으로 거드름이나 피우는 사교계 여자), 앞서 인용한 그 유명한 로버트 맥알먼의 가치는 높이 평가했다. 그는 색깔이 아주 분명한 인물로, 브라이어라는 별명으로 불리던 부유한 레즈비언 작가와 결혼(육체적 결합 없는)한 뒤 파리에 정착했다(그러나 그녀는 파리 문단에 적응하지 못하고 결국 웬 스코틀랜드인과 함께 스위스로 달아났다). 맥알먼은 작가이자(많은 작가들, 거의 모든 작가들이 그렇듯 오늘날엔 잊혀버렸지만) 혁신적인 문학잡지 〈컨택트Contact〉의 발행인이었고, 역시나 혁신적인 출판사 '컨택트 퍼블리싱 컴퍼니'의 출판인이었고, 친구였던 조이스의 원고를 간혹 타자하는 타자수이기도 했다. 그는 눈이 파랗고 얼음장처럼 차가웠으며, 귀에 보석 대신 터키옥을 걸었고, 얼굴을 둘로 쪼개는 듯한 얇은 입술을 가졌으며, 자신이 미켈란젤로와 마찬가지로 양성애자라는 걸 떠벌렸고, 세상 모두가 그 사실을 알거나 말거나 조금도 개의치 않았다.

맥알먼에겐 약점이 하나 있었다. 술을 엄청나게, 야만인처럼 마신다는 것이었다.

그는 종종 너무 취해서 술집 탁자에서 일어서지 못했고, 다가서는 사람들 모두에게, 백치, 게으름뱅이, 제멋대로에 제멋에 겨운 코흘리개, 쩨쩨한 놈, 겁쟁이, 한마디로 미국인들에게 호통을 쳤다

(영국인들도 같은 자루에 집어넣을 수 있다).

영미 예술가들 중 그 어떤 작가도 감히 함부로 대하지 못할 조이스도 그곳에선 다른 사람들과 똑같은 권리를 누렸다(1922년 영문판 《율리시즈》를 출간한 조이스가 영미 작가들 사이에서 종교적 존경을 누리고 있었다는 점을 생각해야 한다. 그 시절 조이스의 천재성에 완전히 무심했거나 적대적이었던 프루스트, 지드, 클로델이나 발레리 같은 프랑스 거장들이 받는 존경과는 차원이 달랐다).

맥알먼이 주나 반스의 가장 충실한 친구 중 한 사람이 된 건 가시 돋친 말을 주고받다가였다. 주나는 당당한 태도 뒤로 조롱에는 조롱으로, 상스러움에는 같은 종류의 상스러움으로 반격할 줄 아는 여자였다.

1925년 맥알먼은 그녀에게 조이스, 거트루드 스타인, 헤밍웨이의 이름을 한데 모은 선집 《컨텍트 현대작가 총서Contact Collection of Contemporary Writers》를 위한 글 한 편을 청탁했다. 필수적으로 알아야 할 작가들이었다.

어느 날 주나가 연인 셀마를 동반하고 카페 르 셀렉트에서 한잔하고 있는데, 머리끝까지 취한 웬 신문기자가 테이블에 합석을 하더니 그녀를 향해 무례한 몸짓을 했다. 이 상스러운 인물이 그녀가 대단히 민감하게 느끼는 명예를 건드리자 주나는 격분해 더없이 요란한 방식으로 불쾌함을 표했다. 카페 주인은 곧장 그 무례한 남자를 밖으로 끌어냈고, 그자에게 욕설을 있는대로 퍼붓는 두 여자도 끌어냈다. 이 모욕에 화가 난 남자는 가련한 지미에게 주먹을 한 방 날리더니, 두 여자를 치려는 명백한 의도로 그들에게 덤벼들었다. 그러자 카페에 있던 맥알먼이 단숨에 날아와 무쇠 같은 주먹으로 난봉꾼을 때려 눕히더니, 옴쭉달싹 못하게 그의 가슴팍 위에 앉았다. 맥알먼의 엉덩이(상당한 부피였다) 아래 깔려 숨도 못 쉬던 기자는 어머니의 머리를 걸고 더는 꼼짝도 않겠다고 맹세했다. 그러나 놓아주자마자 이 잠재적 모친 살해범은 용수철처럼 벌떡 일어나 곧바로 다시 싸움을 걸어왔다. 하지만 자존심 센 지미가 끝장내겠다고 나섰고, 멋진 어퍼컷으로 그를 쓰러뜨렸다.

그 시절 미국인들의 생활은 대단히 번잡했다.

카페 르 돔, 레스토랑 라 쿠폴, 카페 르 플로르, 카페 르 셀렉트, 카페 라 로통드, 르 댕고 바는 밤낮으로 **여흥**이라고 불리던 이 거대한 **불안에**(주나 반스의 말이다) 사로잡힌 무리로 넘쳐났고, 많은 이들이 과시에 **빠져** 가십거리를 제공했다.

루이 아라공을 필두로 한 초현실주의자들도 결코 뒤지지 않았다. 그들이 카페 르 돔의 테이블 하나를 차지하면 어김없이 그 자리가 가장 떠들썩했다. 그 시절(향수 때문에 나는 울 것만 같다) 젊은 작가들은 **다양하고 소중한 악습의 자유**를 누렸다. 주나가 사람들의 눈길을 끄는 건 기품 때문이었지만, 기회만 되면 그녀는 마차꾼처럼 소리를 지르는 천박한 행동으로 남자들을 당혹스럽게 해 그들의 수작을 거침없이 물리쳤다.

내털리 클리퍼드 바니*에 의하면 주나는 순진무구하고 거친 만큼 우아하기 그지없었으며, 그런 두 세계가 그녀 안에서 줄곧 대적하면서 맞물리고, 서로 경계하면서 뒤얽혔다.

주나는 바로크적이었다.

그녀의 글도 **마찬가지로** 경이 중의 경이였다.

주나는 수줍게, 대단히 수줍게 카페 르 플로르의 테라스에 몇 시간 동안 머무르곤 했다. 미국인들이 죽치고 앉아 "It's marvelous to be here(여기 참 근사한 곳이야)!"라고 거듭 말하며 시간을 보내는 그곳에서. 알코올이 일시적으로 그녀에게 자신감을 불어넣어주었다.

그녀는 성당의 고요 속에서 묵상하는 걸 좋아했다. 그리고 아침 시간에 침대에서 글을 썼다.

그녀는 식탁보가 깔린 레스토랑에서(그녀에게 돈이 있었기 때문에) 오믈렛(그녀가 프랑스어로 주문할 줄 아는 유일한 요리였다)을 먹었다.

〈베니티 페어〉〈더 뉴욕 트리뷴〉〈참Charm〉 지에 쓴 글과 그녀

---

*Natalie Clifford Barney(1876~1972), 미국의 소설가이자 희곡 작가이자 시인. 파리에서 유명한 레즈비언 살롱을 주재했다.

의 장편소설 《라이더》와 《숙녀 연감》(그녀의 미국인 여자친구들의 별자리와 기분 변화, 낮과 밤의 감정을 드러내는 초상화들을 실은 작은 책)의 상당한 판매 덕에 그녀는 생활을 번듯하게 꾸릴 수 있었다.

그리고 지성과 재능, 진부해 보이는 모든 것에 던지는 신랄한 유머로 미국에서 온 예술가 및 문인들의 존경을 두루 누렸다. 이런 유머는 그녀가 결코 버리지 않는 고통스러운 기품과 균형을 이루었다.

주나는 부유한 두 미국 여자 내털리 클리퍼드 바니와 페기 구겐하임의 지원을 받아 글을 썼는데, 이제 이들의 몇몇 비정한 처사에 대해 말하지 않을 수 없다.

여장부 미스 클리퍼드 바니는 파리에서 가장 유명한 살롱을 관장했다. 매주 금요일, 파리에서 가장 주목받는 인사들이 자콥 가에 있는 그녀의 아파트로 몰려들었다. 그곳에서 당대 명성이 만들어지고 무너졌다. 정원에서는 에로스에 바쳐진 작은 사원 앞에서 여자들끼리 춤을 추었고(이것은 윌리엄 윌리엄스에게 잊지 못할 기억을 남겼다), 그러는 동안 무심한 표정의 중국인들이 음료를 접대했다.

레즈비언임을 공개적으로 드러내고 여성문학을 장려하기를 갈망하던 내털리 바니는 1927년에 프랑스어권과 영어권 여성 작가들의 만남을 주선하기로 결심했다.

머리에 화관을 쓴 콜레트가 러시아식으로 r 발음을 굴리며 《방랑하는 여자La Vagabonde》의 몇 부분을 발췌해 읽었고, 내털리 바니가 자기 여자친구로 소개한 주나 반스는 6월 3일 저녁 모임에서 프랑스 여성작가 라실드와 함께 주된 역할을 나눠 맡았다.

하지만 언변이 유창하다고 일컬어지는 자들의 재능(보들레르는 이를 끔찍한 재능이라 썼다. 뭔가 말해야 할 때면 정신적 마비로 고통 받는 나를 위로해주는 말이다)이 없었던 주나 반스는 자기 글을 더듬거리며 읽었다. 솔직히 말하자면 글을 학살한 수준이었다.

슬프지만 내털리 바니는 인정하지 않을 수 없었다. 자신의 입장을 대변하는 데 반스보다 더 서툰 작가를 소개해본 적이 없었다는 것을(작가들이 자신을 파는 최악의 판매원이라는 가설을 확인해주는 행동인 걸까).

내털리 바니와 주나 반스는 무엇으로도 다치지 않을 우정을 맺었다. 주나 반스가 술에 취해 내털리 바니에게 모욕적인 말을 하는 일이 있어도 두 사람의 애정은 그 사랑스럽고 가볍디가벼운 욕설들을 견뎌냈다.

《나이트우드》에서 주나 반스는 모든 걸 털어놓을 수 있는, 마음 맞는 벗에 대해 썼다. 그녀는 비판도 질책도 않고 기억해두기만 했다. 스스로도 자기 질책과 자기비판을 하지 않았다. 그녀의 그런 면에 사람들은 끌리고 또 두려워했다. 그녀 내면 어디에도 발을 들여놓을 곳을 찾지 못한 부당함을 되가져가야 한다는 씁쓸함을 느껴도 그들은 그녀를 욕할 수 없었고, 그녀에게 해가 되는 무엇도 기억해둘 수가 없었다.

또 한 사람, 가련한 작은 백만장자 페기 구겐하임과의 관계는 훨씬 더 복잡했다.

한쪽은 재능이 있었고, 다른 쪽은 돈이 있었다.

두 사람 모두 개성이 강했다.

두 사람 모두 자존심이 셌다.

두 사람 모두 격렬했다.

1961년 〈타임스〉에 동의하고 한 인터뷰에서 페기 구겐하임은 자신이 후원하는 예술가들—주나 반스도 그중 한 사람이었다—에 대해 선언하듯 말했다. "전력을 다해 그들을 돕고는 있지만 사실 나는 그들을 싫어해요."

주나 반스는 그 기사를 읽고 또 읽었고, 불행히도 자신이 은혜를 입고 있는 그 돈 많은 더러운 년에게 저주를 퍼부으면서 기사를 오려내, 이 모욕의 명백한 증거를 온전히 보존하기 위해 아주 특별한 상자 속에 소중히 넣어두고 끝없이 원한을 곱씹었다.

그리고 페기 구겐하임에게 마음속으로 주먹감자를 먹였다. 그녀의 적이자 후원자는 알지 못하는 모욕이었지만, 개인적 차원에서는 어쨌든 효력이 있었다.

1927년부터 주나 반스와 그녀의 미국인 친구들의 삶에 무언가 변화가 생겼다.

그해 8월 파리의 노동자들이 사코와 반제티*의 처형에 대한 항

거의 뜻으로, 거드름을 피우며 카페 테라스에 앉아 있는 미국인 관광객들을 공격한 것이다.

파리는 점차 영락해갔다.

그토록 유쾌하고 풍요롭고 우애적이었던 사람들의 관계도 소원해지기 시작했다.

이디스 워튼의 강아지가 죽었다. 하나의 비극적 사건이었다.

《태양은 또다시 떠오른다The Sun Also Rises》의 엄청난 성공으로 부자가 된 헤밍웨이는 두 번째 부인 폴린과 함께 파리를 떠날 채비를 했다. 문화의 수도에 깊은 정신적 구멍을 남길 떠남이었다. 조이스는 몇 년 동안이나 갖은 방법으로 그를 도왔던 이들이 그의 외상값을 내주는 데 지친 모습을 보이며 손을 놓는 걸 보았다.

《율리시즈》의 프랑스어판 번역을 책임졌던 발레리 라르보는 저자 제임스 조이스와 번역자들인 오귀스트 모렐과 스튜어트 길버트, 그리고 발행인인 실비아 비치의 대립하는 특권들을 조화시키려고 애쓰다 거의 미칠 지경까지 이르렀다.

조이스에게 언제나 어머니 같은 헌신을 보였던 실비아 비치도 지친 기색을 나타냈고, 서서히 거리를 두었다.

＊이탈리아계 미국인 무정부주의자들로, 살인 혐의로 기소되어 유죄 판결을 받고 처형당했다. 이들의 사형 후 세계 곳곳에서 그들의 무죄를 호소하는 시위가 일어났다. 처형된 지 오십 년 뒤인 1977년에 매사추세츠 주지사가 두 사람의 명예 회복을 선언했다.

주나 반스

맥알먼은 십여 년 전부터 성 제임스 조이스 주위로 몰려든 아첨꾼, 숭배자, 자발적 하인들의 무리를 점점 더 견디지 못했고, 점점 더 술을 마셨고, 마신 만큼 욕설을 퍼부었다.

주나 반스는 지옥 같은 한 철을 보냈다.

그보다 몇 년 전, 베레니스 애벗이 주나에게 미소년 같은 아름다움을 지닌 젊은 미국 여성 셀마 우드를 소개해주었는데, 주나는 보자마자 그녀를 미친 듯이 사랑하게 되었다.

주나와 셀마는 곧 생제르맹 가의 한 아파트로 이사를 했고, 얼마 후엔 주나가 구입한 생로맹 가의 더 멋진 아파트로 이사했다.

셀마 우드는 자칭 조각가였다. 하지만 그녀의 작품들이 미적지근한 성공밖에 거두지 못한 데 비해 그녀의 성적 매력은 그 시절 치명적인 결과를 낳았다.

순정적 사랑의 짧은 유효기간이 지나자 셀마는 술집과 나이트클럽을 전전하기 시작했고, 때로는 너무 취해서 댄스홀 '지붕 위의 황소' 무대 위에 길게 뻗곤 했다. 그곳은 미국인들이 프랑스인 손님들을 모조리 쫓아내고 파리에서 가장 비싼 나이트클럽으로 만들어버린 곳이었다.

그녀는 만취해서 남녀 가리지 않고 아무하고나 하룻밤을 보냈고, 척 보면 짐작이 가는 초췌한 몰골로 새벽녘이 다 되어서야 집으로 돌아오곤 했다.

곧 주나는 상대를 안 가리고 유혹하고 방탕하게 사는 셀마를 수치스러운 마음으로 지켜보고 싶지 않아 밤 원정에 동반하기를 그만두었다. 그러던 어느 날, 누군가 전화로 셀마가 집으로 돌아가지 못할 상태라고 알려왔다. 달려가보니 셀마는 죽도록 취한 채 낯선 남자의 품에 안겨 있었다. 주나가 그 비열한 모리배에게서 떼어내 주려 하자 만취 상태에서도 고함치는 멋진 능력만큼은 잃지 않은 셀마는 그녀를 향해 맹렬히 욕설을 퍼붓기 시작했다.

남자는 흔적 없이 사라졌다.

두 여자는 밖으로 나왔다.

행인들이 몰려들었다.

주나만큼이나 화려한 입담을 가진 셀마는 끔찍한 욕설들을 계속 쏟아냈고, 영어 욕설이 그 광경에 민속적 차원을 덧씌워 모여든 사람들은 무척이나 재미있어했다.

고압적으로 보이는 허리띠를 찬 경찰관 한 명이 구두징 소리를 내며 용맹하게 다가왔다.

셀마는 그 남자의 어깨에 머리를 힘없이 떨구더니 갑자기 무너졌다.

주나가 무엇보다도 돈의 힘을 빌려 술집 주인과 함께 셀마를 일으켜 세우는 데는 반 시간이 걸렸다.

일단 침대에 눕자 셀마는 주나를 '나의 천사'라고 부르며 달콤한 말 몇 마디를 던지고는 바로 깊은 잠에 빠졌다. 한 명의 가수를 위해 연주하는 오케스트라처럼 요란한 코골이를 반주 삼아.

불행은 우리 모두가 찾는 것이다. 닥터 오코너가 《나이트우드》에서 한 말이다.

주나는 셀마와의 관계에서 자신이 찾던 불행을 만났을까? 그렇다고 나는 믿고 싶다.

어쨌든 연인의 처신은 그녀를 무너뜨렸다.

그녀는 폭음하기 시작했다. 먹는 것도, 자는 것도, 글 쓰는 것도, 연인만 빼고 모든 것을 잊었다. 셀마가 아닌 모든 것을 아랑곳하지 않았다. 그녀는 셀마의 부재를 치명적 박탈로 느꼈다. 셀마를 기다리고 또 기다리는 것 외엔 아무것도 하지 않았다. 셀마가 자신에게서 멀어질까봐 항상 전전긍긍했다. 늘 길목에 숨어 위험한 밤을 염탐했다. 혹은 죄의 흔적을 좇아 사냥을 떠났다가 아침이면 슬픔으로 피폐해져 돌아오곤 했다. 그녀는 연인이 죽기를, 죽거나 또는 다시 나타나지 않기를 간절히 바랐다.

절망에 빠진 어느 저녁, 그녀는 친구 로버트 맥알먼에게 털어놓았다. 내 삶은 지옥이 되어버렸어.

지옥은 그러고도 한참 더 지속되었다.

그리고 셀마는 매일 점점 더 추악해졌다.

술이 그녀의 질투심을 들쑤셨는데, 도무지 생길 이유가 없는 감정이었다. 질투심에 눈먼 셀마는 바람 피울 위험을 최소화하기 위해 주나가 방 안에 갇혀 지내기만을 바랐다. 어느 날 아침 그녀는 주나가 평소처럼 그곳에서 기다리고 있는 걸 보고 격분해서, 그들 침대 위에 놓인 헝겊 인형—그들의 아이—을 집어 바닥에 내동댕이친 뒤 씩씩거리며 그것을 짓밟았다.

이 행동이 주나에게는 신성모독이나 다름없었다.

함께하는 삶은 견딜 수 없는 것이 되었다.

이즈음 주나는 댄 마호니 곁에서 위로를 찾곤 했다. 그는 아일랜드 출신의 미국인으로, 확실한 동성애자에 대단히 재기 발랄하고, 대단히 명석하고, 대단히 인간적이었다. 자칭 지구상에서 가장 파렴치한 거짓말쟁이라고 우쭐대는 마호니는 그를 숭배하는 레즈비언 무리에 둘러싸여 호위를 받는 모습으로 종종 눈에 띄었다.

스탠퍼드 대학교에서 의학을 공부한 그는 파리에서 더없이 불법적으로 의술을 행했다. 하지만 그의 주된 활동은 생쉴피스 광장에 자리한 카페 드 라 메리의 (흔들거리지만) 무너지지 않는 기둥 앞 테이블에 앉아 지극히 개인적인 논리에 따라 틈틈이 음담패설을 섞어가며 철학적 이치가 담긴 고찰을 늘어놓는 것이었다. 닥터 댄 마호니는 청중의 수준에 대단히 까다로워서, 그에 따르면 가장 나은 대중 지성이 나타나는 장소를 선호해 그곳을 고른 것이었다.

그해, 주나가 조금이나마 자기 자신을 잊기 위해, 자신의 슬픔을 조금이나마 미뤄 잠시라도 대기 상태로 두기 위해 오랜 시간 귀를 기울인 인물이 댄 마호니였다. 그 앞에서 그녀는 억지 미소를 살짝 지어 보였다. 아무 앞에서나 무너지는 건 그녀에게 있을 수 없는 일이었다. 그리고 그를 속이려고 일부러 거친 웃음을 과장했다. 훗날 댄 마호니는 《나이트우드》에서 대단히 당혹스러우면서도 지극히 인간적인 인물로 그려진다. 괴짜인 닥터 매슈 오코너는 쉽게 열광하며 허풍스럽고 원색적이고 수다스럽고 극단적인 남자로, 독수리의 힘찬 비상 같은 서정적인 고양 속에 더없이 저속한 말을 뒤섞고, 확고하게 자기 것으로 만든 악취미에 극도의 영적 세련미를 뒤섞는, 내가 좋아하는 모든 걸 갖춘 인물이다. 이를테면,

그가 외쳤다. 오, 실연당하셨나요? 저는 쏙 들어가야 할 발바닥이 불룩 튀어나왔고, 머리에서는 비듬이 떨어집니다… 그렇지만 독수리가 내 불알을 낚아챈들, 가래침을 내 심장 위에 떨어뜨린들 내가 비명을 지릅니까? 계곡에서 난처한 일이 생겼다고 내가 산에 대고 불평한답니까? 돌이 떨어져 물이 끊길 때마다 돌에게 불평하겠습니까, 거짓말이 내 뱃속에 내려와 나를 죽이려고 음모를 꾸민들 내가 그걸 불평하겠습니까?

주나처럼 그도 환상이라곤 품지 않는 인물이었다. 그는 말했다. 다음 세대에게 우리는 공룡이 떨어뜨린 거대한 똥 덩어리가 아니라 벌새가 남기는 미미한 흔적이 될 것이다. 이조차도 무無보다는 낫다. 어쨌든.

T. S. 엘리엇은 《나이트우드》의 서문에 그에 관해 다음과 같이 썼다. 닥터 오코너는 줄곧 말했다. 인류의 언제나 미약한 불평과 신

음을 익사시키기 위해, 자신의 수치를 한결 견딜 만하게, 고뇌를 덜 추잡스럽게 만들기 위해.

그런데 어느 날, 주나는 셀마가 전보다 훨씬 지속적이고 위험해 보이는 애정 관계를 맺고 있다는 걸 알게 된다. 《나이트우드》에서 그녀는 셀마가 그녀를 속이고 바람을 피운 상대인 제니를 끔찍한 모습으로 그렸다. 매부리코 얼굴, 사나운 작은 몸집, 악한 영혼, 그리고 마치 사람들에게서 빌린 듯한, 입에서 쏟아져나오는 어이없는 말들.

주나는 셀마의 부정을 발견하고 사달이 나지 않도록 하려고 애썼다.

그녀는 원망했고, 셀마는 부인했다. 그녀가 거듭 캐묻자 셀마는 인정했다. 그녀는 절교를 선언했고, 셀마는 애원했다. 그녀는 말이 없었다. 셀마는 애원했다. 그러나 주나는 확고한 어조로 결별을 확정적으로 선언했다.

이야기는 끝났다.

그리고 두 여자는 그저 전화로만, 그것도 대단히 신랄하게 통화할 뿐 더는 말을 주고받지 않았다.

그 후 주나는 잭 다니엘을 병째 마시기 시작했고, 알코올중독에 의한 경직과 섬망증을 겪었다. 그녀는 공포에 질린 채 자기 방 벽에 기이한 동물들이 나타나 악의를, 더 정확히 말하자면 적의를 분명히 드러내며 자신을 응시하는 환각을 경험했다.

주나 반스

모든 것이 그렇듯 그녀의 슬픔도 낡아갔다. 그와 동시에 알코올로 슬픔을 소멸시키려는 욕구도 낡아갔다. 그리고 기이한 동물들은 그녀의 영혼 속에서 해체되었다.

이어지는 여름 동안, 어떤 상황에서인지 모르겠지만(아마도 고독이리라) 주나는 〈블루스〉지를 펴내는 미국의 시인이자 소설가인 찰스 헨리 포드와 가까워졌다.

주나가 외과수술을 받았을 때 그녀를 찬미하는 찰스 헨리 포드는 회복기 동안 그녀를 돌보겠다고 나섰고, 그녀가 사는 아파트의 골방에서 지냈다.

두 사람은 경이로울 정도로 잘 맞았다. 찰스 헨리 포드는 그가 평생 만난 사람들 중 주나 반스야말로 가장 부르주아적이지 않은 여성이라고 단언했다.

두 사람은 함께 빈과 부다페스트, 뮌헨으로 다녔다. 주나는 친구 폴 볼스가 찬양한 바 있는 탕헤르로 그를 만나러 가기도 했다. 그러나 그곳에서 오래 머무를 수는 없었다. 부주의로 화가 장 오베를레의 아이를 임신한 사실을 알게 되어 낙태를 하기 위해 파리로 돌아가야 했던 것이다.

이 시기에 주나는 훗날 《나이트우드》가 될 글을 쓰기 시작했다.

그녀는 이 글에 필요한 부분을 자기 삶에서 끌어와 넣었다.

파리를 넣고, 생쉴피스 광장을, 그리고 드 라 메리 카페를 넣었다.

더없이 바로크적이며 절망에 빠진 친구 댄 마호니도 넣었다. 책 속에서 그는 닥터 오코너가 되었다. 그리고 옛 연인 셀마도 넣었는데, 이제는 그녀에게 허구 속 인물의 형태를 부여할 정도로 충분히 멀어진 것이었다. 셀마는 페기 구겐하임의 암캐들 중 하나에서 이름을 빌려온 로빈으로 둔갑했다(분명히 셀마의 취향은 아니었다).

그리고 마지막으로, 기품에 대한 그녀의 감각, 그녀의 냉소, 그녀의 거친 면모와 끈질긴 환멸도 넣었다.

1932년, 주나의 파리 생활이 얼마나 힘들어졌는지를 본 페기 구겐하임은 그녀에게 데번으로 와서 여름을 보내라고 초대했다. 주나는 받아들였고, 8월에 요리사, 몸종, 두 명의 아이, 가정부, 그녀의 남편 존 홈스, 그리고 에밀리 콜먼까지 완벽하게 갖춘 페기의 수행단과 헤이퍼드 홀 저택에 도착했다.

소설가의 재능이 좀 있었던 에밀리 콜먼은 주나가 침실에 온종일 틀어박혀 미친 듯이 쓰는 《나이트우드》에 열광했다.

에밀리는 쉽게 성을 내는 사람이었고, 그녀의 화는 주변 사람들을 피곤하게 만들었다. 어느 날 저녁 주나는 모두가 부러워하는 재치를 드러내며 그녀에게 말했다. **살짝만 때려눕히면 넌 아주 우아해질 텐데.** 에밀리는 이 말에도 원한을 품지 않았고, 사랑에 빠진 듯 나날이 책의 진전을 좇았다.

소설이 완결되자 주나는 작품이 태어나 자라고 완성되는 모습을

주나 반스

지켜본 페기 구겐하임과 존 페라 홈스에게 그것을 헌정했다.

뉴욕으로 돌아온 주나는 몇몇 출판사에 원고를 보였지만 모두에 게서 단호히 거절당했다.

그녀는 글 쓰는 걸 그만 두고 그림을 시작했다. 미용실에 가서 양 궁둥이처럼 복실복실해져서 나왔다. 그리고 알코올중독의 위기에 더해 비탄의 절정기를 경험했다.

얼마 뒤 그녀는 다시 페기의 초대를 받아 그녀의 새 영국 집으로 가서 그녀의 연인, 매의 눈을 가진 사뮈엘 베케트와 우정을 맺고 에드워드 제임스라는 유명한 영국인 후원자를 만나게 되었는데, 그에게는 몹시 매정하게 굴었다. 그녀는 그런 재능이 있었다.

1935년 에밀리 콜먼이 《나이트우드》의 원고를 영국의 시인이자 번역가인 에드윈 뮤어에게 넘겼고, 그는 열광했다. 복사본 한 부를 손에 넣은 소설가 딜런 토머스도 무척이나 감탄해 미국에서 강연 을 할 때마다 일부를 발췌해서 읽곤 했다.

1922년에 그 유명한 《황무지The Waste Land》를 출간한 T. S. 엘리 엇은 1936년 자신이 발행인 직책을 맡고 있는 파버 앤드 파버Faber & Faber 출판사에서 이 소설을 내기로 결정했다. 그러나 기독교적 색채를 띤 출판사가 아님에도 소설의 성공을 조금도 믿지 않았던 파버 앤드 파버에서는 전신이 쇠약해져 있는 주나에게 계약금조차 주지 않았다.

이 년 뒤, 《나이트우드》는 미국의 하코트 브레이스Harcourt Brace 출판사에서 다시 출간되었다.

미국의 비평가들은 하나같이 책을 비난했다. 한 비평가는 이 책에서 퇴폐와 성적 타락으로 진정한 가치들에 대한 모든 감수성을 파괴시키고야 마는 서클, 자기 자신에게만 침잠하는 지식인 패거리가 조장하는 퇴폐 문화를 목도했다며 몸서리를 쳤다.

그래서 주나는 향수를 간직하고 있던 파리로 다시 떠났다. 하지만 이번 체류는 참담했다. 예고된 전쟁과 재앙이 그녀를 줄곧 두려움에 몰아넣었다. 그녀는 심각한 우울증으로 요양원에 입원하게 되었고, 어떻게 손을 썼는지 에밀리 콜먼이 그녀를 그곳에서 무사히 빼냈다.

페기 구겐하임의 금전적 도움을 받아 주나는 비참한 상태로 미국행 배를 탔다.

주나 반스의 뉴욕 생활은 셀마를 만나기 이전 파리 생활의 어두운 이면 같았다. 처음에 그녀는 초라한 아파트에서 살다가 어머니와 함께 54번 가에 정착했고, 다시 언덕 위의 빌어먹을 외딴 집에서 끔찍하게 지내다가(걸핏하면 화를 내는 카우보이와 결혼한 에밀리 콜먼의 아리조나 농장이었다) 오빠의 요청으로 강제 입원하게 되었는데, 병원에서 그녀를 데리러 왔을 때 하도 발버둥을 치는 바람에 피하출혈로 온몸이 예쁜 보라색으로 뒤덮였다. 얼마 지나지 않아 그녀는 그리니치 빌리지의 패친 플레이스에서 여생을 보낼 작은 거처를 찾아냈다.

1948년에 노벨상을 수상한 T. S. 엘리엇은 영국으로 귀화해 그곳에서 그녀에게 정기적으로 따뜻한 편지를 보내곤 했는데, 한 편지에서는 그녀가 당대 최고의 천재라 말하기도 했다.

하지만 이런 찬사도 그녀의 신랄한 성격을 누그러뜨리지는 못했다. 아름다운 영혼을 가진 이들이 그녀를 도우려는 뜻에서 그녀가 제임스 조이스의 작품에 관해 이야기하도록 시인 센터에 강연회를 주선했을 때 그녀는 간단히 그 행사를 취소해버렸다. 그리고, 나는 모든 자선을 혐오한다고, 거만하게 잘라 말했다.

1948년 그녀는 운문 시극 《안티폰The Antiphon》을 쓰기 시작했고, 육 년 뒤 T. S. 엘리엇에게 이 작품을 보냈다. 엘리엇은 그녀의 신경과민 때문에 진지한 의견을 말해줄 수 없어 몇 주 동안 아무 말도 못하다가 결국 확신보다는 우정 때문에 작품을 책으로 출간해주었다.

1950년대부터 주나 반스는 자신의 작은 아파트에 갇혀 지냈다.

카슨 맥컬러스가 찾아와 문을 열어달라고 애원하면 그녀는 지옥에나 가라고 외치곤 했다.

아나이스 닌에게는 대답조차 하지 않았다. 역겨울 정도로 멋을 부리고 시류에 맞춰 성적인 내용을 잔뜩 뿌린 그녀의 작품들을 주나는 경멸했다.

주나 반스는 세상을 향해 문을 걸어 잠갔다.

이제는 아무도 그녀를 찾아오지 않았다.

과거엔 당대 최고의 재능 있는 예술가들과 폭넓은 교유를 맺었던 그녀는 이제 야만적인 고독 속에 들어앉았다.

옛 악마들이 깨어났고, 오랜 유년기의 위협들이, 오랜 두려움들이 깨어났다.

그녀는 인간 일반의 악의를, 특히 동시대인들의 악의를 혐오했다. 그녀에겐 그들이 방열기 뒤에 숨은 사납고 가학적인 족속처럼 보였다.

《나이트우드》에서 그녀는 이렇게 썼다. 혼란들, 극복된 불안들, 이것이 우리를, 우리 모두를 이루고 있다. 이십 년이 지났지만 그녀의 불안은 여전히 남아 있었다. 문학은 그것들을 극복하기 위한 장치가 되지 못하는 모양이었다. 최악의 경우, 그 불안들은 몇 년 동안 침묵하거나 위장하고 있다가 열 배로 커진 폭력성을 갖추고 다시 떠올랐다.

주나는 고독한 사람이었다. 그리고 이제는 갇힌 사람이 되었다.

그녀는 문학과 문학을 하는 사람들에게 많은 것을 요구했고, 그녀의 요구들은 결국 학대의 감정이 되어 되돌아왔다.

카프카는 친구 막스 브로트에게 보낸 편지에 작가는 인류의 희생양이라고 쓴 바 있다.

주나 반스는 바로 그것을 체험했다.

이제 문단과의 모든 관계, 미디어(그녀가 너무도 잘 알아서 경계하지 않을 수 없었던)와의 관계와 출판사들(모욕을 너무 감내하느라 혐오하지 않을 수 없었던)과의 관계는 그녀에게 위협으로 다가왔다.

장을 보기 위해 지나가야 했던 그리니치 빌리지의 거리에서 《나이트우드》를 재출간하기로 한 뉴디렉션스New Directions 출판사의 발행인 제임스 로플린을 만날 때마다 그녀는 그에게 쏘아붙였다. **그래, 요즘은 어떤 쓰레기들을 출간했나요?** (그녀가 보기에 그는 더없이 형편없는 작가, 오로지 섹스에 대해 말한다는 이유로 바보 같은 프랑스인들에게 격찬받은 헨리 밀러를 출간한, 용서할 수 없는 잘못을 저지른 자였다.)

선집에 《나이트우드》를 포함시키겠다는 허락을 얻어낸 로버트 지루는 수화기에서 그녀의 목소리가 들려오는 순간 지독한 편두통에 시달려야 했다. 주나는 이제 비난밖에 할 줄 몰랐다.

그녀의 아파트는 돼지 우리가 되었다(수입이라곤 페기 구겐하임이 매달 보내주는 생활비뿐이었는데, 그녀는 그걸 전쟁의 승자가 조공을 받듯 받았다).

그녀는 자기 그림자와 언쟁을 했다.

먹는 걸 잊었다.

그러곤 심각한 영양실조로 며칠씩 병원에 입원했다.

이제 그녀는 세상에 아무것도 기대하지 않았다.

파리 생활에서 중요한 자리를 차지했던 모든 여자들, 아직도 그녀가 이따금 전화를 거는 여자들, 셀마 우드, 내털리 바니, 에밀리 콜먼, 페기 구겐하임은 모두 하나씩 사라졌다.

주나는 이제 벽하고만 말했다.

1970년 그녀는 침묵을 깨고, 그녀에 관한 책을 쓰고 싶어 하는 제임스 스콧이라는 대학 교수에게 인터뷰를 허락했다.

만나기 전 전화 통화에서 그녀는 만남을 머릿속으로 준비할 수 있도록 그에게 자화상을 그려볼 것을 주문했다. 그가 턱수염이 있다고 말하자 그녀는 면도를 하라고 강압적으로 요구했다. 그녀의 아버지가 턱수염을 길렀기 때문에 죽을 정도로 기겁하고 싶지 않다는 것이 이유였다.

문제의 그날, 그녀는 잠옷에 실내복을 걸친 차림으로 그를 맞이했고, 이십오 년 동안 아무도 집에 들인 적이 없다고 털어놓고는 선언했다. 늙은이들을 죽여야 할 겁니다. 법이 필요해요. 저렇게 저들을 살려두는 건 비인간적인 일이에요. 그거 알아요? 난 이미 죽었어요. 난 이미 건너갔는데, 저들이 나를 다시 데려왔어요. 이제 난 이 모든 끔찍한 것들을 다시 거쳐야 해요. 끔찍한 일이에요.

주나 반스는 이미 죽어 있었다. 그녀의 소설이 숭배의 대상이 되어 있는 동안, 그녀는 오래전부터 죽음의 강을 거듭 건너고 있었다.

그녀는 1982년 6월 18일 마침내 사망했다.

그녀 나이 아흔이었다.

주나 반스

주나 반스가 장수했다는 사실을 주목해주었으면 한다. 서문에서 이 여자들을 덮친 비극적 운명에 관해 내가 예고한 말에 충격을 받았을 독자가 기분이 누그러져 내게도 호감을 가질 수 있도록.

Sylvia Plath

실비아 플라스

실비아 플라스Sylvia Plath(1932~1963)

1932년 미국 보스턴에서 오스트리아계 어머니와 독일계 아버지 사이에서 출생. 스미스대학교에 장학생으로 입학해 우등으로 졸업한 후 다시 장학생으로 영국 케임브리지 대학교에서 공부. 그곳 에서 만난 영국 시인 테드 휴스와 1956년에 결혼. 1960년 시집 《거대한 조각상》 출간. 1960년에 딸 프리다를, 1962년에 아들 니컬러스를 출산. 1962년 테드 휴스의 불륜으로 별거에 들어가 이듬 해 초봄에 자살로 사망. 죽기 직전에 자전적 소설 《벨자》를 빅토리아 루커스라는 필명으로 발표하 고, 사후 시집 《에어리얼》(1965), 《호수를 건너며》(1971), 《겨울나무》(1972) 출간. 1981년 테드 휴스 가 엮은 《실비아 플라스 시 전집》으로 퓰리처 상 수상.

인생의 큰 사건들은 한순간에 일어나기도 한다. 1956년 2월 26일, 실비아 플라스는 케임브리지의 학생 파티에서 테드 휴스를 만난다. 그는 키가 크고, 시를 썼으며, 영화배우처럼 잘생긴 남자였다. 그녀는 들떠서 시를 썼고, 그녀의 달뜬 열기는 몸짓과 목소리에서 드러났다. 두 사람은 술을 마셨다. 그가 그녀에게 키스했다. 그녀는 피가 나도록 그의 뺨을 깨물었다. 두 사람은 1956년 6월 16일, 조이스의 《율리시즈》 주인공 블룸이 배회한 날짜*에 결혼했다. 두 사람 인생의 큰 사건들에는 문학의 인장이 찍히게 된다.

---

*6월 16일은 《율리시스》의 배경이 된 날(1904년 6월 16일)로, '블룸스데이Bloom's Day'라고 불린다.

실비아 플라스

처음에 그들의 사랑은 어두운 그림자라고는 알지 못했다. 실비아는 〈테드에게 바치는 송시Odd for Ted〉를 썼다. 그녀는 눈부시게 빛났다. 그 시절 사진들에서 그녀는 충만한 여자의 얼빠진 얼굴에 미국식 미소를 짓고 있다. 그녀는 완벽한 아내가 되고 싶었다. 모든 미국 여자들이 완벽한 아내가 되려고 〈레이디스 홈 저널〉이나 〈마드무아젤〉 같은 잡지들의 조언을 따르고 싶어 했다.

테드는 그녀를 재우려고 팔베개를 해주며 얼렀고, 그녀의 불안을 잠재우는 사랑의 말을 속삭여주었다.

그녀는 그를 엄청나고 멋진 천재로 생각했다. 그를 구세주라 불렀다. 그를 잃는다면 자신은 정말이지 죽어버릴 거라고 말했다.

두 사람은 함께 에스파냐를 여행했고, 알리칸테 근처의 어촌에 머물렀다. 그들이 묵은 방의 테라스는 완벽한 바다 쪽으로 나 있었다. 그들은 틴토를 마셨다. 시를 썼다. 그리고 미래를 꿈꾸었다. 테드는 영국의 시인이 되고 나는 미국의 시인이 될 거야. 그들은 서로에 대해 아낌없이 감탄했고, 시로 살겠다는 욕망을 똑같이 느꼈다. 테드가 곁에 있어 실비아는 새로운 에너지가 생겨났고, 자기 열정에 전념하려는 욕망이 커졌다. 그리고 그녀는 그러기로 결심했다. 그리고 그녀는 격렬한 비판에 맞닥뜨릴 서른세 편의 시를 썼다. 아무것과도 부딪치지 않으려고 쓴 글은 존속할 가치가 전무하다는 건 누구나 아는 사실 아닌가.

그러나 실비아의 오랜 불안은 종종 되살아났고, 재발이 의심되었다. 그녀는 불행의 바람이 주위를 배회하는 소리를 들었다. 고약한 수의囚衣의 맛이 그녀 입속을 버려놓았다. 그러면 그녀는 뱃속에 두꺼비라도 든 것처럼, 윌리엄 블레이크의 별들이 사라지듯 불현듯 현실이 사라질까 두려워졌다.

테드는 그녀 안에서 그를 불안하게 만들 뿐 아니라 매혹하기도 하는 이 부정적인 기운을 감지했다. 대부분의 사람들이 안타까워하고 불안해하면서도 매혹되는 기운이었다.

아직까지 테드는 그 기운을 잠재울 줄 알았다.

그에겐 그런 힘이 있었다.

두 사람이 만나기 삼 년 전, 미국에서 실비아가 한 번 죽은 적이 있다는 사실을 그는 모르지 않았다.

실비아는 살면서 여러 번 죽는다. 난 겨우 서른 살이다/고양이들처럼 나는 아홉 번 죽어야 한다. 첫 번째 죽음은 1953년에 문학상을 받고 〈마드무아젤〉 지 편집 참여에 초대받아 뉴욕에 체류한 뒤 일어났다.

그때의 체류가 그녀를 죽였다.

사람들이 요구하는 글쓰기에 자신을 맞추고, 매카시즘의 파렴치함을 조금도 개의치 않는 동료들의 경박함을 견디고, 물질적 성공을 좇는 그들의 홀림을, 모두처럼 되려는, 다시 말해 아무나처럼 되려는 그들의 욕망을 지켜보는 것이 그녀에게는 그만큼의 시련과 환멸이었고, 그 흔적은 《벨자The Bell Jar》에서 고스란히 확인된다. 증거도 없이 로젠버그 부부에게 선고된 전기의자 형을 받아들이는 사람들의 잔인한 무관심을 보고 그녀는 마치 불의가 자신에게 가해진 듯 격분했다. 미국에서 일어나는 감정적 반응의 극치는 민주적인 큰 하품, 한없는 권태를 말해주는 비굴하고 진부한 하품이 될 겁니다.

뉴욕에서 돌아온 그녀는 썩어빠진 세상에 대한 혐오와 피로를 동시에 느꼈다. 그즈음 일어난 하찮은 사건 하나가 예시라도 하듯 그녀의 참담한 기분을 압축해 보여준다. 그녀는 여름 동안 참여하려고 신청한 문학 아틀리에에 받아들여지지 않았다는 사실을 알게 된다. 대수롭지 않은 일이었지만, 너무도 큰 아픔이었다. 좌절감이 그녀를 덮쳤다. 몇 달 동안, 몇 년 동안, 때로는 심지어 한평생 동안 억눌러온 아픔이 아무것도 아닌 일에, 사소한 일에 끈기 있게 쌓아올린 둑 위로 넘쳐흐를 때가 있다. 8월의 어느 저녁, 실비아는 죽기로 결심하고 지하실에 숨어 수면제 한 병을 집어삼켰다. 사람들은 가출이라고 생각했다. 사방으로 그녀를 찾아다녔다. 사흘 뒤, 그녀는 평생 뺨에 흉터로 남게 될 상처가 난 채 거의 반쯤 죽어 발견되었다. 정신병원 입원. 인슐린 요법. 전기 충격 치료. 정신의학에서 통상적으로 벌어지는 폭력.

인간에게 실시하기 전에는 도살장의 돼지들에게나 가하던 끔찍한 처치를 그녀가 받은 지 삼 년이 흘렀다. 그녀가 어느 신에게 머리채를 붙잡혀, 사막의 어느 예언자처럼 신의 푸른 전기 볼트에 지글지글 태워진 삼 년이었다. 그 후 그녀가 된 행복한 아내, '추락' 전 천사들조차 부러워했을 지극히 행복한 아내와는 무한히 멀어 보이는 삼 년이었다.

에스파냐 여행을 다녀온 뒤로 부부는 영국 요크셔에 사는 테드 부모의 집에서 잠시 머물렀다. 실비아는 에밀리 브론테가 결코 떠나지 못했던 그 고장의 아름다움에 감탄했다. 유년기의 바다가 아쉽지 않은, 세상에서 유일한 장소라고 그녀는 말했다. 요크셔의 황야가 그녀에겐 바다였기 때문이다.

케임브리지의 엘티슬리 가 55번지로 돌아온 테드는 교수 자리를 얻었다. 실비아는 시간을 쪼개어 대학 강의를 하고 시를 쓰고 테드의 글을 타자했고, 타자한 글을 주요 잡지들에 보냈다. 그녀는 남편의 재능을 확신했다. 아내, 시인, 비서, 그녀는 동시에 이 세 여자가 되기를 바랐다. 어느 하나 포기하지 않았다. 그리고 테드가 그녀에게 보여준 신뢰와 감탄, 공모 의식 덕에 그녀는 한동안 그럴 수 있으리라고 믿었다.

하지만 부부 사이의 균형은 깨지기 쉽고, 사랑은 어떤 병도 치유하지 못한다.

테드는 1957년 2월 《빗속의 매The Hawk in the Rain》로 하퍼 출판

사에서 주는 상을 받으면서 문단에 이름을 알리기 시작했다.

반면에 실비아는 글쓰기가 자신에게서 달아나는 것 같다고, 재능이 떠난 것 같다고, 머릿속이 요리법에 꽉 막혀 창의력이 빈약해지고 고갈된 것 같다고 느꼈다. 난 투르트*와 소 도가니 요리를 만드는 데나 쓸모 있는 건 아닐까? 시인의 아내, 휴스 부인의 삶 이외의 다른 삶은 살지 못하는 걸까? 사랑은 그녀에게 피투성이 희생을 요구하는 사나운 매인가? 그리고 남자들의 일인 글을 쓰려는 욕망은 그녀가 본보기가 되고자 했던 아내의 삶과는 양립할 수 없는 것인가? 온전한 자격을 갖춘 작가가 되려면 싸워야 하고, 시시한 일에 칩거하지 말아야 한다는 이 한결같은 감정, 페미니즘의 위대한 시절을 예고하는 이 감정은 플라스의 시에서, 저항과 조롱 사이에서 자주 공명하게 될 것이었다.

1957년 6월, 부부는 실비아가 자란 메사추세츠 주로 떠났다. 실비아는 몇 년 전까지 자신이 특출하게 명석한 학생으로 재학했던 노샘프턴의 스미스 대학교에 강사 자리를 얻었다. 플라스는 이미 청소년기에 문학의 완성을 좇았다. 그러나 문학의 완성이란 존재하지 않는다는 걸 그녀는 나중에야 알게 된다. 그때 이미 그녀는 자신의 욕구를 더 높이 끌어올리려고, 시로 어찌 할 수 없는 난해

---

*소를 넣고 다시 반죽으로 그 위를 덮은 일종의 파이.

한 것들에 도달하려고 애썼다. 예술과 문학을 어설프게 아는 어머니를 만족시키려고 애썼다. 그녀는 어머니의 확장이었을 뿐이어서 사랑에 대한 보답으로 성공의 증거를 당신에게 보여주어야 했기 때문이다.

고향으로의 귀환은 그녀의 머릿속에, 절뚝이는 기억이긴 해도, 태양과 이어진 유년기와 사랑하는 아버지에 대한 기억을 일깨웠다. 독일계 생물학자에 반은 신이고 반은 곰인 아버지, 딸에게 단 것을 잔뜩 안겨주는 헤픈 아버지, 그녀를 목에 매단 채 헤엄을 치고 숨찰 정도로 허공에 던지곤 하던 아버지였다. 아버지는 그녀가 여덟 살 때 죽었다. 스무 살이 된 그녀는 아버지에게 돌아가려고, 돌아가려고, 되돌아가려고 했다. 그 후 아버지는 그녀의 글에서 떠나지 않는다.

그가 죽었을 때 어린 실비아는 버림받고 배신당한 심정으로 선언했다. 다시는 하느님에게 말 걸지 않을 거야.

그 후 하느님은 결코 그녀에게 의지의 대상이 되지 않는다.

실비아 플라스는 상실 앞의 유일한 출구를, 그녀의 삶에 가해진 죽음들 앞의 유일한 위로를 글쓰기에서 찾았다.

그녀는 말했다. 글쓰기는 물과 빵, 혹은 절대적으로 필요한 무엇이라고.

실비아 플라스

그리고 그녀에겐 글쓰기가 절대적으로 필요한 무엇이었기에 스미스 대학교에서의 강의가 견디기 힘든 고역으로 느껴졌다. 지식이 시를 죽인다는 것을 그녀는 알지 못한 채 알았고, 매일 그 사실을 확인했다. 교육은 그녀를 메마르게 했다. 교육 환경이 그녀를 황폐하게 했다. 두려움이 되돌아왔다. 질투. 미친 생각들. 자신이 아무것도 아니라는 감정. 불면증과 그 검은 물이 돌아왔다. 그녀의 책 《두 연인Two Lovers》은 거절당했다. 그녀의 시도 마찬가지였다. 그녀의 표현에 따르자면, 책의 삶과 죽음을 결정하는 '패거리', 여전히 자기 친구들의 책만 출간하는 이들 때문이었다. 이런 거절들은 그녀 안에 자신이 부족하다는 격한 감정을 키웠다. 그리고 그녀가 과작寡作하는 작가라는 점, 힘들게 싹을 틔워 키운다는 점과 테드의 여유로움, 그의 시원시원한 성격, 그의 힘, 그의 카리스마 때문에 그녀는 자신이 남편보다 열등하다고 생각하며 점점 더 고통스러워했다.

실비아는 자기 확신을 위해 환희를 과장하다가도 몇 날 며칠 동안 절망적으로 자신을 공격하며 끊임없이 흔들렸다. 강력한 힘이 느껴지는 호사스러운 감정에 휩싸인 순간들도 있었다. 글이 기적처럼 써지고, 단어들이 달려와 애쓰지 않아도 저희끼리 이어지는 순간들. 그럴 때면 그녀는 물 위를 걸었고, 그녀의 삶은 숭고해졌다. 그녀는 절정에 있었다. 크게 웃고 큰 소리로 말했고, 발랄한 태도

일곱 명의 여자

를 보였고, 그 시절 사진들에서 볼 수 있는 멍청한 미소를 과시적으로 지었다. 사람들도 깜빡 속았을 것이다.

그러다 갑자기 정신이 마비되고, 확신들이 무너지고, 자신의 무능에 대한 감정이, 두려움이, 무력감이, 재의 맛이, 세상에서 귀양살이를 한다는 느낌이, 얼어붙은 행성에서 살고 있다는 느낌이, 자신의 글은 삶의 아바타일 뿐이라는 확신이, 그녀가 붙들고 싶어 하는 현실이 끊임없이 지평선 뒤로 물러난다는 확신이, 어떤 심연이 작품에 관한 약속과 보잘것없는 달성 사이를 갈라놓고 있다는 확신이 들었다.

그러면 모든 것이 죽음 주위를 맴돌고, 정신은 혐오스러운 시체처럼 마룻바닥을 뒹굴고, 거울은 추한 얼굴을 비추어 보이고, 온 세상이 퇴색하고, 그녀의 시는 질척하고 싱겁고 자아도취적이고 인위적이고 심지어 구역질 나는 기교로 가득해 보이기만 했다.

심연의 바닥으로 떨어지는 이런 추락 끝에, 실비아 플라스는 자기 안에 평생 타협하고 살아야 할 **살인자 자아**가 있음을 깨달았다.

울프의 경우처럼 겨울잠을 자는 짐승들의 리듬을 따르는 살인자 자아, 몇 달 동안 잠들어 침묵하고 거짓말처럼 사라져 고요와 평온이 자리 잡도록 내버려두다가 갑자기 예고 없이 죽음의 맛과 죽음의 폭력, 죽음의 무기를 갖추고 불쑥 다시 나타날 수 있는 살인자 자아.

실비아 플라스

그 살인자 자아에게 그녀는 이제 창피를 주고 싶다고 말했다. 고 개를 들지 못하게 하고 싶다고 말했다. 그리고 그녀는 정중했다.

1958년에는 그럭저럭 그것이 가능했다.

스미스 대학교를, 그곳의 시간표와 교수들과 그들의 쩨쩨함을 떠나겠다는 그녀의 결심이 확고해졌다. 죽음은 아직 입을 다물고 있었다. 그리고 그녀는 여러 권의 선집을 읽다가 소위 자기고백적 이라고 정의되는 시의 대표주자 격인 로버트 로웰의 작품을 발견 하고는 기뻐한다. 고통, 방종, 혼란, 감정적 무절제 등 가장 내밀한 체험들을 드러내는 시였다. 이른바 그녀에게 말을 걸고, 그녀를 자 기만의 길로 인도할 체험들이다.

1959년, 실비아 플라스는 마침내 스미스 대학교와 그녀가 숨 막 혔던 학교 사회를 떠나 테드와 함께 보스턴에 정착했다. 이 도시 의 사람들, 빛, 카페, 극장, 예술가, 작가, 그리고 출판인들을 그녀 는 사랑했다. 존엄한 〈뉴요커〉 지에서 그녀의 시 두 편을 받아주었 다. 그리고 한동안 엄청난 기쁨의 기운이 그녀의 가슴속에 잠들어 있던 악성의 무언가를 쓰러뜨려 살아나지 못하게 했다.

바로 그 순간, 플라스는 글쓰기에서 그녀에게 절대적으로 고유 한 무언가에 다가갔다. 출구, 그녀가 경건하게 연구한 시적 원형 이었다.

출구. 엘리엇 풍의 몰개성과 그녀의 고고한 조심성, 혹은 "이국적-낭만적-영광-그리고-명성 취향의 감상벽".

출구. 우리의 초라한 삶을 이루는 기형적인 것, 약한 것, 추한 것을 내모는 시적 완벽. 완벽은 잔혹해서 아이를 가질 수 없다. 이 때문에 그녀는 자신이 흠모하는 울프를, 기이하게도 감자와 소시지가 빠진 작품을 만들었다는 이유로 비난한다.

이제 그녀는 경험의 위축이 현대인들과 그들의 기술적 장난감들을 위협하며, 일부 시詩도 위협한다는 걸 의식하게 되었다.

따라서 이때부터 그녀의 글은 가장 친근한 자기 삶을 이야기했다. 입술연지도 안 바른, 실내화와 실내복 차림의 나를,

때로는 보글거리며 익어가는 포토푀와 기름 냄새로 이루어진, 그녀의 가장 범속한 삶을,

사물의 물질성 속에 닻을 내린 그녀의 삶. 나른한 바이올린들을 먹으려고/달걀을 집어삼킨다/달걀과 생선, 나의 맛난 음식.

습관적인 시적 수줍음을 벗은 그녀의 삶, 그리고 그 광채와 기괴스러움, 불가사의와 불안으로 가득한 그 일상, 그녀 자신의 찌꺼기, 그녀 영혼의 찌꺼기와 그녀의 균열들, 여자로서의 구체적인 몸, 여자로서 그녀가 입은 상처들과 느끼는 기쁨들, 범속하고 또 고귀한 여자의 일들,

낮의 일상과 밤의 불면증, 그리고 그녀가 겁에 질린 채 죽음의

실비아 플라스

허무를 접하는 한계 체험들.

이 모든 것들에 그녀는 라임즙을 뿌리며 이야기한다.

곧 테드와 실비아는 유럽으로 돌아가기로 결심한다. 체제 순응주의와 슈퍼마켓과 개똥으로 가득한 미국에 깊이 실망했던 것이다. 여름이었다. 영국행 배에 오르기 전 그들은 자동차를 몰고 북쪽으로 가 온타리오 주의 록레이크에서 야영을 하고, 몬태나 주를 거쳐 와이오밍 주까지 가서 옐로스톤 공원의 바위산을 누비고, 프리다 이모가 살고 있는 캘리포니아에 가서 모하비 사막을 횡단하고, 테네시 주로 방향을 틀어 8월 말에 보스턴으로 돌아갔다. 이 지역들의 아름다운 이름과 그들이 가로지른 공간들에 대한 경험은 훗날 한 편의 시 속에 녹아들어가게 된다.

그들은 9월에 뉴욕 주에 위치한 예술인 숙소 야도Yaddo에 도착했다. 그곳에서 11월까지 지내도록 초대받았던 것이다. 장소는 이상적이었다. 하지만 글쓰기가 또다시 미뤄지고, 형용할 길 없는 피로감이 몰려오고, 테드의 감시가 제의처럼 짓누르고, "무슨 생각해?" "지금 뭐 해?" 같은 소리들이 짐승에게 던지는 그물처럼 그녀를 에워쌀 때 플라스에게 이상적 장소란 있을 수 없었다. (회복탄력성이라는 마법의 개념도 아직 없고 광선 치료법도 아직 나오기 전이라 우울증 환자들은 모두 비참한 똥더미 속에 빠져 있어야 했다는 사실을 상

일곱 명의 여자

기하자.) 죽음의 표지들이 엄습해오는 암울한 시간과, 겨울과 추위와 텅 빈 백지 같은 세상밖에 없었다.

하지만 곧 플라스는 자신이 임신했다는 사실을 알게 되었고, 그녀가 느낀 기쁨, 그토록 기다려온 기쁨과 우울이라는 오래된 악마 사이에 싸움이 벌어졌다.

다시 전투가 시작되었다. '삶'이 '죽음'에 맞서는, 시작도 하기 전에 패배한, 그러나 집요한 싸움이, 끝없는 이야기가 시작된 것이다.

1960년에 그들은 런던으로 돌아왔다. 챌컷 스퀘어 3번지, 아주 작은 아파트에 정착했다. 몇 달 뒤 플라스의 첫 시집 《거대한 조각상The Colossus and Other Poems》이 출간되었다. 그녀의 **아름답고 위대한 야만인**, 테드에게 헌정한 시집이었다. 1961년 4월 1일에는 딸 프리다가 태어났다.

그러나 또다시, 플라스는 책의 출간이 그녀에게 안겨준 자립했다는 감정과, 사회적 입장 속에 그녀를 밀어넣고 의무와 도리로 가둬버리는 어머니라는 새로운 지위 사이에서 이러지도 저러지도 못하는 고통을 느꼈다.

〈옵서버〉 지에서 비평가 앨 앨버레즈는 《거대한 조각상》에 실린 시들이 그간 여성 시에서 보여온 짐짓 멋을 부린 듯한 우아함에서 벗어났다는 점에서는 위대하지만 실망스럽게도 제대로 응집된 목소리에 도달하지는 못했다고 썼다.

　게다가 시집이 문학상 하나 받지 못하고, 순진하게도 바랐지만 미국에서 출판사를 찾지 못했다는 실망까지 보태졌다. 울프와 마찬가지로 플라스에게도 성공에 대한 천진한 욕망이, 찬사를 좇는 똑같은 마음이, 절망적인 똑같은 인정 욕구가, 그리고 혹독한 비판이나 무관심 앞에서 느끼는 똑같은 비탄이, 똑같은 눈물이, 실망에 대한 똑같은 두려움이, 자신이 아무것도 아니라는 똑같은 감정이 있었기 때문이다.

　그해 테드는 두 번째 시집 《루페르칼Lupercal》을 출간했고, 이 시집으로 서머싯 몸 상을 받았다. 사람들은 그에게 축하 인사와 찬사를 보내고 그의 비위를 맞췄다. 실비아는 자기 일인 것 이상으로 그의 성공이 기쁘다고 말했다.

　그러나 어느 피곤한 저녁, 그녀는 흐느끼며 테드의 시를 갈기갈기 찢었다. 비좁은 집에서 딸의 기저귀나 가는 데 지치고, 자기 자신으로 살지 못한다는 느낌에 괴롭고, 자신이 세상에서 가장 외로운 주부인 것만 같고(산 인형이죠. 확인해보세요. 바느질을 하고, 먹을 걸 만들죠) 남편이 거장들에게 축하 인사를 받는 동안 자기는 이류 작가 취급이나 받는 데 상처를 입은 것이었다. 테드가 늘 그녀보다 앞서가는 게 당연한 일일까? 그녀가 언제나 그의 그림자로 내밀리는 게 당연할 걸까? 언제나 그의 곁에 서 있기만 하는 게 당연한 걸까?

그녀에게 살고 창작하는 일은 결국 거대한 시도였다.

아이들과 시, 사랑과 지저분한 냄비 사이에서 어떻게 균형을 찾아야 할까?

그러려면 '남자 선생 Herr Professor'이 필요할 거라고, 그녀는 익숙한 냉소를 실어 말했다.

1960년 봄, 그녀는 오래전부터 생각해온 글 《벨자》를 끝내는 데 가진 용기를 고스란히 쏟아부었다. 그녀를 닮은 《벨자》의 주인공 에스더 그린우드는 지독히도 보수적인 사회에 적응하려는 의지와, 그녀가 보기에 아무 의미도 없는 사회 규범들을 따르지 않으려는 맹렬하고도 필사적인 거부 사이에서 이러지도 저러지도 못하고 사는 여자다.

1961년에 실비아와 테드는 데번 주의 코트 그린에 저택을 사서 개조하고 꾸몄다. 이제 실비아는 정원 쪽으로 난 작업실을 갖게 되었다. 정원에는 황수선화가 만발하고, 가시덤불 사이로 은방울꽃이 고개를 꼿꼿이 들고, 나무 몇 그루는 진홍빛 깃털 장식을 달고 있었다.

행복은 손만 뻗으면 닿을 곳에 있었다. 그녀는 그렇게 믿었다. 그렇게 믿는 날들이 있었다.

다음 해 실비아는 둘째 아이 니컬러스를 출산했고, 소설 《벨자》

실비아 플라스

를 완성했고, 《영국과 미국의 새 시인들New Poets of England and America》이라는 선집에 실리게 될 시 몇 편을 썼다. 그리고 라디오 방송용으로 시 〈세 여인Three Women〉을 썼는데, 그 시에서 그녀는 출산의 경험을 힘의 원천인 동시에 상실과 고통의 원천으로, 문학에서 절대적으로 새로운 무엇, 누구도 그 역량을 가늠하지 못한 새로운 무엇으로 묘사했다.

두 사람의 친구인 시인 데이비드 베빌과 함께 살고 있던 아름답고 우아한 여성 시인 아시아에게 테드가 반한 건 바로 그해였다.

둘의 관계를 알게 된 데이비드 베빌은 자살을 기도했다.

실비아는 절망해서 테드를 집에서 내쫓았다.

장밋빛 꿈들은 망가져버렸다.

플라스는 런던에서 네 시간가량 떨어진 외진 마을에 홀로 두 아이와 남았다. 출판사들에게 버림받고 수입도 없이, **머리끝까지 증오만 가득 찬 채.**

그녀는 온종일 자기 안에서 꿈틀대며 겁을 주는, 악의적이고 암울한 무언가를 느꼈다. 그녀를 죽이고, 죽이고, 죽이는 무언가를.

이제 그녀는 잠을 자지 않았다. 잿빛 새들이 비참한 마음에서 떠나지 않았다. 폐는 두 개의 먼지 주머니 같았다. 그녀는 메스껍고 푸르스름한 피로를, 막중한 피로를, 죽음의 피로를 느꼈다.

그녀는 배신당했다. 그녀는 씁쓸했다. 결혼? 거짓이다. 거짓과 슬픔이다.

그녀는 말했다. 나는 한 조각의 시뻘건 고깃덩이다.

그녀는 말했다. 비명이 떠나지 않는다.

그녀는 울부짖고 싶지만 그럴 수가 없었다.

그녀는 울고 싶지만 그럴 수가 없었다.

이른 새벽, 아이들이 잠에서 깨기 전, 일상의 기계장치가 아직 작동하기 전, 머리카락으로 접시를 닦아야 하기 전 그녀는 《에어리얼 Ariel》에 실릴 시들을 썼다. 몇 달 동안 서른 편의 시가 모였다. 순수 상태의 고통으로 빚은 순수 상태의 시 서른 편. 이 서른 편의 시들이 그녀 인생 최고의 시가 되리라는 절대적 확신을 품고 썼다.

상처를 입으면서도 그것들을 썼다.

시는 피의 분출이다.

죽을 것 같은 고통 속에.

나를 위한 숨결은 없다,

한 푼 없이 죽은 나.

그녀 목덜미를 잡은 밀렵꾼의 손이 단번에 목을 조르기 전에 그녀는 서둘러 이 시들을 썼다.

그리고 우리는, 그도 나도 묶여 있었다―

우리 사이에 팽팽한 철사,

실비아 플라스

빼내지 못하도록 깊이 박힌 말뚝들,

길고 부드러운 몸 위로 불쑥 미끄러지는

고리 같은 생각

단숨에 내 목을 조여온다.

그녀는 자기 안에서 지칠 줄 모르고 말들이 질주하는 소리를 들으며 이 시들을 썼다. 새빨간 말들, 날것 그대로의 말들, 난폭한 말들, 무시무시한 말들, 도끼들이/내리치자 숲이 쩌렁쩌렁 울린다/ 메아리가 퍼진다!

시의적절하지 못한 말들. 이 말들은 생각더러 생각하도록 강요한다. 사람들이 생각이라고 부르는 것이 사전에 결정되어 모두가 한목소리로 외치는 것이 아니라면.

때로 그녀는 속마음을 감춘 채 어머니에게 보낸 편지에서 드디어 자신의 주인이 되었으며, 그녀를 무너뜨릴 정도로 강력한 테드의 영향력에서 해방되었다고 단언하기도 했다. 실은 거짓말을 한 것이다. 사실 그녀는 진정제를 잔뜩 복용하고 더없이 명랑한 척했지만 아무도 속이지 못했다.

또 어떤 때는 심장이 돌처럼 변해 광물처럼 차갑고 만사에 무심해지고 마비된 것처럼 느꼈다.

그러나 이 모든 것에도 불구하고 냉소할 힘은 남아 있었다.

죽는 것도

예술이다. 다른 모든 것이 그렇듯이.

내가 이 예술에 특출한 재능이 있음을 알겠다.

실비아 플라스의 시에는 사나운 아이러니가 있다.

흉악한 심술, 이것이 그녀에게 남은 하나의 무기였다. 그녀에게서 내가 무엇보다도 좋아하는 것이 이것이다.

사랑에 대한 환상 앞에서 그녀는 발톱을 모조리 드러내고, 발톱을 모조리 감추고 빈정거리고 조롱한다.

그이와 결혼하고 싶으세요?

평생 보장합니다.

때가 되면 그녀가 눈감아줄 겁니다.

슬픔이 그녀를 무너뜨릴 겁니다.

우리는 재고품을 정기적으로 새것으로 갈아치울 겁니다.

그녀는 분노하고 절망하고 빈정거리는 이 아이러니를 온갖 기만에 맞서 갈고닦는다.

시적 기만과 싸구려 서정주의에 맞서.

피는 석양이다. 나는 감탄한다.

찢어지는 비명을 내지르는 시뻘건 그것 속에 팔꿈치까지 빠뜨린 채.

그것은 계속 스며나온다. 마를 줄 모르고.

참으로 마법 같다!

숭고한 감정들, 선의를 자칭하는 역겨운 달콤한 소리들에 맞서.

설탕은 모든 걸 치유한다. 선의가 그렇다고 하기 때문이다.

설탕은 꼭 필요한 액체다.

그 결정들이 찜질을 해준다.

그리고 그녀 스스로 자신의 고통을 부도덕하게 활용하는 것에 맞서기도 한다. 이 정도는 아무것도 아니다. 설마 독자가 똑같은 돈을 내고 내 상처들에 대해 세세한 묘사까지 바라지는 않겠지! 내 **흉터들을** 보려면 값을 치러야 한다.

하지만 그녀의 아이러니도 버림이라는 폭력에는 해체되고 만다. 폭력의 폭발이 아이러니를 산산조각 내버린다.

이 버림은 다른 버림을, 오래전의 버림, 아버지의 버림을 되살아나게 했다. 시 〈아빠Daddy〉에서 환기한, 죽으면서 그녀를 배신한 아버지, 무시무시한 아버지, 독일인이라는 사실만으로도 홀로코스트의 끔찍한 범죄들을 구현해내는 아버지의 버림을.

난 모든 독일인을 당신이라 생각했지.

그리고 독일어를 음란하다고 생각했지.

플라스가 절망의 절대 나락에서 쓴 시 〈아빠〉는 내가 읽은 중 가장 끔찍한 시였다.

이 시를 쓸 무렵 플라스는 지옥에 있었다.

그녀의 영혼은 산산조각 해체되어 날아갔다. 그녀의 정체성들은 창부의 낡은 치마처럼 녹아내렸다. 그녀의 가슴은 공포의 우물이

일곱 명의 여자

되었다.

그녀 자체가 공포가 되었다고 그녀는 말했다.

젊은 시절 정신과에서 인턴 생활을 하던 때 내가 목격하고 충격 받았던 공포, 내 안에 영원히 지워지지 않을 자국을 남긴 공포와 닮은 공포. 그 시절 내 눈엔 한 존재에게 일어날 수 있는 최악의 일로 보였던 공포, 자기 자신에 대한 공포, 능지처참당해 갈래갈래 찢긴 채 헐떡이는 자기 정신에 대한 공포, 존재한다는 끔찍한 고통 때문에 가루가 된 공포. 그 시절 나는 생각했다. 도대체 어떤 뇌, 어떤 심장이 이런 공포에 저항할 수 있지?

플라스의 가장 아름다운 시들이 산 채로 머리가 약탈당하고 짓이겨진 이런 극단의 고통 상태에서 태어났다는 사실은 아직까지도 내게 의문을 던진다.

니체가 가정했듯, 고통이 인간을 더 심오하게 만들어주는 걸까? 열 배로 강화된 날카로움으로 사물을 지각하게 해주는 걸까?

나는 백 번도 더 읽은 《히페리온Hyperion》에 실린 횔덜린의 문장을 생각한다. 벨라르민! 운명이 내린 이 오래된 선고의 진리를 이토록 강렬히 느껴본 적이 없었네. 새로운 지복은 슬픔의 순간을 견디고 버텨내는 마음에 주어진다는 것. 어둠 속 꾀꼬리의 노래처럼 세상의 조화는 고통의 밑바닥에서만 완벽하게 지각된다는 것 말이네.

그리고 《잃어버린 시간을 찾아서A la Cherche du Temps Perdu》 제7편 〈되찾은 시간Le Temps Retrouvé〉 속 프루스트의 문장도 생각한

실비아 플라스

다. 아르투아 지방의 우물 속처럼 고통이 심장을 깊이 후벼팔수록 작품은 고귀해 보인다.

하지만 이토록 지독한 고통을 겪으며 어떻게 살까, 어떻게?

플라스는 데번을 떠나기로 결심하고 런던으로 가서 예이츠가 살았던 집에 정착한다. 이걸 그녀는 좋은 징조로 보았다. 그녀는 끔찍한 고독에서 벗어나 그동안 고립된 처지 때문에 관계가 단절되었던 문단에 가까이 다가가기를 희망했다. 하지만 다른 곳에서와 마찬가지로 런던에서도 그녀의 작품은 무관심에 부닥쳤다. 이 무관심에 그녀는 상처를 입었고, 결별의 비극으로 상처는 더 악화되었다.

1963년 1월에 출간된 《벨자》는 미미한 관심밖에 불러일으키지 못했다.

모든 희망이 죽은 것 같아 보인다.

세상은 갈가리 찢겨 있다.

빈 하늘엔 별들만 멍청한 색종이 조각처럼 붙어 있다.

거리는 쩍쩍 갈라져 곳곳에 몸을 숨길 구멍들이 있는 크레바스 같다.

세상의 토대가 갈라진다. 이런 곳에 어떻게 서 있지?

말 없는 사물들이 딱하다.

종말의 종이 울린다, 종말의 종이 울린다.

런던의 아파트 안은 추웠다. 1963년 겨울은 혹독한 겨울이었다. 수도관이 얼어붙었다. 전기도 끊겼다. 그 고통을 플라스는 고스란히 겪었다. 열까지 났다.

그녀는 호더 박사를 만났다. 기력이 다한 상태였다. 그녀는 생명이 서서히 자신을 떠나가는 걸 느꼈다.

심장이 닫히고,

바닷물이 빠져나가고,

거울들이 가려졌다.

1963년 2월 11일 밤, 그녀는 아이들이 유독가스를 마시지 않도록 접착성 종이로 부엌 문틈을 메웠다. 마음이 평온했다. 그녀는 가스 밸브를 열었다. 끝났다.

《에어리얼》은 그녀가 죽은 지 이 년 뒤인 1965년에 출간되었다. 그리고 실비아 플라스를 생전에 알지 못했던 모든 사람들이 《에어리얼》이 걸작이라는 데 하나같이 뜻을 같이했다. 1967년에 영국에서, 1971년에 미국에서 재출간된 《벨자》는 베스트셀러가 되었다.

그 후 수백 편의 시와 편지, 단편소설과 일기들이 출간되었고, 그녀의 작품에 바쳐진 비평 작업들이 끊임없이 발표되었다.

1982년 실비아 플라스는 작품 전체를 대상으로 사후 퓰리처 상을 수상했다.

그녀가 살아 있었다면, 독자들 눈에 그녀가 마침내 살아 있기 위해서는 죽어야만 했다는 이 논리를 논평할 신랄한 농담을 분명히 찾아냈을 것이다.

Colette

콜레트

콜레트 Sidonie-Gabrielle Colette (1873~1954)

1873년 프랑스 욘 지방의 생소베르에서 해군 장교인 아버지와 강인한 생명력을 가진 어머니 사이에서 출생. 스무 살에 저널리스트이자 작가인 앙리 고티에 빌라르와 결혼함. 당시 파리 문단의 보수성과 남편 빌라르의 강압에 못 이겨 남편의 이름으로 '클로딘 시리즈' 네 편을 발표함. 그와 이혼 후 1912년 《마탱》 지 편집장인 앙리 주브넬과 재혼함. 이 기간에 《방랑하는 여자》(1910), 《여명》 (1928), 《시도》(1929) 등 중요작들을 발표함. 그와 다시 이혼하고 수많은 이들과 염문을 뿌린 후 1935년 모리스 구드케에게 안착함. 1945년 공쿠르 아카데미 회원으로 선출, 1949년 아카데미 회장이 됨. 레지옹도뇌르 훈장 수차례 수훈. 1954년 사망.

어느 날—열다섯 살 때였다—나는 이 글을 읽었다.

자네가 나한테 일주일쯤 자네 집에 와서 지내라고 했지. 사랑하는 내 딸 곁에서 지내라고 말이지. 내 딸 옆에서 사는 자네는 내가 그 아이를 얼마나 자주 보지 못하는지, 그 애의 존재가 나를 얼마나 기쁘게 하는지 잘 알지. 그래서 딸을 보러 오라고 날 초대해준 것에 얼마나 감동받았는지. 그런데 난 자네의 친절한 초대를 받아들이지 않겠네. 적어도 지금은 안 되겠네. 내가 기르는 분홍 선인장이 곧 꽃을 피울 것 같거든.

그야말로 기막힌 도입부였다! 내 마음에 쏙 드는 불손한 도입부.

가족 윤리의 면전에 대고 꽃이 피는 걸 보는 행복이 신성하고 성스러운 모성애보다 더 중요하다고 선언하는 것은 불손한 일이기 때문이다. 나는 이렇게 시작되는 《여명La Naissance du jour》을 단숨에 읽었다. 그리고 《시도Sido》를, 그다음엔 《두 번째 여자La Seconde》를, 그다음엔 《순수와 불순La Pur et l'Impur》을, 그리고 《나의 견습 시절Mes Apprentissages》을, 그리고 콜레트의 작품 전부를 읽었다.

무례할 정도로 대담하고 세상을 사방에서 뜯어먹을 기세였던 목마른 열다섯 살에 발견한 이 이야기를, 오늘날 나는 다시 읽는다. 이 이야기는 내 청소년기의 욕망들에 반박할 수 없는 승인을, 부추김을 제공했다. 그러나 무엇보다도, 독특한 성격의 기쁨이 존재한다는 사실을 알려주었다. 한 문장의 우아한 표현법과 연관된 기쁨, 한 단어의 색다른 사용법과 연관된 기쁨, 나라면 결코 생각하지 못했을 표현의 멋진 활용과 연관된 기쁨, 말이라 불리는 것과 나 사이의 오랜 이야기의 도입부에 큰 영향을 미친 기쁨 말이다.

콜레트가 글을 쓰기 시작한 건 쉰네 살 때였다.
여름이었다.
그녀 인생에서 아름다운 시절이었다.
숱한 폭풍이 지난 뒤에 찾아온 고요한 시간이었다.
그리고 그녀가 친구이자 연인이요, 조용하고 한결같은 동반자인 모리스 구드케 곁에서 평온을 되찾은 시간이었다.

콜레트는 생트로페의 자기 집에 '라 트레유 뮈스카트(뮈스카 포도 덩굴)'라는 이름을 붙였다. 두 발짝 떨어진 곳엔 바다가 있었다, 해안길 바로 옆에. 저녁이면 등나무 덩굴이 뒤덮인 테라스에서 저녁식사를 했다. 그리고 밤이면 서늘하게 별 아래에서 잠들 때도 있었다.

사는 게 참 감미로웠다.

암코양이 샤트와 불테리어 암컷 수시도 있었다.

그리고 딸 벨 가주Bel-Gazou도 있었다.

콜레트는 안락함이라곤 없던 집을 열심히 개조했고, 땅이 주는 기쁨에 열정적으로 몰두했다. 우유 향을 내뿜는 무화과나무 세 그루가 우거진 정원에서 가지치기를 하고 땅을 고르고, 김을 매고, 매일 열한 시경이면 해수욕을 즐기고, 저녁이면 자동피아노 소리에 맞춰 춤을 추러 가거나, 언덕 꼭대기와 기막히게 어우러지는 빛바랜 분홍색 담이 있는 마을로 소풍을 갔다.

모리스 구드케는 그녀를 감싸고 보호해주고, 그녀의 온갖 변덕을 받아주고, 그녀 곁을 지키며 기분을 맞춰주려고 애썼다. 그때껏 누구도 그렇게 해주지 못했다. 그는 세심하게 뒷바라지했고, 그녀가 시도하고 실행하는 모든 것에 조건 없이 동의했다. 인간으로서 능력이 되는 한 모든 걸 그녀에게 맞추려고 했다.

그는 그녀를 사랑했고 그만큼 흠모했다. 그리고 콜레트는 그의 곁에서 다시 태어났다.

그녀는 말했다. 난 새것이에요.

모리스 구드케는 서른일곱 살이다.

교양 있고 맵시 있으며, 긴 코에 거무스레하게 그늘진 깊은 눈매를 가진 남자. 콜레트는 《여명》에서 '비알'이라는 이름으로 이렇게 그를 묘사했다.

모리스 구드케는 성마른 어머니 곁에서 자랐다. 그의 어머니는 컵이라도 깨지면 하인들을 엄하게 꾸짖고, 아이들의 잘못을 적발하면 심하게 벌했다. 차갑고 과묵하고 딱하게도 부르주아 관례에 파묻혀 있던 아버지는 우연히 길거리에서 아들들과 마주치기라도 하면 모자를 벗고 그에게 인사를 하고 그가 손짓을 하면 다시 모자를 쓰라고 요구하는 사람이었다. 그는 자식들에게도 다른 사람들에게 하듯 말할 수 있고, 애정을 보인다고 자식들이 약해지지 않으며, 자식들과 생각과 기쁨을, 그저 삶을 나눌 수 있다는 걸 알지 못했다.

이런 집안 분위기에서 벗어나기 위해 청소년기의 모리스는 책속에서 안식처를 찾았고, 열정적으로 몽테뉴와 데카르트를, 스피노자와 칸트를, 헤겔과 베르그송을, 그리고 그의 손에 들어오는 온갖 철학 책들을 읽었다.

일찍 어른이 된 그는 아버지처럼 사업 쪽으로 관심을 돌렸고, 고급 진주 중개업자가 되어 금세 부유해졌다. 세련된 멋쟁이에 너그럽고 유쾌한 그는 파리에서 자유분방한 삶을 살았고, 계산하지 않고 돈을 썼으며, 하룻밤의 정복들을 늘려갔다. 그런데 전쟁이 일어나 이 경박한 삶에 종지부를 찍어주었다. 외인부대에 지원했다가 전역해서 돌아왔을 때 그는 다른 사람이 되어 있었다. 목숨을 빼앗길 뻔했던 경험은 결코 잊지 못할 사실 하나를 알려주었다. 살아 있는 것이 행복이라는 사실이었다.

그리고 콜레트가 살아 있었다.

콜레트는 삶 자체였다.

콜레트는 식인귀 같은 식욕으로 먹었고, 기진할 때까지 수영을 했고, 바다 공기를 들이마시며 희열을 느꼈고, 양털처럼 곱슬곱슬한 바다를 물리지 않고 바라보았고, 햇볕에 등이 익는 줄도 모르고 피로에 귀 기울이지 않은 채 몇 시간이고 정원을 가꿨다.

콜레트는 모든 것에 허기져 했다. 초콜릿, 색깔, 향기, 애무, 말들. 모든 것에.

그리고 그 허기는 참으로 커서 이른 새벽부터 그녀를 침대에서 끌어내어 매일 아침 모든 감각을 곤두세운 채 서서히 깨어나는 정원을 마주 보고 서서 응시하게 했다. 삶에 대한 그녀의 식욕은 이 년 전부터 모리스 구드케가 가져다준 뜻밖의 평온으로 커졌다. 구드케는 말했다. 나는 한결같음이 빈말이 아니라는 걸 그녀에게 입증해 보이려는 고집 센 욕망을 품고 와서 그녀 곁에 조용히 앉았다. 그리고 그 입증은 성공했다.

마음이 가라앉은 콜레트는 자신을 되찾고 다시 태어나 구드케 곁에서 내가 그녀의 책 중 가장 아름다운 책이라고 생각하는 작품을 쓴다.

그러니까 때는 1927년이다.

그녀가 자기 자신을 되찾을 때가 되었다.

그녀만의 사랑하는 법을, 아니 그보다는 **쇠퇴하는 법**을 쓸 때가 되었다.

《여명》은 내가 읽은 모든 책 가운데 가장 우아하게 두려움을 벗고 쇠퇴하는 법을, 내가 터득하고 싶은(고백하건대, 한참 멀었다) 쇠퇴의 방법을, 버림인 동시에 부활인 쇠퇴를 이야기하는 책이다.

《여명》의 화자에게 이 얇은 사랑을 이성적으로 포기하는 데서 시작된다. 사랑은 생겨날 때는 유익하지만 지속되면 유독한 것으로 드러나기 때문이다.

혹은, 마치 벼락이라도 흉내 내듯 사랑이 당신을 무력하게 내팽개치고, 타고 온 기차를 다시 타고 떠나가버리기도 한다.

그러니 당신을 약하게 하고, 당신을 망가뜨리거나 소진시켜 진을 **빼놓고**, 버림받음과 질투의 고통에, 다른 비천한 처지에 빠뜨리는 **재난**이라면 차라리 사랑을 거부하는 편이 낫다.

시작은 숭고하지만 죽을 때는 비통한 이 사랑에(같은 해에 읽은

《폭풍의 언덕》에서 에밀리 브론테가 보여준 비전과는 더없이 먼 비전이다. 이 두 비전의 대비는 동일한 것도 똑같이 냉정하게 열 가지 다른 방식으로 바라볼 수 있다는 사실을 내게 알려주었다. 힘주어 말하건대 이것이 내 삶을 뒤흔들어놓았다), 많은 책에서 위대하다고 노래하지만 그녀는 위대함을 맛볼 행운을 갖지 못한 이 위대한 사랑에, 은밀하게 당신을 꾀어 제 것으로 만들고 짓누르는 이 허풍쟁이 연인에게, 인생의 이 계절에 이른 콜레트는 말한다. 친구와 형제가 더 좋고, 그녀를 결코 절망에 몰아넣지 않을 사람이, 곁에서 포근하고 길고 관능적인 휴식 시간을 보낼 수 있을 그런 사람이 더 좋다고. 나는 그녀가 이해된다.

그리고 그 친구도 자신처럼 일상을 음미하도록, 그저 눈앞에 있는 것을 애착을 갖고 **바라보도록**, 자유롭게 사는 모든 것에 관심을 기울이도록, 제라늄에, 달리아에, 이슬 머금은 타마리스에, 정원을 수놓은 멜론에, 늙은 개에게, 양지 바른 곳에 늘어져 있는 고양이에게, 날고 기고 찍찍거리는 모든 짐승들에게, 요컨대 자기를 응시하고 자기 소리에 귀 기울이고 자기를 만지고 자기를 호흡하는 모든 것을 향해 돌아보도록 초대한다.

누가 이것을 우리에게서 앗아갈 수 있겠는가?

우리가 잠깐 멈춰 서서 세상을 관찰하고 발견하는 취향을 조금이나마 기른다면, 세상은 관능적 쾌락에 헤픈 자신을 드러내고 어떤 감탄스러운 연인도 주지 못할 충만감을 안겨줄 것이다.

콜레트

그토록 여러 차례 사랑에 불탔던, 그리고 그토록 여러 차례 데인 상처들에 대해 썼던 콜레트는 이제 평온을 찾고, 지나치게 인간적인 열정들을 뛰어넘어 사랑에 대한 비전을 상상 가능한 모든 사랑으로 넓힐 수 있게 되었다. 짐승, 식물, 나무, 과일, 야채, 바다, 하늘 등에 대한 사랑으로.

그러니 죽음은 기다리시라!

해야 할 일도 너무 많고, 사랑할 것도 너무 많다.

어린 시절 어머니가 그녀에게 가르친 것, 사위에게 보낸 편지(도입부에서 인용한)가 몇 마디로 요약해주는 것을 이행해야 한다. 그리고 여전히 또 발견해야 할 것들이 있다. 얌전할 게 아니라 현명해져야 한다. 그리고 자기실현을 잘하기 위해 자신을 잘 알아야 한다.

사람들이 그녀의 책 속에서 생기발랄한 그녀를 찾으면 그녀는 벌컥 화를 내지만, 모든 문학은 거짓이라고 격렬하게 단언하지만, 책 속에서 자신을 드러냈다가 사라지기를 거듭하지만, 콜레트는 일생의 무게를 짊어지고 자기 이야기를 쓰기 위해, 기억의 지층에서 자신이 충격을 받고 가했던 기억들을, 수모와 영광의 순간들을, 동의된 포기와 분노의 눈물과 전쟁과 찢기는 고통과 버림받음의 기억들을, 자존심 아래 감춰진 슬픔의 시간들을 길어낸다.

하지만 무엇보다도 그녀는 어머니 시도Sido에게 바치는 기념비

일곱 명의 여자

를 하나 세우게 된다.

1927년 여름 동안 콜레트는 자기 어머니의 편지들을 다시 읽고 감탄한다.

어머니가 죽은 지도 열여섯 해가 지났다. 그런데 이 편지들이 일깨운 **사랑하는 유령**이 어느 날 갑자기 그녀 안에서 살기 시작한다.

고향 마을의 예의범절이 정해둔 도덕의 덫에 결코 걸리지 않았던 반순응주의자 시도Sido. 오직 한 가지 원칙, 즉 사랑에 따라 살겠다는, **최악의 오만한 원칙**밖에 두지 않았던 시도. 어떤 숭배에도 무관심했던 시도, 어떤 독단에도 무관심했던 시도. 공화주의자 시도. 미사에 참례하는 동안 경본 속에 코르네유의 희곡을 감추고 몰래 읽던 무신론자 시도. 인색하고 좁디좁은 고장에서 떠돌이 고양이들과 가난뱅이들에게 자기 집을 열어주었던 헤픈 시도. 자식들에게 모든 걸 허락하고, 제멋대로 길에서 뛰어놀게 하고, 전나무 숲과 연못을 탐험하게 내버려두고, 상처 난 다리로 야생 울타리를 뛰어넘게 내버려두었던 시도. 그렇게 아이들이 스스로 자유로움에 대한 절대 미각을 가지기를 바랐던 그녀. 아이들에게 무리를 따르지 말라고, 절대적으로 독자적인 존재가 되라고 권하고, 아이들이 자연에 대한 사랑에 눈뜨도록, 자연이 주는 더없이 감동적이고 아름다운 것에 눈뜨도록 이끌어준 시도. 그 덕에 훗날 콜레트는 고향 퓌제의 풍경이 아닌 다른 풍경들에 반할 수 있었다.

진정한 숭배를 자식들에게 바친 시도는 자기 아이들에 대해 세상에서 가장 멋진 아이들이며, 자신의 걸작이요 황금 보석이라고 말했다. 그녀는 무한한, 그러나 소유욕이 따를 수밖에 없는 사랑으로 아이들을 사랑했다.

독점욕이 강한 시도는 남편인 선장에게 거의 자리를 내주지 않았고, 어린 자식들을 자기 지배하에 두려고 온갖 수를 썼다.

너는 나야, 그녀는 콜레트가 집을 떠난 지 오랜 뒤에 딸에게 이렇게 썼다.

이것은 사랑 고백이었다. 그리고 명령이었다.

콜레트에게 시도는 열정적으로 사랑하지만 두려운 어머니였다. 그녀가 스무 살에 찢어지게 아픈 죄책감으로 결별하고, 그 후로 신중하게 거리를 둬온 어머니였다.

우리는 콜레트가 어머니에게 자주 편지를 썼으며, 늘 그녀의 건강을 걱정하고 정기적으로 돈을 보냈으며, 불안을 안기지 않으려고 자신의 걱정을 말하지 않았다는 걸 안다. 하지만 그녀가 어머니의 요청을 무시하고 어머니를 드물게 찾아갔다는 사실도 안다. 마치 여자가 되기 위해, 어른이 되기 위해, 자기 자신의 주체가 되기 위해서는 자신의 후견인에게서 멀어지는 것 말고는 다른 방법이 없었다는 듯이 말이다.

콜레트에게는 오랜 세월이 필요했다. 마침내 자기 책 속에서 시도에게 존재를 부여하기 위해 그녀는 쉰 살이 넘을 때까지, 유명 작가가 되기까지 기다려야 했다.

그러나 이 배태기의 시간은 헛되지 않았다.

그것이 변신을 허락했기 때문이다.

《여명》에 등장하는 시도는 퓌제 지방의 생소뵈르에서 지상의 삶을 살았던 실제 아델 외제니 시도니 랑두아도 전혀 아니고, 이상적인 어머니의 모습도 아니고, 이상적인 어머니의 조잡한 모조품도 아닌, 세 얼굴을 모두 가졌으되 그 얼굴들을 모두 배반하는 인물이다. 그것은 콜레트가 조각조각 재창조한 인물, 고상하게 미화되고 세공되어 신화의 수준으로 끌어올려진 인물로, 글로 쓰이면서 그녀의 마음속에서 한결 가벼워진 문학적인 시도Sido였다.

어머니와는 반대로 아버지는 그녀에게 언제나 품기 쉬운 존재였다. 시도가 자식들과 굳건한 한 덩어리가 된 탓에 아버지가 줄곧 가족 안에서 낯선 존재로 남았기 때문인지도 모른다. 하지만 《여명》에서 시작한 과거로의 회귀를 통해 콜레트는 잘 알지 못했던 이 남자, 어린 딸이었던 그녀가 다정한 공모자 노릇을 했던, 어쩔 수 없는 쾌활함을 지녔던 이 남자를 더 사랑하게 되었다.

알제리 보병 대위 쥘 콜레트는 해군 장교의 아들로 알제리, 크리미아, 이탈리아에서 싸웠고 멜레냐노 전투에서 한쪽 다리를 잃었다. 위대한 정치인의 운명을 꿈꾸었던 그는 결국 퓌제의 보잘것없는 세무관리가 되었다. 그곳에서 그는 웬 알코올중독자와 잘못 결혼한 시도를 사랑하게 되었고(착하게도 그자는 뇌졸중으로 사망했다), 결국 이 과부와 결혼해 자식 셋을 두었다. 말년에 그는 정치 활동에 뛰어들어 욘 지방의 도의회 선거에 출마했고, 공화주의 이념을 열렬히 옹호했지만 자기보다 훨씬 교활한 보수 정치인에게 패했다.

불구의 아버지, 실패한 정치인, 아내 앞에서 나약한 남편, 결국 자기 가정을 파산하게 만든 이 실패한 관리인은 이따금 시詩를 쓰려고 시도했고, 1859년 이탈리아 전투의 영웅인 막 마옹 원수에 대해 서정적 감흥으로 전율하는 연설문을 몇 편 쓰기도 했다. 그는 글 쓰는 것이 꿈이었다. 그러나 결코 꿈에 도달하지 못했다. 그가 죽었을 때, 사용하려고 준비해놓았으나 잉크 한 점 묻지 않은 열두 권의 노트가 발견되었다.

꿈을 이루는 데 실패한 콜레트 대위는 오랫동안 좇았지만 결코 시작해보지 못한 작품을 무형의 유산으로 딸에게 물려주었다. 언젠가는 딸이 해야 할 숙제로 삼을 유산이었다.

그런데 1927년 여름, 시골집에서 콜레트가 제일 먼저 애정을 갖고 관심을 기울이고 글을 쓰는 데 의지한 것은 유형의 유산, 시도가 보낸 옛 편지들이었다.

흔히 그랬듯이 콜레트는 일을 많이 하지도 잘하지도 못했고, 전날 밤에 쓴 페이지들을 아침이면 찢어버렸고, 무척이나 힘겹게 나아갔다. 토목공도 그렇게 힘들게 일하지는 않았을 것이다. 그녀는 친구들에게 한탄했고, 얘기를 들어주는 사람마다 붙잡고 자신은 소질이 없으며 글을 쓸 사람이 못 된다고, 전혀 그렇지 못하다고, 글 쓰는 걸 좋아하지 않는다고, 글을 쓰려면 인내심이 필요한데 그 인내심이 없다고, 글 쓰는 시간들이 자신에겐 더도 덜도 아닌 강제 노역이라고, 고된 노동으로 하루를 보낸 끝에 샌드위치 먹는 게 제일 즐겁다고 고백했다. 참치와 앤초비, 올리브유를 살짝 두른 토마토의 맛난 조합을 동그랗고 작은 빵의 하얀 속살에 넣으면 시적인 먹거리가 되었다.

그녀는 글쓰기라는 보람 없는 일과는 너무도 먼 정원 일이 더 좋다고 호언했다. 그것도 가능하다면 인간들에게서 멀리 떨어지는 편이 좋다고, 인간이라는 존재가 식물을 지치게 만드는 건 자명한 사실이지 않느냐고 말했다.

아마도 이런 선언에는 상당한 냉소가 담겼을 것이다. 우리가 익히 아는 거들먹거리는 사람들 앞에서 아마도 그녀는 조소 섞인 멸시를 느꼈을 것이다. 예술가의 표정과 상황에 걸맞은 눈빛을 하고, 마치 세상에 태어나자마자 부름을 받은 것처럼 빼기고, 단시를 지으려고 밤에 일어나는 사람들 말이다.

그녀가 글을 쓰며 느낀 고통은 어쨌든 실제였다. 1936년 벨기에 왕립 아카데미에서 연설했을 때 그녀는 이 고통에 대해 공개적으로 말했다. 매일 내 일 앞에서 더 조심스러워지고, 이 일을 계속해야 하는지 점점 더 확신을 갖지 못하는 저는 두려움을 느껴야만 마음이 놓입니다.

그러나 자신의 펜에서 태어나는 것에 대해 확신을 갖지 못해도, 투덜거리고 분노하고 의심하고 초조한 마음이 들어도, 글쓰기는 그녀에게 하나의 의무였다. 그녀 스스로 말했듯 자기 자신에 대한 의무였고, 드러내놓고 표현하지는 않았지만 딸에게 운명처럼 임무를 맡긴 기이한 두 부모에 대한 의무이자, 주변을 놀라게 할 정도로 악착스레 원칙을 갖고 매일 청보랏빛 노트에 몰두하게 만든 의무였다.

그래서 콜레트는 시도의 옛 편지들을 다시 읽으면서 **사과나무가 제 꽃을 털듯이 세월을 털기** 시작했고, 그러자 그녀의 죽은 사랑들이 일순간 다시 꽃을 피웠다(콜레트 식 표현이다).

그 사랑은 많았고, 특히나 요란했다.

그중에는 물론 그녀에게 '클로딘 시리즈'*를 쓰도록 부추기고 자기 이름으로 발표한 일명 윌리, 앙리 고티에 빌라르가 있었다. 콜

---

* 《학교의 클로딘Claudine à l'école》(1900), 《파리의 클로딘Claudine à Paris》(1901), 《가정의 클로딘Claudine en ménage》(1902), 《클로딘 떠나다Claudine s'en va》(1903). 당시 프랑스 문단이 여성 작가가 책을 내는 것에 관대하지 않은 분위기라는 이유로 빌라르는 콜레트의 이름 대신 자신의 필명인 윌리로 책을 내기 시작해 공저자로 나란히 이름을 올렸다. 콜레트는 그와 이혼한 후에는 자기 이름으로 작품을 발표하게 되었다.

레트가 《여명》에서 계속할 가치가 없다고 비난한 작품들이었다.

윌리는 신문기자이자 소설가요 비평가였으며, 파리 명사들 중에서 가장 영향력 있는 인물이었다. 그는 툴레, 베베르, 카르코와 그 밖의 몇몇 작가를 대필작가이자 협력자로 두고 문학공장을 진두지휘했다. 그는 친구들과 함께 공식 문학을 구현했다. 이 공식 문학은 발레리, 프루스트, 지드를 중심으로 이루어지는 새로운 문학을 전혀 가치 없는 것으로 여겼다.

윌리가 콜레트를 시골에서 끌어내어 결혼한 건 그녀가 스무 살 때였다.

1893년, 벨 에포크 시대였다. 상궤를 벗어난 온갖 기행들이 허용되는 때였다.

피에르 로티는 하이힐을 신고 대중 앞에 나섰고, 로베르 드 몽테스키우는 불손하게 미친 사람 행세를 했고, 벨 오테로는 〈달빛 아래 탱고Tengo dos lunares〉를 노래하며 탁자 위에서 춤을 추었고, 쥐디트 고티에는 살아 있는 도마뱀을 모자에 얹고 오페라에 갔고, 알프레드 자리는 사이클 선수 차림으로 공공연히 나돌아 다니고 자동인형처럼 말하는 연습을 했고, 아리스티드 브뤼앙은 카바레 '샤누아르'에서 선정적인 노래 틈틈이 부르주아들에게 욕설을 퍼부어 대중의 폭소를 자아냈다.

아나키의 바람이 예술가들 사이에 불었다. 조 닥사Zo d'Axa가 발행한 절대자유주의 잡지에 참여하지 않은 작가가 없을 정도였다.

그들은 하층민들과 어울리고, 싸구려 카페를 드나들고, 밤에는 수상쩍은 술집을 찾아다녔다.

그들은 온갖 도발과 불손을 좋아했다. 대담한 시도들로 들끓는 이 세계에 윌리는 그의 '휴론 족 인디오 여자'를 끌어들였다. 도취한 그녀는 현기증에 몸을 내맡긴 채 그 세계에 달콤하게 미끄러져 들어갔다. 그녀의 배짱과 솔직한 언어, 거친 태도에 만나는 사람마다 매료되었다.

그러나 도취는 오래가지 않았다. 그녀가 곧 윌리의 부정不貞을 알고 고통받았기 때문이다(그 시절 불륜은 힘 있는 자들이 즐기는 스포츠였고, 대단히 불편하게도 삯마차나 레스토랑의 별실에서 벌어졌다).

두 사람은 1905년에 헤어졌다.

이 일이 콜레트에게는 처음으로 자기 이름을 내건 책에 서명을 할 기회가 되었다. 《짐승들의 대화Dialogues de bêtes》라는 책이었다.

이때부터 그녀에게겐 고통스럽지만 풍요로운 시기가 시작되었다. 《감정적 은퇴La Retraite Sentimentale》《방랑하는 여자La Vagabonde》《뮤직홀의 무대 뒤L'Envers de Music-Hall》를 쓰게 되었기 때문이다. 이때는 그녀의 동성애 시기였다.

미시가 그녀의 연인이었다.

콜레트는 이 관계를 지혜의 책이 되기를 바랐던 《여명》에서는 전혀 언급하지 않는다. 하지만 이 관계는 콜레트의 전설과 떼어놓을 수 없는 것이 되었기에, 그에 대해 몇 마디라도 하지 않는다면

죄를 짓는 일이 될 것이다.

소피 마틸드 드 모르니, 모르니 공작의 딸이자 나폴레옹 3세의 조카로 가까운 사람들에게는 미시라고 불렸던 그녀는 무척이나 도발적인 여자였다. 그녀는 바지를 입었고(여자가 바지를 입는 건 법으로 금지되어 있어 권한 있는 당국의 허락이 필요했다), 손잡이에 금장식이 된 지팡이를 짚고 다니며 보란 듯이 시가를 피웠다. 하인들은 그녀를 후작님이라고 부르곤 등 뒤에서 킥킥댔다.

콜레트는 이 후작에게 홀딱 반해서 "나는 드 모르니 부인의 소유다"라고 새긴 목걸이를 걸고 다닐 정도였다. 이것은 스캔들이 되었고, 콜레트는 그걸 즐겼다.

모두가 증언하듯이 미시는 모든 걸 주었고, 끊임없이 주었다. 그녀는 콜레트에게 선물 세례를 퍼부었다. 브르타뉴 지방의 로즈방에 위치한 저택을 주었고, 콜레트가 무언극에 뛰어들도록 도왔다. 그녀가 그러고 싶어 했기 때문이다.

1906년(드레퓌스 대위가 마침내 명예를 회복한 해)에 콜레트는 머리 위에 두 개의 뿔을 달고 초미니 튜닉 차림으로 마튀랭 극장 무대에 올랐다. 그녀는 한 처녀를 홀려 어두운 숲 속으로 데려가 음탕하게 노는 젊은 목신을 연기했다.

무언극은 대성공을 거두었다.

콜레트는 기쁨에 달떠 이 경험을 연장하기로 결심했다. 왕실 극장에서 상연되는 기트리의 작품에서 그녀는 남자 연미복을 차려입고, 모험을 즐기는 여자 역으로 분한 젊은 여배우 앞에 나섰다. 두 여자는 마지막에 더없이 대담하게 키스를 나누었다. 또다시 추문이 일었다.

콜레트는 당황하기는커녕 그 시절 품위의 심판이었던 친구 로베르 드 몽테스키우에게 자기를 구해달라고 부탁했다. 그는 곧장 〈르 피가로〉지에 찬사의 글을 썼다. 콜레트의 주가가 치솟았다. 콜레트는 스캔들에는 대가가 따른다는 사실을 누구보다 일찍 깨달았다.

1907년, 그녀는 미시를 설득해 그녀와 같이 물랭루주 무대에서 무언극을 하기로 결정했다. 〈이집트의 꿈〉 공연은 미시에게 파리의 악몽으로 남게 되지만, 아직 우리는 거기까지 이르지 않았다.

우리의 귀족은 이번엔 묘술로 미라들을 되살아나게 하는 힘을 가진 이집트 고고학자로 분하고, 불안한 만큼이나 투덜거리며 무대 위에 섰다.

콜레트는 방부 처리된 미라로 분장했는데, 고고학자가 붕대를 풀어 그녀를 되살려낼 것이었다(특히 에로틱한 방식으로).

한쪽은 양복을 입고 한쪽은 반나체인 두 여자가 선 채로 감사의 키스를 길게 주고받자 관객은 더이상 참지 못했다. 욕설과 아우성이 쏟아졌고, 과일이며 온갖 물건들이 무대로 날아들었다. 소요가 너무 심해서 경찰이 출동해 관객들을 강제로 해산시킬 정도였다.

언론은 일제히 도덕적 타락, 성적 타락, 천박한 품위 실추 따위를 들먹이며 두 여자를 비난했다.

일곱 명의 여자

파리 경찰국장 루이 레핀은 문제작의 상연을 금지하기로 결정했다.

암탉들이 가볍게 짓밟은 도덕을 되살리자는 상원의원 베랑제의 호소로 심의위원회가 탄생해 맹위를 떨쳤다.

콜레트는 유명해졌다.

그것에 기뻐했다.

뮤직홀은 그녀의 악벽이 되었다.

얼마 후 니스 극장에서 상연한 〈육체〉에서 콜레트는 가슴을 드러낼 정도로 대담해졌다. 알프 마리팀 지역 도지사는 가슴 노출이 공공도덕을 해친다고 판단하고 공연을 금지하겠다고 협박했다. 하지만 몇 차례의 협상 끝에 그는 고양이 눈을 뜨고 애교를 떠는 콜레트에게 한쪽 가슴만 드러내는 걸 허용했다.

한쪽 가슴은 대성공을 거두었다.

그리고 프랑스 전역을 도는 긴 순회공연이 시작되었다. 가슴 노출은 매번 군중의 열광을 불러일으켰다. 이 경험이 그녀에게 《방랑하는 여자》를 쓸 영감을 안겨주었다.

순회공연에서 돌아온 콜레트는 의붓자매 쥘리에트의 자살 사실을 알게 되었다. 그러나 그녀는 진짜 호랑이 가죽 위에서 뾰족한 미소를 짓고 나체로 포즈를 취하는 사진 촬영과(이미지의 힘을 제대로 이해했던 것이다) 《포도 덩굴Vrilles de la Vigne》 출간, 다양한 공연 계획들, 윌리와의 이혼, 윌리가 끌어들인 온갖 계약들에 정신을 빼

콜레

앗겨 제대로 슬퍼할 시간도 없었다.

콜레트와 윌리 사이에 적의가 싹트기 시작했다.

윌리는 언론을 이용해 콜레트가 탐욕과 거짓말로 그를 파산하게 만들었다며 비난했다.

콜레트도 같은 무기를 사용해 즉각 응수했다. '클로딘 시리즈'에서 윌리가 한 협력 작업은 비서의 역할을 넘어서지 않았으며, 그저 그녀의 글에 몇 가지 욕설과 음담패설, 개인적인 울분을 달래기 위한 악의 섞인 언행을 보태는 것밖에 하지 않았다고 응수했다.

전쟁이 선포되었다.

그녀는 사나워진다.

1912년, 콜레트는 일간지 〈르 마탱〉의 주필인 앙리 레옹 로베르 드 주브넬 남작을 알게 되었다. 그는 잘생겼고 달콤하게 비도덕적이었다. 그리고 부자였다. 그에겐 힘이 있었고 사교술이 있었다. 그녀는 12월에 그와 결혼했고, 벨 가주라는 애칭을 갖게 될 딸 콜레트를 낳았다.

그러나 전쟁이 두 사람을 떨어뜨려놓았다. 콜레트는 남편을 찾아 전선으로 달려갔지만 매번 만나지 못했다.

전쟁터에서 돌아온 앙리 드 주브넬은 정치에 뛰어들어 상원의원이 되었고, 이후엔 푸앵카레 정부에서 장관직을 맡았다. 그는 콜레트에게 〈르 마탱〉의 문학 지면 운영을 맡겼다. 이 임무를 그녀는 대단히 진지하게 받아들였는데, 그렇다고 그 일 때문에 글 쓰는 걸 멈추지는 않았다. 《이기적인 여행Le Vogage égoïste》과 《클로딘의 집 La Maison de Claudine》을 동시에 썼으니 말이다.

1919년 그녀의 의붓아들, 앙리 드 주브넬과 클레르 보아 사이에서 태어난 베르트랑이 그녀 곁에서 휴가를 보내러 왔다. 열여섯 살이었고, 끝나가는 청소년기의 모든 매력을 지닌 아이였다. 마흔 살인 콜레트는 베르트랑에게 장자상속권이 있다는 걸 잊은 채 그를 연인으로 만들었다. 이 근친상간 격의 사랑은 오 년간 이어졌다.

콜레트가 한 남자만 사랑해서 노처녀의 순진함 속에서 일생을 마친 그런 여자들 중 한 사람이 아니라는 걸 굳이 밝힐 필요가 있을까?

콜레트는 놀랄 만큼 의연하게 결혼하고 이혼하고 재혼했으며, 역시나 의연하게 일시적 사랑들을 경험했으며, 결코 하나의 성性에 만족하지 않았다. 하나는 너무 적었다! 그러나 이제 마음의 소동은 끝났다. 이 삶에서 포도주를 뽑아내자. 수확은 가을에만 할 수 있으니. 그리고 너무 늦기 전에 밤 새워 포도주를 마시자.

이것이 콜레트가 《여명》에서 목소리를 부여한 화자의 계획이다. 극도로 무질서하리라고 사람들이 상상하는 삶을 산 뒤 평온에 이른 이 여성은, 혼자 산다는 점만 빼고는 자매처럼 그녀를 빼닮았

콜레트

다. 아주 정숙하고 상대적으로 보자면 과부인 이 여성은 태양이 따갑게 내리쬐는 집에서 완벽한 동반자인 **동물 친구들**과 함께 살면서, 쓰이지 않은 애정을 동물들에게 쏟는다. 그녀는 당신을 암캐로 만들고, 부당하게도 줄과 개목걸이와 주인의 발밑 자리를 받아들이도록 몰고 가는 저 음침한 쾌락에서 해방된 여성이다.

그러니, 위대한 사랑과 그 사랑의 음울한 연장延長을 내려놓고 마침내 자기 자신의 주인이 된 그녀는 이제 말할 수 있다.

그대들을 타자에게 의존하게 만들어 구걸하도록 이끄는 결혼을 타도하라!

우리가 빠져 있는 감정적 환상을 청산하라. 환상이 무너질 경우 우리는 산산조각 나고 말 것이니!

엄밀히 말해 사랑은 고려할 가치가 전무하다는 걸 알라. 사랑은 품위 없는 점거 방식이고, 삶 속의 통속이고, 수상쩍은 취향의 멜로드라마다. 더 고약하게도, 그것은 당신을 쇠약하게 만든다. 이 선언은 유리창에 하트나 그리고, 열 배 더 큰 소리를 내기 위해 소음기를 변형한 모터사이클을 타는 마을의 청년 수탉을 울릴 준비가 된 내 내면에 진짜 지진을 일으켰다. 그리고 내가 사랑에 대해 가졌던 개념—《베네치아의 연인》유의 감상적 소설들을 읽으면서 신념 속에 지켜오고 그때까지 그 아름다움과 고귀함과 영원성에 관해 굳게 믿어온 사랑의 개념—에 대해서, 그리고 물랭 비외 영화관에서 상영되는 신파 영화들의 공통된 비전에 대해서 다시 생각하도록 나를 이끌었다. 따라서 이제 나는 미망에서 깨어나 명철하게, 두 눈을 냉혹히 뜨고(난 열다섯 살이었고 연애 경험이 제로였다) 가련한 친구들이 보이는 쇠약 증세와 온갖 어리석은 꿈을 거만하게 내려다보기 시작했다. 이런 태도 때문에 나는 기숙사 생활을 하고 있던 고등학교에서 유명해졌다.

사랑은 수상쩍고, 사랑의 눈물은 끈적끈적하다.

질투하는 사람, 배반당한 사람, 속이 다 타버린 사람, 눈물 흘리는 사람, 비장한 사람들은 페스트처럼 피해야 할 이들이다.

그들의 불행은 추하다.

그리고 그들의 슬픔은 헛되다.

슬픔이 있다면 슬픔 앞에서 울지 말고, 이를 악물고, 소매를 걷어붙이고, 시도가 자식들에게 가르쳤듯이 그리고 나의 어머니가 내게 가르쳤듯이, 고개를 꼿꼿이 들고 당당히 삶 쪽에 서야 한다.

게다가, 드러내지 않고 혼자서 우는 건 가장 기본적인 예의다. 영원히 기억해야 할 교훈이다.

콜레트는 힘주어 단언한다. 신파조 문학의 징징거림이나 번민보다는 동물들간에 오가는 사랑의 말없는 야만성이 백배 더 좋다고. 정신의 추상적 비약보다는 육체의 무한한 동요가 더 좋다고. 도달할 수 없는 먼 계획보다는 현재가 주는 구체적인 풍미가 더 좋다고. 사제들의 종교보다는 토끼 튀김과 마늘을 넣어 요리한 넓적다리 고기와 적포도주에 졸인 반숙 계란의 종교가 더 좋다고.

콜레트

그녀는 유물론자였다. 게다가 이교도였고.

그녀 스스로 말했듯, 탐욕스러운 짐승이었다.

쾌락에 몰두한, 그리고 그걸 자랑스러워한 원색적인 여자였다.

그녀의 이런 점을 사람들은 비난했다.

사람들은 그녀에게 지평이 없다고, 에스프리가 없다고, 성스러
움이 없다고, 피안이 없다고 비난했다. 육체의 감각이 무디고 고귀
한 구석이라고는 없다고, 지옥에 떨어질 운명을 타고났다고 비난
했다(더구나 훗날 사람들은 그녀에게 종교적 장례식을 거부한다).

그녀가 몇 번의 동성애와 늙은 색마들을 위한 성적 희롱으로 부
르주아 질서에 짜릿하게 흥취를 돋워주면서 그 질서를 너무 쉽게
받아들였다고 비난했다.

그녀가 도덕을 무시하며 젠체하는, 겨울에 강아지에게 외투나
입혀주는 중년 부인들을 위해 글을 쓴다고들 말했다.

그녀가 어떤 프랑스 정신의 상징이라고들 말했다. 반동적이고,
조소와 기품이, 거짓 위반과 충족된 이기주의가 뒤섞인 정신, 예술
에 대한 끌림과, 냉소주의가 유행인데도 행복에 대한 열망을 드러
내는 태도가 돋보이는, 다소 통속적인 정신의 상징이라고.

짐승에 대한 그녀의 사랑이 인간에 대한 무관심을 감추고 있다
고 사람들은 말했다.

그녀는 아무런 윤리의식도 어떤 종류의 가책도 없으며, 괴물 같

은 이기주의와 고질적 나르시시즘, **지독한 악의**에 사로잡혔으며, 오직 몇 사람에 대해서만 감정을 느낀다고(누가 감히 자신은 그렇지 않다고 주장할 수 있을까?) 말했다.

그녀가 지배하고자 하는 기질이 다분하고, 명예와 돈에 끌리는 경향이 뚜렷하고, 무엇보다도 주로 자기 목표를 이루는 데 수완이 좋고, 자신이 아닌 모든 것에 대해서는 극단적으로 무관심하다고들 말했다.

그녀가 자기 소설들을 가지고 윌리를 모욕하고 파산시켰다고, 그렇게 호화스러운 선물 공세를 받아놓고도 궁핍 속에서 죽어간 미시에게 조금도 연민을 느끼지 않았다고, 자식에게 대단히 혹독하고 무심한 어머니였다고 말했다.

지금 나는 한 달 전만 해도 전혀 알지 못했던 콜레트의 단점을 늘어놓는 나를 보며 화들짝 놀라고 있다. (즐거워하는 건가?)

이 글을 쓰려고 검찰 측 증인들의 조서를 읽다가 뜻밖에 거기에 사로잡혀, 고백하건대 그들의 폭로에 마음이 살짝 흔들린 게 사실이다.

그 영향으로 지금 내가 그녀의 이야기를 다른 눈으로 보게 된 걸까?

나는 혼란스러웠다. 이 글을 쓰기 전까지는 상상하기 힘들었던 머뭇거림이 내 안에 일었다. 거의 계획을 포기할 마음까지 들었다.

사십 년이 지나 그녀의 글을 다시 읽으니 그녀의 가정적인 면모는 견디기 힘들었고, 마늘과 호박에 대한 그녀의 찬사는 우스꽝스러워 보였으며, 타인에 대한 무관심은 실망을 넘어 거의 비통한 심정마저 들게 했고, 귀부인의 작품처럼 수놓인 그녀의 글이 이제는 부질없는 감언이설처럼 보였다.

하지만 내 젊은 날에 대한 오래되고 변함없는 사랑이 열다섯 살의 나를 열광시켰던 여성을 섣불리 판단하지 않도록 부추겼다. 그녀의 허세 가득한 무례함에, 이 세상의 것들을 향유하라는 그녀의 초대에, 그때껏 내가 본 적이 없는 글재주로 자신을 드러내는 그녀의 당당한 모습에 열다섯 살의 나는 열광했고, 그녀만을 따라하고 싶었다.

그녀의 책들이 지나치게 예쁜 것들이 갖는 결점을 가졌을지라도, 일렁이는 하늘에 지나치게 많은 별들이 반짝일지라도, 낡은 프랑스와 텃밭 같은 서정성이 찬물을 끼얹을지라도, 그것들은 삶에 대한 찬미를 증언하며 오늘날 내가 종종 사로잡히는 고약한 환멸에 훼방을 놓는다.

내가 흥미를 느끼는 내 동시대 작가들은, 이 점은 분명히 인정해야겠는데, 꽃양배추에 관한 시나 가사家事 예술에 대한 찬사 따위엔 그다지 취미가 없다. 그런데 그녀의 어린아이 같은 식탐은 그들의 어두움과 참으로 격렬하게 대비되어 내게 어느 정도 해독제처럼 작용해주었다.

어린아이의 식탐은 콜레트의 세계에서 그녀의 교활함과 술수,

일곱 명의 여자

잘 속지 않는 늙은 촌부의 농간이나 심술 등과 떼어놓을 수 없는 것이다, 라고 나는 썼다.

왜냐하면 콜레트가 모호하고 교활하고 경이로울 정도로 복합적이며, 온갖 모순을 지닌 여자이기 때문이다.

그녀는 파리에서는 사교적이었고, 퓌제에서는 야만적이었다. 성공을 탐욕스레 갈구하면서 은둔을 꿈꾸었다. 사치에 끌리면서 소박한 기쁨을 즐겼다. 어떤 이들에게는 심술궂었고 어떤 이들에게는 터무니없이 다정다감했다. 여성 해방을 위해 모든 선과 악을 뛰어넘어 성적 자유를 옹호하고 여성 참정권을 주장하는 여성들을 한없이 변호하면서도 그들에게 적대적이었다. 자립하는 데 몰두하면서도 어린 시절 시도에게서 받은 보호를 끊임없이 다시 찾고 싶어 했고, 구드케와의 관계에서는 그에게 굴종하는 가운데 그렇게 찾아 헤매던 보호를 발견했다.

그녀는 인간이 바람직한 것인 양 흔들어대는 사랑 없는 사랑보다는 짐승의 야수성이 덜 괴물 같고, 아무도 모를 우연으로, 절규할 정도로 슬픈 어떤 이유로 결혼한 이웃 부부의 삶보다는 어쨌든 덜 괴물 같다고 생각했다.

그녀의 글은 어쩌면 지나치게 기교적이고 지나치게 교태를 부린 듯하고 결국 거기에 스스로 도취해버린 듯도 하지만, 어떤 글보다 관능적이고 어느 글보다 음악적이며, 우리가 가볍게 육체적이라고 단정하는 쾌락의 아름다움을 찬양하고 껍질을 깨고 다시 깨어나는 모든 것 앞에서 느끼는 경탄을 표현하는 데 바쳐졌다.

콜레트는 부화의 작가이기 때문이다.

〈청맥Le Blé〉이 초연되던 날 저녁, 그녀 이렇게 선언했다. 그 어떤 생명의 발현보다 나는 일평생 부화에 가장 큰 관심을 가졌다… 매일 아침 잠에서 깨어날 때마다 세상은 내게 새롭게 다가온다. 나는 살기를 멈출 때까지 부화를 멈추지 않을 것이다.

그녀에게 부화는 피할 길은 없지만 눈물 없이 맞기를 바라는 죽음에 대한 도전이었다.

모든 부화, 모든 시작, 언제나 새롭고 어떤 습관도 잠재우지 않는 모든 것, 이미 일어난 일을 알지 못하는 모든 것. 매일, 하루의 탄생은 경이 중의 경이다. 모든 첫 번째들, 첫 사람, 첫 싹. 시도를 다정스레 정원에 붙들어두었던 분홍색 선인장의 개화. 가을이 오면 불평 많은 이들은 한 해가 저물어간다고 했지만, 그녀는 이제 시작이라고 했다. 매순간 자기 안에, 그리고 자기 밖에 낯선 인물이 나타나지 않는다면 살아갈 가치가 없다. 모든 부화들, 그 가운데서도 글 속에서 글을 통해 불쑥 나타나는 부화들. 글 쓰는 일은 오직 글 쓰는 일로만 인도하기에, 끝이 없는 개화들.

Marina
Tsvetaeva
마리나 츠베타예바

마리나 츠베타예바 Marina Ivanovna Tsvetaeva (1892~1941)

1892년 러시아 모스크바에서 예술사 교수이자 루미안체프 미술관 관장인 아버지와 왕실 혈통의 어머니 사이에서 출생. 어머니의 건강 악화로 스위스로 이주했다가 열여섯의 나이에 프랑스 소르본 대학에 진학, 문학사를 공부함. 열여덟 살인 1910년 《저녁 앨범》을 자비로 출판함. 이듬해 학업을 중단하고 크리미아 반도로 갔다가 세르게이 에프론을 만나 일 년 후 결혼함. 1917년 2월 혁명이 일어나고, 츠베타예바는 혁명군이 아닌 백위군을 옹호하는 시집 《백조의 진영》을 발표해 핍박을 받음. 1920년 고아원에 맡겼던 둘째 딸 이리나가 사망. 1922년 첫딸 아드리아나와 독일 베를린으로 망명. 1922년부터 보리스 파스테르나크와 서신 교환 시작(1936년까지 이어짐). 1925년 파리로 이주. 러시아 이민 사회의 박해와 파리 문단의 냉대를 받음. 1939년 다시 모스크바로 돌아감. 1941년 독일의 폭격을 피해 타타르 공화국의 엘라부가로 가 얼마 후 자살로 생을 마감.

국왕 만세! 단두대에 오르는 남편 카미유 데물랭*을 본 뤼실이 절망 속에서 외쳤다.

이 외침에서 옛 군주제에 바치는 경의를 듣는 사람은 잘못 이해한 것이다. 이 외침에서 내가 알지 못하는 어떤 체념을, 어떤 포기를 보려 한다면, 이 외침에 편협한 정치적 의미를 부여하려 한다면 잘못 이해한 것이다.

이 외침은 정치를 훌쩍 뛰어넘는다.

이 외침은 무엇을 시인하지도 변호하지도 않고, 아무것도 거부

---

*프랑스 혁명 당시 당통파의 언론인, 변호사, 정치가. 바스티유 감옥 공격 직전에 한 선동적인 연설로 유명해졌다. 반혁명파에 대한 관용을 주장하다가 처형당했다.

마리나 츠베타예바

하지 않고, 무엇에도 맞서지 않고, 무엇에 반대 입장을 취하지도 않는다고 파울 첼란은 논평한다.

이 외침은 아무것도 얘기하지 않는다. 아무 목적지가 없다. 순수한 반反-언어일 뿐이라고 그는 말한다. 순수한 거부. 순수한 불복종.

그것은 누구도 설득하려 하지 않는다. 그 반대도 아니다. 그것은 우리가 알지 못하는 곳에서 분출한다. 스스로를 설명하지 않는다. 자기 합리화를 하지 않는다.

그것은 뤼실을 죽음의 위험에 빠뜨린다.

그것은 순수한 자유의 행위, 목숨을 걸고 얻은 자유의 행위다.

그것은 시 자체라고, 첼란은 생각한다.

나는 이 외침을, 자기만의 언어로 말하기 위해 지고의 것들을 향해 외치는 이 소리를 듣지 않고는 츠베타예바의 시 한 구절도 읽지 못한다.

벽을 통과하는 것들의 외침, 고통에서 솟아난 외침, 언어를 무너뜨리는 것이 아니라 사람들이 단두대에 오르기 전에 부르는 노래의 형태로 언어를 지고의 수준으로 올려놓는 외침.

자신을 영원히 남기려거나 작게나마 시적 자산이 되려는 모든 근심과는 무관한, 단 한 번의 외침. 서정시는 구걸이나 약탈처럼 어느 날, 단 한 번뿐이다.

누구도 기다리지 않고, 누구도 필요로 하지 않은 외침. 유용성의 지배와 결과적으로 단절하는 외침. 그녀는 노트에 썼다. 누구도 필요로 하지 않는 것만이 시를 필요로 한다.

존재를 무한히 넘어서는 것을 표현하려는 터무니없는 계획처럼 던져진 외침. 나의 파스테르나크, 당신 덕에 어쩌면 내가 언젠가 정말로 위대한 시인이 될지도 모르겠군요. 헤아릴 수 없는 것을 당신에게 말해야 하기 때문에.

전율을 안기는 이 외침은 시가 있는 곳에 세상이 있다고 지독히도 완강하게 단언한, 산 채로 껍질이 벗겨진 여자의 외침이었다.

마지막 순간까지 모든 걸 좌지우지하려는 섭정 늑대 무리와 더불어 살며 울부짖기를 거부한 여자.

고국 러시아에서 맹위를 떨치던 공포와 순응주의의 끔찍한 짝짓기에 끝내 굴하지 않았던 여자.

수많은 인명을 살상하는 정치와 완전한 고독에 더해진 빈곤이 자신의 사랑할 줄 아는 능력과 불가분인 시언어를 결정적으로 옥죄자 삶을 끝장내기로 결심한 여자.

그녀의 이름은 마리나 츠베타예바였다. 지인들은 시가 그녀에게서 솟아나 청량한 샘물처럼 분출한다고 말했다.

탄생과 탄생 이전의 시.

근원적인 유배의 감정, 즉 그녀가 유대인이며 나아가 모든 시인이 유대인이라고 말하게 하는 감정에서 생겨난 시.

마리나 츠베타예바

거기에 진실의 맛이 더해진 시. 그녀가 그 폭력성을 희석할 수 없었거나 희석하고 싶어 하지 않았던 진실의 맛. 그녀는 파스테르나크에게 썼다. 그리고 이제 당신께 나의 추한 열정 하나를 털어놓겠어요. 전례 없는 극단적 솔직함으로 사람들을 유혹하는 것(그들을 시험하는 것)… 진실을 통한 유혹. 누가 그걸 견뎌낼까요?

그걸 견뎌내는 사람은 드물었고, 어느 정도는 거기에 그녀의 불행이 있었다.

자신이 말한 대로 살지 않는 사람들의 겉치레를 거침없이 폭로하는, 그토록 맹렬하게 자유로운 목소리를 어떻게 견디겠는가? 이 모든 것이 아무런 가치 없기에 나는 아무 곳에도 가지 않는다. 그러나 어쩌다 내가 어딘가에 있게 되면(누군가 나를 데려가면)… 나는 그 모임을 뒤집어놓고 만다.

내뱉기만 하면 기만을 폭로하고 차폐물을 뒤집어엎는 말을, 피부와 살점이 같이 떨어지는 한이 있더라도 가면을 벗기겠다고 나서는 말을 어떻게 견뎌내겠는가?

사람들은 그녀가 용감무쌍하다고 했다. 이 말에 그녀는 재미있어했다. 모든 것이 무서운, 자동차가 무섭고 집이 무섭고 문인들이 무섭고 전철이 무섭고 사회주의 혁명가들이 무섭고 낮의 모든 것이 무서운—그리고 밤의 무엇도 무섭지 않은—그녀였기에.

내가 원하든 원치 않든, 사람들이 나의 큰 용기에 대해—나의 거부에 대해―나의 용감무쌍함에 대해 말하니 차라리 원하는 편이 낫겠다… 나는 웃는다. 사실 난 그렇게 타고났다.

마리나 츠베타예바는 그렇게 타고났다.

그녀는 이 고귀한 목적에 자신은 아무 책임이 없다고 말했고, 그리고 어떤 허영도 부리지 않았다.

그녀는 자신이 말하도록 언도받았다고(파스테르나크에 대해서도 그녀는 이렇게 말했다. 그와 같아서 그걸 잘 알았다), 말의 영역에서 생겨나는 불가능을 갈망하도록 언도받았다고 말했다.

그녀는 자신이 펜을 쥐고 있는 것이 아니라 펜이 그녀를 쥐고 있다고 말했다.

그녀는 우리가 직업을, 주거지를, 프로그램을 선택하듯이 시를 선택한 것이 아니라고 말했다. 불, 난바다, 바람의 무리는 선택할 수 있는 것이 아니며, 우리가 온 존재를 고스란히 가담시키는 일은 그 외의 것을 선택하듯 선택할 수 없는 법이다.

게다가 시는 지휘할 수도 없는 것이다. 다만 시가 당신을 지휘할 때 당신은 떨면서 그것에 복종하려고 애쓸 수 있을 뿐이다. 그녀는 파스테르나크에게 썼다. 나의 친구여, 그럼요, 시는 사랑과 같아요. 시가 그대를 버리는 것이지 그대가 시를 버리는 게 아니지요.

하여, 그 부름에 가장 올바른 방식으로, 다시 말해 전적으로, 열정적으로 몰두해서, 그리고 모든 것을 희생하고 대답하려고 시도할 뿐이다. 그래서 어느 날 그녀는 손에서 놓지 않던, 그녀 **영혼의**

마리나 츠베타예바

일부였던 노트에 그녀의 좌우명이 될 법한 말을 썼다. 글 쓰는 일을 뺀 모든 것은 아무것도 아니다.

이 글쓰기는 그녀 생전에는 거의 완전한 난청에 부딪쳤고, 어떤 면에서 그녀는 그것에 살해당했다. 프랑스로 망명한 그녀가 작가들에게 보낸 모든 편지는 답장을 받지 못했고, 그녀의 거의 모든 원고는 거절당했다.

그녀는 절망적인 소외감을 느꼈다. 아마도 이 감정이, 끔찍한 삶의 조건들과 맞물린 이 감정이 그녀가 1920년에 떠나온 소비에트 러시아로 끔찍한 예감을 품고 되돌아가도록 내몰았을 것이다. 그곳으로 돌아간 지 이 년 후인 1941년 그녀는 목매어 자살하고 말았다.

어떤 무례, 어떤 범죄를 저질렀기에 츠베타예바는 그토록 매몰차게 프랑스와 소비에트 두 곳 모두에서 배척당했을까?

마음속 격리소에서 그녀는 배척의 이유를 찾으려 애썼고, 특유의 준엄한 통찰력으로 지목했다.

―무리 짓는 풍조에 대한 그녀의 선천적 혐오감이 어떤 곳에서도 쉬이 용서받지 못했던 것이다. 그녀는 백 번도 더 거듭 되뇌었다. 자신은 절대적으로 그리고 골수까지 모든 계급, 모든 직업, 모든 신분 밖에 있다고.

―그녀 스스로 호메로스 풍이라고 규정한 그녀 작품의 성격 자체, 약해지는 것을 터부시하는 시대를 거스르는 성격 자체가 문제였다.

―많은 이들이 탄복했던 가벼운 시 경향에 대한 그녀의 혐오가 문제였다. 그녀는 잘라 말했다. 모든 꽃, 편지, 서정적 매개물들은 제때 수선한 블라우스만도 못하다.

―세상을 괘념치 않고 예술만 숭배하는 탐미주의자들의 장광설 앞에서 그녀가 드러내는 경멸이 문제였다. 그들은 눈을 깜박거리고 분위기에 맞춰 흐느낌으로써 그들 안에 어떤 내적 삶이 있다고 믿게 하기 위해 최소 비용으로 고통을 과시하는, 불행에 포즈를 취하는 이들이었다. (츠베타예바에게는 고통의 미화도, 눈물을 짜내게 하는 신파도 없었다. 울지 않기, 이것이 그녀가 스스로에게 내린 명령이었다. 그녀 존재의 가장 내밀한 지점을 건드린 고통은 어떤 경우에도 가짜일 수도, 장식으로 사용될 수도 없었다. 셈해지거나 시적으로 채산이 맞아 보일 수는 더더욱 없었다. 더구나 그녀는 그런 걸 좋아하지 않았다. 그녀는 말했다. 고통을 좋아하거나 아픈 것을 좋아하는 이는 없다. 다만 일단 낫고 나면, 우리를 인간으로 만들어준 상처를 축복하고 그것의 흔적을 생생히 복구하려고 애쓸 뿐이다.)

―아름다운 정신에 대한 그녀의 증오가 문제였다. 자신들의 나약함과 비열함의 색깔만 바꾸면서 자칭 혁명가라고 선언하는 이들이 성급함을 가리기 위해 취하는 거만한 태도에 대해 그녀가 품는

마리나 츠베타예바

증오가 문제였다.

보리스, 나는 인텔리겐차들을 좋아하지 않아요. 나는 그들 진영에 서지 않아요. 그들은 모조리 코안경을 쓰고 있어요. 나는 귀족과 민중을, 꽃이 활짝 피는 것과 땅속 깊이 묻힌 것들을 좋아하죠.

—승리의 교회, 문인과 정치인들에 대해 그녀가 맨얼굴로 맞서며 맹렬히 드러내는 경멸이 문제였다. 그리고 돼지들에게, 다시 말해 통치 권력에, 그들의 계산과 야심에, 그들의 경쟁적 동지들에게 아양 떨기를 거부한 것이 문제였다.

—이를테면 파리의 러시아 이민자 집단의 기대에 부응하기를 거부한 것이 그랬다. 그들은 그녀가 공유할 수 없는 향수병에 걸린 이들이었다.

난 상관없다 어떤/언어로도 누구에게도 이해받지 못하더라도!/향수병이라니! 우스운 병/오래전에 가면 벗겨진!

—그녀가 대부분의 사람들처럼 비열한 스탈린에게 굽신거리며 찬사 보내기를 거부한 것이 문제였다.

여기에 나는 그녀 스스로 말하지 못했을 이유들을 덧붙이고 싶다. 그 시절 사람들을 당혹스럽게 했을, 그녀의 글쓰기에 깃든 현대성과 그 무엇도, 누구도 부리망을 씌우지 못하고 모두가 마음속으로만 두려워했던 정신의 자유 말이다.

포도 넝쿨로

베수비오 화산을 옴짝달싹 못하게 만들지는 못하리라! 아마실로 거인을 붙들지는 못하리라!

츠베타예바는 그런 사람이어서, 마야콥스키와 그의 혁명적 열정에 무덤을 세우고, 낡은 세계를 예찬하는 모든 이들보다 그가 그녀에게 훨씬 가깝다고 단언함으로써 망명 러시아인들을 화나게 할 수 있었다.

그리고 그와 동시에 경솔하게 백위군을 칭송하거나 흘러간 과거 —교회, 차르, 음유시인, 영웅, 독수리, 노인—에 대한 귀족 취향을 드러냈는데, 그 때문에 볼셰비키들에게는 혁명 최악의 적으로 간주되었다.

츠베타예바는 그런 사람이어서 이런 두 종류의 찬사의 글을 모두 쓸 수 있었다(찢김의 아픔이 없지 않았지만 찢김은 그녀의 조건이었다).

그녀는 **우리 편도 당신 편도** 아니었기 때문이다.

그녀는 블라디슬라브 코다세비치* 같은 사람들에게 썼다.

제 사람들은 우리 편도 당신 편도 아닙니다—저도 그렇고요.

그녀는 우리 편도 당신 편도 아닌, 다른 종이었다.

기분이 상한 러시아 이민자 언론들이 1928년부터 하나같이 그

---

*Vladisla Khodasevich(1886~1939), 러시아의 영향력 있는 시인이자 문학비평가. 베를린, 프라하를 거쳐 파리에 정착한 그는 러시아 본국은 물론 파리 및 베를린에서 활동했던 작가들에게도 큰 영향력을 행사했다.

마리나 츠베타예바

녀를 손가락질한 것은 그녀가 친소련 작가여서도, **예쁘장한 어린아이여서도**, 낭만적인 왕정주의자여서도 아니었고, 어린아이의 변덕과 애교 만점의 여자가 저지른 깜찍한 잘못을 용서하듯 에렌부르크가 용서해준 **왕정을 지지하는 낭만주의자여서도** 아니었다.

츠베타예바는 어느 한 편을 드는 데 대한 엄청난 거부가 삶에 녹아든 그런 엉뚱하고도 드문 사람에 속했다. 내적 자유를 지키기 위해 어떤 편에 서기를 거부하는 사람 말이다. 내적 자유는 그들이 가진 유일한 것이요, 값을 매길 수 없는 소중한 자산이다.

그녀는 잔 다르크 같았다(확실히 그녀에겐 기사도적인 구석이 있었다). 그녀를 버린 국가에도, 그녀를 불태운 교회에도 속하지 않았다. 그런 그녀에게 누구도 소유권을 가지지 못했으니, 그녀가 여러 목소리에 속했기 때문이다.

잔 다르크처럼 츠베타예바도 여러 목소리에 속했기에, 그녀더러 이런저런 '교회'에 예속되었다고 하는 말을 그녀는 형벌처럼 받아들였다.

츠베타예바는 파스테르나크에게 예고했다.

모스크바에서 내가 백위군에 헌신한다고 말하더라도 상심하지 마세요. 이건 내 십자가입니다. 난 그걸 받아들입니다. 당신과 함께, 나는 바깥에 있어요.

츠베타예바는 바깥에 있었다.

막 태어난 가수인 내가 무얼 할 수 있을까,

여러 검정색들 사이에서 검정색이 회색이 되는 세상에서!

영감을 보온병에 가둬두는 곳에서!

이렇게 절도를 넘어선 내가

절도의 세상 속에서?

츠베타예바는 세상 바깥에 있었다.

그녀는 종종 말했다. 나는 살 줄을 모른다. 사는 게 즐겁지 않다. 사는 게 날 아프게 한다. 나는 지상의 삶이 싫다. 사람들과 함께 사는 것이 싫다. 하늘과 천사들이 좋다. 저 위에서 그들과 함께라면 어떻게 처신해야 할지 잘 알 것 같다.

그리고 정치인들의 정치, 그녀가 그야말로 경계심을, 아니 혐오감을 느낀 그 진흙탕 바깥에 있었다.

세상은 온통 벽이다 / 유일한 출구는 도끼뿐.

츠베타예바는 다른 곳에 있었다. 위치를 알 수 없는 다른 곳, 그녀가 종종 영혼 또는 섬이라고 부르는 곳에. 릴케에게 그녀는 썼다. 우리가 태어난 섬.

그래서 역사적 사건들이 그녀의 식탁에 초대되었을 때, 낮의 함성이 삶에 불쑥 끼어들었을 때, 그녀는 그것들을 그 흐름에서 뽑아내어 원하는 대로 비틀고 그녀 목소리에 복종시켜 그것들에 개별적인 실존을 부여했다.

츠베타예바는 그런 사람이어서 세상의 현실에 굴복하지 못했

마리나 츠베타예바

고, 어떤 종속 관계도 견디지 못해서 강제로 무릎 꿇릴 수가 없었다. 마찬가지로 그녀는 외양의 규칙들과 유혹의 기교들에도 굴종하지 못했다. 그녀는 노신사와 여자, 개들만 자신을 좋아했다고 농담했다. 사회성의 덫에 걸리지 않으려는, 사람들의 찌푸린 표정을 흉내 내지 않으려는 이 맹렬한 거부가 자기 노래의, 그리고 자기 힘의 절대적 조건이라고 생각했다.

올가미에 걸려들지 않는 한—사람들의 찌푸린 표정

나는 지으리라—가장 어려운 음을

나는 노래하리라—가장 궁극적인 삶을.

하지만 이런 거부에 대한 대가를 그녀는 평생에 걸쳐 치르게 된다.

아무 편에도 서지 않아 모두가 기피하는 페스트 환자가 되었기 때문이다.

언제나 그렇듯 가장 순수하지 못한 것들이 내세우는 순수의 이름으로 츠베타예바는 버림받았고, 유죄 선고를 받았고, 수없이 많은 이들에게 없는 사람 취급을 당했다. 그들은 그녀와 머리를 맞대고 자유롭고 개인적인 말 한마디 주고받은 것만으로도 겁에 질렸다.

츠베타예바는 결국 그로 인해 엄청난 슬픔에 빠진다.

1927년 11월 그녀는 보리스 파스테르나크에게 썼다. 심장이 제 자갈을 굴리며 흘러내려요.

그 시절 그녀에겐 모든 게 슬픔이었다.

그녀가 사랑하지 않는 프랑스.

그녀 작품에 대한 총체적 몰이해.

그녀가 네 발로 기다시피 내쫓긴, 사랑하는 러시아에 대한 기억.

거기에 더해진 극도로 불안정한 삶의 조건들.

그러나 츠베타예바의 삶은 그 시절 사람들의 말대로 최고로 운 좋게 시작되었다.

그녀는 1892년 9월 26일 모스크바에서 태어났다. (훗날 그녀는 쓴다. 태어난다는 건 뭘까?―구렁텅이에 떨어지는 것)

문화 수준이 높은 환경이었다.

아버지는 볼로뉴 대학교에서 명예박사 학위를 받은 유럽문학 전문가로, 루미안체프 미술관의 관장이며 예술사 교수였다.

왕실 혈통을 이어받은 어머니는 음악에 탁월한 재능을 타고나 루빈스타인을 사사했으나 마리나가 열세 살 때 사망했다.

주장되는 영향들 : 어머니의 영향(음악, 자연, 시, 독일. 유대인에 대한 열정…). 아버지의 영향은 훨씬 감춰져 있을 뿐 적지 않았다(일에 대한 열정, 출세에 대한 무관심, 소박함, 열정적 성향).

겉모습 : 시골 아낙 같은 행색, 완벽한 예의범절, 아름답지도 추

하지도 않은, 흔하고 평범한 얼굴.

꿈꾸는 직업 : 존재의 속기사.

열여덟 살에 그녀는 이 직업의 첫 무기를 준비했고, 자비로 시집 《저녁 앨범Vecherny Albom》을 펴냈다. 이 책은 러시아 시인이자 화가인 막시밀리안 볼로신의 눈에 띄었다. 시인은 어느 날 그녀의 집으로 찾아와 너무 좋아서 어쩔 줄 모르겠다고 말했다. 그녀는 그를 들어오게 한 후 앉으라고 권했고, 현기증 나는 대화가 이어졌다.

볼로신은 달뜬 마음으로 다시 떠났다.

1911년 그녀는 하품만 나는 공부를 그만두기로 결심하고 홀로 크리미아 반도로 떠나 그곳에 있는 볼로신의 모친 집에 묵었다. 그리고 거기서 세르게이 야코블레비치 에프론을 만났다. 그의 눈은 두 개의 낭떠러지 같았다.

그녀는 그 낭떠러지에 몸을 던졌다.

두 청춘은 몰래 약혼한 뒤 곧이어 1912년 1월 27일에 결혼했다. 결혼했을 당시, 스스로 말한바 원대한 감정을 지녔기에 장엄한 문장들을 좋아한 츠베타예바는 자신이 그의 영원한 신부라고 선언했다.

일 년 뒤 그녀는 슬픔의 살해자(1924년에 그녀는 이 제목을 붙인 희곡을 쓴다) 디오니소스의 약혼녀 이름을 딴 딸 아리아드나를 낳았고, 1913년에는 두 번째 시집 《마법의 초롱Volšebnyj fonar'》을 출간하고 첫 시집을 좋아했던 사람들에게서 혹평을 받았다. 당연한 이치였다.

완벽한 남편인 세르게이는 아내의 모든 것을 받아들였다. 그녀의 열정과 모순과 도발, 절대에 대한 사랑, 불같고 바위 같은 면모, 도전적인 행동(물결에 휩쓸리는 정신은 결국 그 물에 빠져 죽고 만다고 그녀는 말했다), 그리고 언제나 옹호할 수 없는 대의들을, 다시 말해 패배한 대의들을 당당하게 지지할 태세가 되어 있는 아내의 성품을 감내했다.

그러나 1914년 마리나가 여성 시인 소피아 파르녹에 빠져 그저 사람들을 충격에 빠뜨리는 것이 즐거워 그녀와 사방에 과시하듯 돌아다니자, 세르게이는 깊은 상처를 입고 위생병으로 지원해 러시아 전선으로 떠났다(독일이 8월 1일에 러시아에 전쟁을 포고한 상태였다).

마리나는 해방감과 죄책감을 동시에 느끼며 '여자친구Podruga 연작시'를 썼고, 연인 소피아와 페트로그라드*에 정착했다. 소피아는 마리나를 떠나기 전 그녀에게 세르게이 에세닌과 오시프 만델스탐을 소개해주었고, 그녀는 만델스탐에게 전적으로 정신적인

---

* 현재의 상트페테르부르크.

마리나 츠베타예바

사랑을 느꼈다.

1917년은 역사적으로 거대한 전복이 시작된 해였다. 츠베타예바의 인생에도 역사적 사건들이 난폭하게 끼어들어 계획들을 뒤흔들어놓고 전망을 깨뜨린만큼, 여기에 그 큰 줄기들을 언급할 필요가 있겠다.

2월 혁명은 아무것도 아닌 듯 시작되었다. 추운 날이었다. 사람들은 굶주렸다. 페트로그라드의 큰 공장은 대량 해고를 예고했다. 여자들이 줄지어 몰려들어 빵을 요구했다. 노동자들도 거기에 합세했다. 분노가 번져나갔다.

러시아의 차르 니콜라이 2세는 이 힘든 시기에 차르답게 행동할 필요가 있다고 생각했다. 그는 왕궁 창문 아래에서 노호하는 분노의 소리를 듣기를 거부했고, 저항을 진압하기 위해 군대를 동원했다. 군대는 발포했다. 두 연대가 명령을 거역하고 노동자들에 연대했다. 2월 26일 저녁, 수천 명의 군인들이 추가로 무리에 합세했다.

노농평의회가 소집되었고, 한 번도 말한 적 없고 말할 수 있으리라 생각해본 적 없던 사람들이 말하기 시작했다. 집회가 점점 늘어났다. 더 나은 삶을 갈구하는 민중은 열기에 휩싸였다. 니콜라이 2세는 동생 미하일로비치 대공에게 왕위를 내주었고, 미하일로비치 대공은 군중의 불만 앞에서 거의 즉각 왕관을 포기했다. 임시 정부가 만들어졌다.

10월, 볼셰비키 소그룹들을 지휘하는 레닌의 명령에 따라 민중과 페트로그라드 주둔군은 케렌스키가 지휘하던 임시 정부의 본거지인 겨울궁을 포위했다. 10월 24일과 25일 밤, 레닌은 쿠데타를 일으켰다. 사회주의 체제가 탄생했다. 그러나 지금은 역사를 다시 그릴 때가 아니니, 그저 츠베타예바의 삶과 관계된 두 가지 사건만 짚고 넘어가겠다.

그녀의 남편인 세르게이 에프론은 여전히 차르에 충성을 바치는 백위군에 망설임 없이 가담했다.

혁명의 열정이 러시아 지식인 대부분을 열광시켰을 때 츠베타예바는 시대의 흐름에 역행해, 언제나처럼 역행해 백위군의 영광을 노래하는 시들을 썼고 《백조의 진영Lebedinyj Stan》이라는 시집으로 엮었다.

1918년 7월 17일, 차르와 차르의 가족이 예카테린부르크에서 처형되었다. 계급의 모든 적들을 고발해 수용소에 감금하고, 백색 조직에 가담한 모든 개인을 총살하라는 적색 공포가 공표되었다. 비밀정보기관 체카는 백색 조직에 가담한 개인들을 기막히게 추적해냈다. 공산당 정치국의 일원인 그레고리 지노비예프는 혁명에 적대적인 러시아인 천만 명을 말살할 생각을 품었다(그는 1936년에 처형당했다). 그리고 부카린은 서정적 열정에 휩싸여, 우

마리나 츠베타예바

리 모두는 비밀 경찰이 되어야 한다고 선언했다(그도 1930년에 처형당했다).

이미 공포가 윤곽을 드러냈음에도 블라디미르 마야콥스키, 알렉산드르 블로크, 안드레이 벨리, 발레리 브류소프, 세르게이 에세닌, 그리고 그 밖에 많은 시인들이 태동하는 혁명에 여전히 열광했다. 몇몇은 광신적이기까지 했다.

하지만 자칭 반골인 츠베타예바는 불신을 고집했고, 10월 혁명이 더 큰 자유도, 꿈꿔온 행복도 가져다주지 못할 것이라고 직감했다. 모든 것을 장악한 국가, 자유의 제한 혹은 파괴, 펠릭스 제르진스키가 창설한 체카가 불러일으켜 점차 커지는 공포가 무시무시한 위협이 되고 있음을 직감했던 것이다.

여기 체카의 담벼락이 있다,/새벽 기습과 총살의 담벼락.

이듬해, 러시아는 브레스트리토프스크에서 독일과 평화조약을 체결했다. 하지만 적위군과 백위군 사이의 내전은 계속되었고, 레닌의 계획경제까지 더해져 나라의 파멸에 박차가 가해졌다. 그때까지 한 존재가 꿈꿀 수 있는 모든 걸 경험한 츠베타예바는 다른 사람들처럼 극도의 궁핍 속에서 살았고, 두 딸이 쇠약해져가는 모습을 고통스레 지켜보다가—둘째 딸 이리나는 1917년 4월에 태어났다—고아원에 맡기기로 결심했다. 그곳에서는 잘 먹을 수 있으리라 희망했던 것이다. 그곳에서 아리아드나는 심각한 질병에 걸렸고, 이리나는 굶어 죽었다.

1920년 적위군은 크리미아 반도로 쇄도했고, 백위군의 생존자들은 마지막 남은 배에 올라탔다. 여전히 세르게이의 소식을 알지 못하던 마리나는 그가 거기에 탔기를 마음속으로 바랐다.

1921년은 네프NEP, 신경제정책, 즉 새로운 빈곤의 시작이었다. 수백만의 사람들이 기아로 죽어나갔다. 마리나 츠베타예바는 추위에 떨며 채소 껍질로 연명하고 걸인처럼 옷을 입었지만, 시와 극작품을 쓰는 일만은 멈추지 않았다.

7월에 그녀는 남편의 소식을 받았다. 그는 살아 있었다. 프라하에서 그녀를 기다리고 있었다.

마리나는 한 가지 생각뿐이었다. 조국을 떠나 세르게이가 있는 곳으로 가는 것. 그녀가 체제와 민감한 관계에 있고, 그녀의 글이 몇몇의 역정을 불러일으키기 시작한 시점이었기에 더더욱 그랬다.

첫 번째 공개적 공격은 고골의 〈검찰관Revizor〉을 연출한 유명 연극연출가 프세볼로트 메이예르홀트에게서 나왔다. 당시 소비에트 대의에 헌신적이던 그는 〈연극저널〉에 글을 기고해 츠베타예바가 제기한 의문들이 위대한 10월 혁명의 사상이 칭송하는 모든 것에 적대적 성향을 드러내고 있다고 비난했다.

이 메이예르홀트가 1928년에 〈생각이 너무 많아서 불행〉이라는 자신의 연출작 때문에 박해를 당하니 그야말로 역사의 아이러니다. 그는 새로운 체제 속에서 가장 좋은 몫을 차지하길 바라고 이번엔 자신들이 판관이 될 차례라 여긴, 부르주아 개인주의와 반혁명주의 정신을 외치는 이들에게 공격을 당했다.

같은 해, 혁명에 대한 희망이 거대한 환멸로 뒤집혀버리자 시인 알렉산드르 블로크는 소련을 떠날 허락을 요청하지만, 8월 7일 허가증을 얻기 전에 사망했다. 죽기 전에 그는 선언했다. **시인은 더이상 숨을 쉴 수 없어 죽는다.** 그의 죽음에 크나큰 충격을 받은 마리나는 '블로크에게 바치는 연작시'를 쓴다.

시인 안나 아흐마토바의 전남편인 니콜라이 구밀료프도 왕정에 호감을 가졌다는 이유로 고발당해 8월 24일 총살당했다.

츠베타예바도 파신할 때가 되었다.

1922년 5월, 그녀는 딸 아리아드나와 함께 베를린에 있었다.

그곳에 머물러 있었던 날들에 대해 그녀는 썼다. **베를린은 내게서 모든 걸 박탈했다. 나는 완전히 헐벗은 채 그곳을 다시 떠나왔다. 뼈가 부러지고 힘줄이 다 보이도록 생살이 벗겨진 채. 문인들—나병 같은 존재!**

그녀는 그곳에 몇 달밖에 머물지 않았다.

조국을 떠난 뒤 첫 책이자 그녀 생전에 출간된 마지막 책이 될 《러시아 이후Posle Rosii》에 그러모을 시들을 쓸 시간 정도였다.

불타는 죄악의 시간,

―그리고 속닥이는 요구들의 시간.

땅 없는 우애들의 시간,

세상이 고아되는 시간.

그녀의 고아 생활은 십육 년 동안 이어진다.

1922년 6월 14일, 남편을 만나러 체코슬로바키아로 가려던 참에 츠베타예바는 모스크바 소인이 찍힌 편지 한 통을 열었다. 그녀의 손이 떨렸다. 보리스 파스테르나크의 서명이 된 편지는 이런 말로 시작되었다.

친애하는 마리나 이바노브나,

조금 전, 내 동생에게 당신의 글 "난 알아요, 내가 석양에 죽으리라는 걸요. 어느 석양일까요?"를 읽을 때 내 목소리가 떨렸고, 오랫동안 참아온 흐느낌이 목에서 올라왔소…

1922년 6월 29일, 츠베타예바는 답장을 보냈다.

친애하는 보리스 레오니도비치,

밤 시간의 유혹과 첫 충동을 억누르고 낮의 하얀 명료함 가운

마리나 츠베타예바

데 이 편지를 써요. 당신 편지가 내 안에서 그 열기를 식히도록 기다렸고, 그것이 이틀의 잔해 속에 가라앉기를 기다렸지요―편지에서 무엇이 남았을까요…?

이 두 편지는 내가 읽은 가장 아름다운 서신 교환의 시작을 알린다. 참으로 아름다워서 모두 기억하고 싶고, 모두 다시 옮겨 쓰고 싶은 편지들이다.

영혼에서 영혼으로, 꿈에서 꿈으로 보낸 서한.

꿈속에서 난

그대의 꿈속으로 건너뛰었죠.

단박에 서로를 알아보는 두 존재가 나눈 말로 이루어진.

더없이 고귀한 우정의 현장.

서로 사랑하고 존경하는 사람들이 가지는 직감을 통해, 상대의 시 예술의 윤곽을 그려 보이려 애쓰는 동일한 행위를 함으로써 자신의 무언가를 내놓는 현장.

두 사람을 동등하게 만들어주는 묵계 속에서 서로가 상대의 가장 정확하고 가장 예민한, 최고의 독자가 되는 현장.

두 사람이 자신의 가장 깊은 내면까지 내려가 마침내 서로를 만나고 사랑스럽게 서로에게 영향을 미치는 현장.

흐르는 물 속에 몸을 던지는 흐르는 물 같을, 그런 영향 말이에요.

(츠베타예바가 파스테르나크에게.)

일곱 명의 여자

그들의 서신 교환은 1922년에 시작되어 1936년까지 계속된다.

모든 게 녹슬고 산패한 한 시대의 재앙들을 가로지르며, 두 사람을 갈라놓는 거리에도 불구하고 혹은 어쩌면 그 거리 덕에 두 작가는 서로에게 편지를 쓰고, 내가 그 자체로 문학 작품이라고 여기는 글을 함께 집필했다. 그 편지들은 정식 이름표가 붙은 모든 분류에서 벗어나 있다. 긴 연시戀詩, 서한소설, 일기, 세상의 색깔을 바꿔버린 한 시대에 관한 생생한 증언…. 동시에 이 모든 것이면서 그 이상이다.

편지에서 편지로, 츠베타예바는 파스테르나크에게 그가 그녀와 같은 사람이며, 그녀가 숭배하는 사람, 그녀의 보리우츠카, 그녀의 소중한 친구, 그녀의 러시아, 그녀의 모스크바, 그녀의 뮤즈, 그녀의 집, 그녀의 쌍둥이, 그녀의 심장, 동시대를 사는 그녀의 절대자이자 불가사의한 존재로서, 고갈되지 않는 존재로서, 낭떠러지로서, 심연으로서 그녀에게 꼭 필요한 사람이요 유일한 존재이며, 그 안에서 그녀가 글을 쓰고 숨을 쉰다고, 그녀가 그의 가슴속에 있다고, 그를 떠나서는 아무것도 찾을 것도 잃을 것도 없다고, 그 안에서 일어나고 잠이 든다고, 그의 영혼과 더불어 살며, 그가 그녀의 산소이며 그녀 자신으로의 귀환이며, 두 사람은 동일한 정수로 만들어졌으며 서로에게 속하도록 언도받은 존재들이라고 썼다.

파스테르나크는 그녀가 그의 누이이고, 하늘에서 곧장 그에게

마리나 츠베타예바

로 내려왔으며, 그녀 영혼의 마지막 끄트머리까지도 그와 꼭 맞고, 그녀가 그의 사람이며, 언제나 그랬으며, 그의 온 삶이 그녀의 것이고, 그녀가 순금처럼 귀한 친구이고, 경이롭고 초자연적이며 형제 같은 그의 숙명이며, 생생한 아침의 영혼이라고 답했다. 마리나, 나의 순교자, 가련한 나의 마리나.

마리나는 미친 여자처럼 그의 편지를 기다렸다. 그의 한 마디 말만으로도 행복했다.

그는 그녀를 천재적이라고 생각했다. 그녀 앞에 자기 영혼을 뒤집어 보이고 싶어 했다. 그녀가 자신이 밤낮으로 숨 쉬는 심장의 공기라고 말했다.

그녀는 시에 대한 자기 생각을 그에게 털어놓았다. 그녀의 삶과 분리되지 않는 시. 그녀 존재가 고스란히 가담된 시. 생명이 걸린 유희, 유일하게 진지한 무엇. 따라서 실존의 보완물이 아니라 실존 그 자체인 시. 그녀는 시가 다른 세계로 떠났다가 안락함으로 돌아오는 가벼운 관광객의 산책이 아니라 세상이 그녀에게 모습을 드러내는 통로라고 강조했다.

파스테르나크는 그녀에게 시에 대한 자기 견해를 밝혔다. 나는 세상 무엇보다 삶의 진실을 좋아합니다(어쩌면 이것이 나의 유일한 사랑인지도 모릅니다). 가마의 불구멍을 통과하는 순간, 삼켜지기 직전에 예술적 형태들을 통해 자연스럽게 제시되는 삶의 진실 말입니다.

두 사람은 각자 상대에게 가장 호의적이고 가장 정확하고 가장 합당한 독자가 되었다. 유일한 독자가.

상대의 독서가 그들을 불태웠다. 그들이 한 말이다. 1922년 7월에 출간한 《빛의 소나기Svetovoi liven'》에서 츠베타예바는 파스테르나크의 시집 《나의 누이, 삶Sestra moia zhizn'》을 칭송했다. 망망대해를 향해 열린 채 하얗게 작열하는 작품, 형식미에 사로잡힌 쉼표 하나 없고(탐미주의를 그녀는 혐오했다), 그녀가 수치스럽게 생각하는 상투적 시구 하나 없는 시적 경이요, 영원한 용기라 할 작품이라고.

그 후로도 그녀는 편지에서 그에 대한 감탄을 이어갔다. 당신의 글은 눈부셔요. 베르스타*를 바짝 뒤쫓지요! 베르스트와─말갈기와─썰매 날을! 그러다 갑자기 고삐 잡는 소리가 들리죠!

한편 파스테르나크는 츠베타예바의 시를 누구와도 다르게 지각했다. 특출한 현대성, 벼락같은 진노, 사회에서 강요하는 박자에 저항하는 깨진 리듬, 기상천외한 서정성과 은밀한 사실성이 놀랍고도 보기 드물게 어우러진 글이고, 관광객을 끌어들이기 위한 속임수라곤 전무한 시라고 그는 말했다.

두 사람은 상대의 작품에서 갈증을 해소했다.

서로 상대에게 가장 아름다운 시적 영감을 안겨주었다.

서로 상대에게 영원히 잊지 못할 문장으로 자신의 시를 헌정했다. 한 해의 다섯 번째 계절을 육감과 사차원 속에서 사는 나의 오라

---

* 러시아의 옛 거리 단위.

버니에게. 츠베타예바는 《러시아 이후》의 첫머리에 이렇게 썼다.

두 사람은 그들의 비밀에 대해, 낮에 본 민달팽이, 모닥불, 새벽에 대해, 밤에 한 생각들에 대해, 그리고 너무도 멀리 있는 사랑하는 이에 대해 그들이 나지막한 목소리로 이야기를 들려주는 나무들에 대해 서로 털어놓았다.

그런 시간들이 몇 년 동안 이어졌다. 고조되었다가 가라앉고, 멀어졌다가 돌아오고, 두려워했다가(두 사람이 종종 언급한 실제 만남이 그들의 사랑을 파괴할까 그녀는 두려워했다) 다시 시작하는 시간들. 애정 어린 술책, 폭발하는 질투, 견디기 힘든, 어긋난 기대의 시간들이었지만 우정과 전적인 신뢰, 상대가 쓴 글에 대해 느끼는 탁월한 감수성은 여전했다.

그렇다고 츠베타예바가 남편 세르게이 에프론을 흔들림 없는 애정으로 사랑하지 않거나, 이따금 한 남자나 여자에게 빠져 제 마음을 마음껏 드러내지 못한 건 아니었다.

여기서 나는 그저 외국 이름을 쓰는 즐거움을 위해 그녀가 며칠 또는 몇 주 동안 빠져 있었던 여자와 남자들의 이름을 적어본다. 블라디미르 닐렌더, 막시밀리안 볼로신, 바실리 로자노프, 소피아 파르녹, 오시프 만델스탐, 소피아 홀리데이 티혼 추릴리네, 니코딤 플루체르산, 표트르 에프론(세르게이의 형제), 바실리 밀리오티, 니콜라이 비시슬라브체프, 예브게니 로즈만, 아브라함 비치니아크,

알렉산드르 바흐라흐, 콘스탄틴 로제비치, 마르크 슬로님, 니콜라이 그론스키, 베라 구츠코바, 살로메이아 안드로니코바 할페른, 아나톨리 스타이거, 예브게니 타게르…. 마리나는 자주 바꿨다.

사랑하는 사람이 수없이 많은 건 악마처럼 그녀 자신이 수없이 많기 때문이라고 그녀는 말했다. 사랑은 짧은 광기였다.

말 그대로 벼락이 내려치는 것.

환상과 꾸며낸 이야기를 들씌운, 순전한 상상의 열정.

눈사태.

눈사태가 일어나는 시간 동안만 지속되는 것. 어제는 전부였다가, 오늘은 아무것도 아닌.

그녀가 아무 제약 없이 전속력으로 뛰어들고 달려드는 모험. 고삐를 끊고 달려가는 말처럼.

이 모험들 덕에 그녀는 절도를 잃고 미칠 듯이 열광했다. 그러나 그건 좋은 일이었다. 그녀가 쓰기를, 인간은 지고한 열광 속에서만 세상을 정확히 보기 때문이다.

츠베타예바는 사랑을 사랑했고, 온갖 어조로 그것을 이야기했다. 사랑이 그녀 영혼의 협곡, 비탈, 기상천외한 면들을 가장 정확히 폭로해주었기 때문이다.

사랑이 낳는 달뜬 긴장감에 그녀는 말처럼 예민해졌고, 이는 그녀 안에 시를 샘솟게 하는 데 큰 도움이 되는 듯했다.

마음이 찢어질 때 삶이 불탄다는 걸 그녀는 사랑하면서 끊임없

마리나 츠베타예바

이 확인했기 때문이다. 그리고 시가 그 불에서 영감을 길어낸다는 것을 직감으로 알았다.

사랑은 마리나를 불태우면서 그녀를 노래하게 했다.

그리고 그녀는 오직 그 노래를 위해 살았다.

사랑에 대해 나는 오직 한 가지밖에 알지 못했다. 짐승처럼 고통받는 것―그리고 노래하는 것.

이런 과잉(사랑의 과잉, 사랑에 대한 갈증의 과잉) 앞에서, 그 순간 사랑받는 상대는 얼빠진 얼굴로 조심스레 관찰한다. 그러다가 뒷걸음질 친다. 멀어진다. 그리고 자신은 그녀가 생각한 사람이 못 되는 것 같다며 사과한다.

그러면 츠베타예바는 상처 입은 채 진영으로 철수하고는 비난을 퍼붓고 빈정거리고 조롱한다. 이 모든 것이 객설이고, 희극이요, 잘못 발음된 음절들이었단 말인가!

사랑, 이것이 그대들에게는―

식탁에서 떠들어대는 수다처럼 보이는가?

불붙었던 그녀의 마음은 재가 되어 무너진다. 숭고한 비상이 끝나고 이제 원한에 사로잡히는 비참한 시간이 온 것이다.

사기는 끝났다!

싸구려 속임수는 끝장이다!

끝이다 운율도, 기찻길도, 호텔도…

그래서 그녀는 끝장내려고 결심한다. 울음도 연민도 없이.

일곱 명의 여자

저들이 영혼을 뽑아내자

살갗도 같이 떨어진다! 구렁텅이로!

결별은 불가능을 좇는 그녀의 갈망에, 망상을 좇는 그녀의 취향
에 만족감을 안겼다. 스스로 완벽하게 의식하고 있는 이 약점을 그
녀는 보리스 파스테르나크에게 솔직하게 털어놓았다. 겉모습, 망상,
불확실한 일, 기분, 허구들이 내게는 더없이 완강한 현실보다 훨씬
효력 있고 전제적인 살상의 힘을 발휘한답니다.

타자와의 관계에 들어서기 위해 그녀가 선호한 길은 꿈이었다.
파스테르나크도 잘 아는 사실이었다. 그래서 그녀의 코앞에 이 끔
찍한 현실을 들이밀 생각을 하지 않았다.

그녀는 자신이 이런 저런 사람에 관해 품는 상상들, 그녀 영혼을
불태우는 갑작스러운 불길들에 대해 파스테르나크에게 말하지 않
았다. 그 앞에서는 오직 이 열광이 불어넣어준 영감으로 쓴 시들에
관해서만 이야기했다. 1923년에 시작된 콘스탄틴 로제비치에 대한
열정과 이듬해 그와의 결별에서 탄생한 두 편의 감탄스러운 시 〈산
시山詩Poema Gory〉(1923), 〈종말의 시Poema Kontsa〉(1924)의 경우가
특히 그랬다.

파스테르나크는 〈종말의 시〉에 대해 무한한 경탄을 느낀다고 말
했다. 완벽하게, 그리고 거의 육체적으로 리듬 붙여진 시. 파열, 리듬에
맞춘 짜임새, 하나의 생각 속에 또 하나의 생각을 끼워넣은 발상, 리듬

마리나 츠베타예바

자체에 맞서 저항하는 고약한 리듬… 츠베타예바는 그의 생각에 동의하고 다음의 말을 그의 해설에 덧붙였다.

리듬에 관해서라면, 그녀는 귀에서 속삭이는 목소리를 따른 것뿐이다. 조금 더 왼쪽으로, 조금 더 오른쪽으로, 더 아래로, 더 빨리, 더 느리게, 속도를 늦춰라, 잘라라. 다시 말해, 생각이 부딪치고 깨지는 순간을 끝없이 붙들고 또 붙드는 힘을 가진 목소리를 따랐을 뿐이다.

그녀는 시에 자기 정신의 속도를 실을 뿐이다. 생략과 섬광, 감정에 호흡이 끊어질 때 느닷없이 일어나는 단축, 절박하게 말하려다가 잊어버린 구절들, 서둘러 던져진 말들과 더불어 열에 들떠, 가장 다급한 것에 대비하기 위해, 목적지는 모르지만 그녀 안에 참으로 강렬한 생명의 힘을 안겨주기에 그녀로 하여금 바느질을 그만두고 언어를 쏟아내게 하는 작업에서 느끼는 열광을 실을 뿐이다. 그리고 그 생명의 힘을 다른 무엇도 아닌 오직 사랑을 통해 받는다고 그녀는 거듭 말했다.

그렇기에 열정은 거의 끊임없이 꼬리를 물었다. 세르게이는 큰 상처를 입었다. 그러나 결국 그도 사랑으로 이 체제에 길들여졌다.

그러나 이 연이은 열정, 끊임없이 그녀가 지어내는 이야기들도 마리나가 파스테르나크에게, 그녀의 파스테르나크, 그녀의 소중한 보리스, 그녀의 오빠에게로 다시 돌아오는 걸 가로막은 적은 없었다. 그녀는 그에게 썼다. 러시아엔 당신 말고 내게 집이라곤 없어요.

나의 움직이는 집─무너져가는 집─이것이 당신이에요.

그리고 그들의 편지는 십칠 년간 일어난 사건들 때문에 멀리 떨어지게 된 두 삶의 흐름을 좇았다.

거-리 : 수천 리…

저들이 우리를 흩어-놓고, 끊어-놓았다

우리가 잘 버텨내길 : 옮겨 심긴

두 극단의 땅에서.

그들의 삶은 전쟁과 혁명이라는 흉포한 노름판, 한 사람이 판돈을 따면 수천 명이 모든 걸 잃는 노름판에 던져진 카드와도 같았다.

역사나 지리학을 다루는 학자보다 그들의 삶이 세기 초의 일그러진 초상을 더 잘 그려 보였다.

1922년에서 1925년까지 체코에 망명해 있는 동안 츠베타예바는 우물, 기러기떼, 비탈 아래 자리한 개울, 관이 지나가는 두 개의 방, 러시아에서 쓰던 것과 같은 뚱뚱한 철제 난로, 《쥐를 부리는 사람Krysolov》에서 시작된 일, 무국적자라는 뿌리 깊은 감정 등에 대해 파스테르나크에게 이야기했다.

이 땅엔 더이상 신이 없다.

여기서, 우린, 죽어가고 있다.

훗날 그녀는 세상에서 가장 무시무시하고 가장 있을 법하지 않은 도

마리나 츠베타예바

시 파리에 대해서도 혐오를 담아 그에게 이야기한다(이 파리가 같은 시기 주나 반스가 머문 파리와 어떻게 같은 곳이라고 상상할 수 있겠는가?). 그녀는 남편과 두 아이, 알리아라 불리던 아리아드나와 2월에 태어나 보리스라 불릴 뻔했다가(그 이유는 짐작 가능하다) 무르라고 불리게 된 게오르기와 함께 1925년 11월 파리에 도착했다. 그녀는 자신이 살았던 동네에 대해 파스테르나크에게 불평을 늘어놓았다. 썩어가는 운하, 굴뚝들에 가려 보이지 않는 하늘, 끊임없이 흩날리는 그을음과 계속되는 소란…

그녀는 가족 넷이 지내던, 도저히 글쓰기가 불가능한 비좁은 방에 대해서도 묘사했다. 저는 최악의 상태로 살고 있어요. 아주 시시한 연재 소설가에게도 글 쓸 책상과 침묵의 두 시간은 있다는 걸 씁쓸히 생각해요. 하지만 내겐 그게 없어요… 언제나 집단 안에, 대화 틈에 끼여 있어 줄곧 내 노트에서 벗어나게 되죠…

1926년 봄에 새로운 출발, 새로운 삶이 시작되었다. 문학사전을 만들 목적으로 파스테르나크가 요청한 간략한 자서전에서 그녀는 대답했다. 삶은 정거장이다.

이때부터 그녀가 그에게 보내는 편지의 발송지는 방데 지역의 생질쉬르비가 되었다.

그곳에서 그녀는 바다를 알게 되었다.

그곳에서 그녀는 파스테르나크를 통해, 릴케가 여백에 참으로 아름다운 시를 적어 보낸 시집 《두이노의 비가Duineser Elegien》를 받았다.

우리는 서로 접촉한다, 어떻게? 날개짓으로.

멀리 떨어져 있어도 우리는 서로를 스친다.

홀로 사는 어느 시인, 이따금

찾아와 그를 데려간 사람 앞으로 그를 데려간다.

츠베타예바는 매혹되었다. 그리고 그녀도 매혹하고 싶었다.

곧이어 츠베타예바와 릴케, 그리고 파스테르나크 사이에 편지가 오가게 된다. 내게 이들 세 사람은 '시의 화신'이다.

그들의 서신 교환은 1926년 12월 30일 릴케의 죽음으로 끝나게 되었고, 훗날 《세 사람이 주고받은 서한Pisma 1926 goda》이라는 제목으로 출간된다.

나는 이 서한집을 자주 읽고, 매번 그 기품 있는 언어에 감탄한다. 이 서한집에는 오직 한 가지 결점밖에 없다. 대조적으로 다른 서한집들을, 거의 모든 서한집들을 무겁고, 무겁고, 무겁고 아주 고약해 보이게 만든다는 결점이다.

이 위대한 두 인물이, 누구나 인정하는 이 대가들이 바치는 경탄에 힘을 얻은 츠베타예바는 《시인과 비평Poet o kritik》이라는 짧은 에세이를 쓰는 위험을 감행했다.

너무 자신만만했던 것이다.

이 책은 이민 사회 언론에 지진을 일으켰다. 그들은 자신들이 도

마리나 츠베타예바

마에 오른 걸 참지 못했고 당연히 공격에 나섰다.

츠베타예바는 그저 고초를 겪을 수밖에 없었다. 거의 모든 문제를 겪을 때마다 그녀는 파스테르나크의 우정에 위로를 받았다. 그는 그녀의 변호인이었다. 그녀의 보호자였다. 그녀는 그에게 썼다. 나는 땅끝까지 당신과 함께 있어요. 그녀는 끊어질 수 없는 끈으로 그와 하나가 되었음을 느꼈다. 각자 상대의 눈에 탁월함을 생생히 구현하고, 경이롭게도 두 사람이 일치한다는 것을 자각함으로써 생겨난 끈으로.

그럼에도 파스테르나크가 공산당에 가담하면 어쩌나 하는 두려움이 이따금 그녀를 엄습했다. 내 두려움을 이해하죠? 우리를 영원히 갈라놓을지 모를 유일한 것이죠.

1927년부터 츠베타예바의 편지들은 뫼동에서 발신되었다. 일부러 창을 파리 쪽으로 낸 감옥, 그곳에서 츠베타예바는 그녀에게 꿈꿀 권리를 허용하지 않는 물질적 빈곤 속에 살았다고 편지에 썼다.

그녀의 심장이 흘러내렸다. 그녀는 아팠다. 그녀는 자신의 고통이 하나의 상태요 거처가 되었다고 그에게 썼다. 그녀와 파스테르나크 사이에 생겨난 첫 균열 때문에, 첫 견해차 때문에 고통이 더 커졌을 거라고 짐작해본다.

파스테르나크가 모든 작품은 '역사'에 새겨지며, 시간과 장소는 그들보다 백 배 더 힘센 생물이라고, 세상의 어떤 작가도 시간과

일곱 명의 여자

장소의 지배에서 벗어나지 못한다고 그녀를 설득하려고 했기 때문이다(그 자신도 소비에트 연방에 세력을 떨치던 실증주의 정신에 휩쓸려 가담하려는 모순된 욕망을 느꼈던 것이다).

그러나 그의 논거는 츠베타예바에게 먹히지 않았다. 그녀는 고집스럽고도 거침없이 그에게 응수했다. 역사가 어떻게 당신의 관심사가 되죠, 영원한 당신에게?

'역사' 때문에 톡톡히 당한 그녀는 역사가 받아 마땅한 관심 이상도 이하도 기울이지 않는다고 말했다. 다시 말해, 자신은 역사에 대해 조금도 개의치 않는다고.

그녀는 오직 영원만을 믿었다.

그녀는 시간에 저항하고 우연을 이길 수 있는 강한 시詩만을 믿었다.

그녀는 말했다. 세상 일들에 고분고분 동조하는 사람, 스스로도 잘 알지 못하는 목적들에 굴복하는 사람, 순간의 지배자에게 가축 노릇을 하는 사람은 어떤 경우에도 시인의 이름을 가질 자격이 없다고. 그것은 그녀가 메모와 편지와 산문집 《시인과 시간Poet i Vremya》에서 끊임없이 되풀이하는 테마였다.

시인은 어떤 방식으로도 권력에 봉사할 수 없다. 시인이 이 땅에서 봉사할 수 있는 유일한 대상은 자기 자신보다 위대한 시인이라고 그녀는 작가수첩에 썼다.

그리고 그렇게 행동했다.

마리나 츠베타예바

볼셰비키들이 바라듯이 인민에 봉사하는 것도 그녀에겐 받아들일 수 없는 일처럼 보였다.

시인은 고독이다. 시인은 가담을 기대하지 않는다.

뿐만 아니라, 시인은 가담을 겁내고 멀리한다.

시인에게 유일하게 중요한 것은 자신의 극단적인 꿈에서 출발해 타협 없이 자기 목소리를 고수하고, 자신만이 말할 수 있는 모든 것을 간직하고, 삶과의 드잡이에서 터득한 모든 것을 간직한 채, 사회 정세와 순간의 판관들을(언젠가는 그들 또한 심판당할 거라고 그녀는 확신했다) 철저히 경멸하면서 글을 쓰는 것이었다.

더구나 오직 가치 있는 길은 현기증 나는, 영혼의 길뿐이다.

영혼의 약탈자. 이것이 내 칭호였다/요람 시절부터 나 자신에게도.

그리고 시인의 유일한 목표는 어두운 밤을 향해 문들을 활짝—있는 대로 활짝—열어젖히는 것이다.

현실 애호가들이 그녀를 따르지 않는 건 유감스러운 일이었다. 그녀는 작달막한 정신의 소유자들에게는 관심이 없었고, **편협하고 어리석고 언제나 잘못을 저지르는** 다수를 위해서는 결코 글을 쓰지 않을 생각이었다. 이건 볼셰비키들을 두고 한 말이었다.

츠베타예바는 삶의 모든 역량을 시인에게 필연적으로 적대적인 바깥세상에 맞서 한 치의 양보도 없이 거부하는 데 쏟았다.

반대로 가라—이것이 나의 좌우명이다.

자신의 서정적 충동 바깥에서 오는 모든 명령을 배척하는 거부.

세탁이며 집안일, 구속, 법의 끔찍한 무게 등 모든 관점의 일상, 이 일상의 음모를 거부할 때와 마찬가지로 맹렬하게 배척하는 거부.

이 거부 때문에 그녀가 피해를 입는다면 유감스러운 일이지만 할 수 없었다.

세상을 외면하는 사람에게 빈곤과 완전한 고독 이외의 다른 선택의 여지가 주어지지 않는다면 유감스러운 일이지만 할 수 없었다.

그녀는 이 치욕스러운 세기가, 그 불행과 독이 어쨌든 이기리라는 것을 막연하게 알고 있었다.

그리고 그러도록 내버려두었다.

이후 그녀가 파스테르나크에게 보낸 편지들은 모두 슬픔의 언어로 쓰였다.

돈에 대한 강박관념으로 인한 슬픔.

다른 곳들과 마찬가지로 이곳에서도 그녀의 창작을 에워싸는 완벽한 침묵으로 인한 슬픔.

오, 보리스, 보리스, 내가 얼마나 당신만 생각하는지. 도움을 청하기 위해 물리적으로 당신을 향해 몸을 돌립니다. 당신은 내 고독을 모릅니다. 《공기의 시Poema vozdukha》를 끝냈어요. 이런저런 이들에게 읽어주고 있답니다. 그러나 절대적인 침묵뿐, 단 한 마디도 없군요…

낭독회 일정차 파리에 온 마야콥스키를 찬양하는 글을 남편이

마리나 츠베타예바

운영하는 잡지에 썼다는 이유로, 그녀가 볼셰비키들에 매수되었다며 비난하는 파리의 이민 사회 속에서 그녀가 겪은 고립으로 인한 슬픔.

프랑스 문단에서 따돌림받는 슬픔. 그녀는 썼다. 홀로, 다시 한번 넘어서라, 그러나 가난하게!

점점 더해가는 소외와, 겨울과 죽음을 닮은, 그녀 마음을 고인 강물로 만드는 고독 속의 유폐.

보리스, 난 고갈되고 있어요. 시인으로서가 아니라 존재로서, 사랑의 원천으로서… 츠베타예바는 사랑이 없으면 시를 쓰지 못해요.

츠베타예바는 타인의 심장이 고동치는 소리를 귀로 들어야만 글을 쓸 수 있었다. 그녀의 시는 타인에게 읽혀야 했고, 타인 안에 울림을 주어야 했다.

그런데 더이상 타인이 없었다.

이젠 파스테르나크밖에 없었지만, 그도 서서히 멀어져가고 잃어간다는 느낌이 들었다.

두 사람의 편지는 뜸해졌다.

프랑스에서 츠베타예바의 상황은 점점 더 위급해졌다.

그녀는 파스테르나크에게 썼다. 아무도 나를 필요로 하지 않아요. 아무도 내 불을 필요로 하지 않아요. 죽을 끓이기 위한 것이 아닌 불 말이에요.

그녀는 직접 프랑스어로 번역한 시집 《그 남자Le Gars》를 출간하려고 시도했으나 아무 결실도 보지 못했다.

그녀가 피에르 막오를랑, 폴 발레리, 앙드레 지드, 장 폴랑, 그리고 다른 여러 사람들에게 보낸 편지들에도 아무 대답이 없었다. 파렴치하게도.

물질적 차원에서도 상황은 역시나 참담했다. 그녀는 파스테르나크에게 썼다. 우리는 빚에 파묻혔어요. 식료품 가게에, 석탄 장수에게, 우리가 아는 모든 사람들에게 빚을 졌죠. 가스와 전기가 끊길 공포 속에서, 무엇보다 집세 낼 날이 돌아올 공포 속에서 살고 있어요.

얼마 전 볼셰비키 이념에 동조하게 된 세르게이는 이 온갖 어려움 앞에서 러시아로의 귀환을 검토했다. 소련 당국이 그가 비밀경찰조직인 NKVD에 들어온다면 여권을 허용하겠다고 제안해온 것이었다. 그는 비밀경찰에 가담함으로써 백위군 편에서 싸운 죄가 청산되리라는 희망을 품고 제안을 받아들였다.

그는 함께 조국으로 돌아가자고 아내를 설득하려 애썼다. 그러나 그녀는 갈팡질팡 마음을 정하지 못하고 괴로워했다. 자기 작품에 아무도 관심을 기울이지 않고 생존 수단이라곤 없는 프랑스에 남아야 할까? 아니면 생존하기 위해, 생존의 공포를 겪으러 모스크바로 다시 돌아가야 할까?

이런 가정을 떠올리는 것만으로도 그녀는 공포에 사로잡혔다. 그녀는 어린아이처럼 파스테르나크에게 썼다. 그곳에 가면 나는 당

마리나 츠베타예바

장 죽을 거예요. 1억 6천만 사람들에 홀로 맞선 채.

극한 가난에 처하고, 유일한 기쁨이자 유일한 존재이유인 글을 쓸 의욕마저 앗아가는 고립 속에 갇힌 츠베타예바는 오롯이 시에 바친 삶을 정당화해줄 의미를 어디서 찾아야 할지, 더는 알지 못했다.

모든 것이 한낱 망상이었던 걸까?

지금까지 기울여온 숱한 노력이 순전한 허비였단 말인가?

타올랐던 그 모든 불들이 아무 소용 없는 것이었던가?

그 숱한 비명이 헛된 것이었단 말인가?

스무 해 넘게 해온 나의 모든 작업이 어디에 소용될 수 있을까요, 나의 온 삶이?

절망에 찬 유머로 그녀는 파스테르나크에게 썼다. 이런 게 없어도 되는 건강한 사람들을 즐겁게 하는 데?

파스테르나크는 소련에서 훨씬 안락한 처지에 있는 것 같았다. 겉보기엔 그랬다.

막심 고리키 덕에 명예를 회복한 그는 작가동맹의 일원이 되었고, 차츰 그러나 완전히 인정하지는 않은 채, 서정주의에서 부르주아 개인주의의 최후 징조를 보는 소련 동료들과 뜻을 함께했다.

이는 츠베타예바의 가슴에 비수를 꽂는 일이었다. 파스테르나크가 한 편지에서, 그의 시집 《시》에 실려 있던 그녀에게 바친 헌사를 삭제했다고(그에게 너무 위험할 수 있어서였지만 그는 그렇게 말하지 않는다) 알려온만큼 더더욱 잔인한 비수였다.

일곱 명의 여자

1934년, 마리나의 어려움 때문에 "겁에 질렸다"고 말하는 파스테르나크의 편지들만 다시 발견되었다.

파스테르나크는 그 편지들에서 8월 모스크바에서 개최되는 첫 번째 소련작가회의, 사회주의 리얼리즘에 할애된 그 행사에 참가한다는 사실을 언급하지 않았다. 인용하자면 그는 "사회주의 정신 안에서의 노동자 이데올로기 혁신과 교육이라는 목적을 간과하지 않으면서, 인민에 봉사하는 예술에 대해 진정성을 가지고 이야기해야" 했다.

마치 거꾸로 된 메아리처럼, 같은 해에 츠베타예바는 수많은 사람들을 무릎 꿇리는 역사적 속박에 대한 경멸을 다시 이야기하는 시 한 편을 발표한다. 이 세기에 대해 난 개의치 않는다,/내 것이 아닌 시간에도.

몇 달 전 베라 부닌에게 편지를 쓰도록 그녀를 부추긴 것도 똑같은 경멸이었다. 나는 동시대의 세상에 정중하기를 거부합니다. 그저 그걸 계단 아래로 집어던질 뿐입니다.

츠베타예바는 세상을 경멸했다. 그리고 세상은 그 경멸을 그녀에게 고스란히 돌려주었다.

더 심하게, 보복하기까지 했다.

아브라함 비치니아크와 주고받은 서한 중 그녀가 간직한 편지들을 모은 서한집 《아홉 통의 편지와 부치지 않은 열 번째 편지, 받은 열한 번째 편지》를 출간하려 드는 출판사는 한 곳도 없었다. 순수한 보석 같은 글이었음에도.

1934년 1월 6일, 그녀는 썼다.

내 혈관을 연다. 끊이지 않는,

졸라맬 수 없는 내 생명이 콸콸 흐른다.

국그릇과 밥그릇을 가지고 오세요!

1935년 6월, 츠베타예바와 파스테르나크는 영원히 멀어진다. 그녀는 슬픔과 저항 속으로 빠져들고, 그는 정치적으로 모호한 태도를 보였다가 몇 년 뒤 막다른 골목에 이른다.

파리에서 파시즘 반대 투쟁과 문화 수호를 위한 국제 대회가 열렸고, 파스테르나크는 스탈린의 지목을 받아들여 소련의 새로운 문학을 소개했다. 러시아 작가들이 감내하는 정신적 억압의 폭력을 상상하지 못한, 그들이 겪는 끔찍한 협박을(볼셰비키 선전에 가담하거나 아니면 출판 금지, 강제 수용, 죽음을 감내해야 하는) 상상하지 못한 츠베타예바는 파스테르나크의 수용을 용서할 수 없는 변절로밖에 볼 수 없었다.

그녀는 그가 한순간 충성을 서약한 것이 훗날 그에게 어떤 대가를 치르게 할지 결코 알지 못한다. 그가 이십 년 가까이 거의 절대적 창작 불능이라는 대가를 치르게 되리라는 걸(《닥터 지바고Doktor Zhivago》의 출간은 1957년에야 이루어진다) 결코 알지 못한다.

당장 그녀가 아는 건 한 가지뿐이었다. 세상에서 그녀를 믿어준 유일한 존재, 같은 고도에 선 형제, 그녀와 동등한 덕성을 지닌 자, 그녀의 희망, 그녀의 산山, 그녀와 그토록 자주 어깨를 맞댔던 사람이 이제 문학의 목을 죄고 문학을 죽이는 추악한 정치에 보증을 서고 있다는 것.

7월 날짜가 적힌 편지에서 그녀는 망연자실함과 절망을 번갈아 느끼며 그의 입장에 대해 항의했다. 당신은 대중을 얘기합니다. 나는 고통받는 개인을 얘기하죠. 대중에게 자기 존재를 드러낼 권리가 있다면 개인에겐 왜 그런 권리가 없겠습니까? 작은 짐승은 큰 짐승을 안 먹지 않습니까? 나는 지금 자본 얘기를 하는 것이 아닙니다.

몇 줄 아래에서, 그녀는 파스테르나크가 당시 사람들이 상황을 외면할 때 쓰는 유일한 방식으로, 다시 말해 자기 자신을 부인함으로써, 다시 말해 자기 자신의 일부를 공공연히 포기함으로써, 그가 전적으로 우습게 여기던 것을 찬양함으로써 초기의 서정주의를 넘어섰다는 사실에 감정이 격해져서 절망적으로 썼다. 콜호즈*를 떠올리니 울컥 울음이 쏟아집니다.

그리고 그녀는 내 심장을 옥죄는 이 말도 덧붙였다. 당신 앞에서 고독의 권리를 주장하려니 부끄럽군요. 무엇에든 가치 있는 사람들은 모두 고독한 이들이었고, 나 또한 그들 가운데 가장 보잘 것 없는 사람이기 때문입니다.

---

*소련의 집단농장.

마리나 츠베타예바

츠베타예바와 파스테르나크는 이제 서로를 이해하지 못했다.

서로 사랑했는지는 모르겠다.

십오 년 동안 그들을 이어준 강한 끈은 끊어져버렸다.

편지를 계속 주고받는 것은 이제 그들에게 의미 없는 일이었다.

그럼에도 얼마 후 츠베타예바는 참지 못하고 파스테르나크에게 또 한 통의 편지를 썼다. 그녀에겐 그의 행동이 그만큼 받아들이기 힘들어 보였던 것이다. 그녀는 가슴을 에는 문장을 썼다. 당신의 혈통이 더 고귀하다는 걸 알아요. 그래서 가슴에 손을 얹고 이렇게 말하게 되는군요. 오, 나는 프롤레타리아지만 당신은 아니에요, 암요!

츠베타예바는 그녀의 신념에 거스르는 그의 타협 때문만이 아니라 이젠 그가 다른 여자에게 바치는 사랑 때문에도 자신에게서 멀어졌기에 죽도록 배신감을 느꼈다. 나는 돌산을 믿듯이 당신을 믿었어요. 그런데 그 산이 아나콘다의 등이었다는 게 드러났군요…

결별은 이루어졌다.

우리의 이야기는 끝났어요. (당신 때문에 앞으로 내가 아플 일은 없으리라 생각하고 또 그러길 바랍니다.)

그러나 그녀는 또다시 그 때문에 아팠고, 1936년에 앞선 두 통의 편지만큼이나 격분과 절망에 찬 마지막 편지를 그에게 보냈다. 파스테르나크가 민스크에서 개최된 소련작가대회에 참여했다는 소식을 듣고서, 그가 횔덜린의 이름을 소리 높여 외치는 게 아니라 체제의 명령에 따라 베지멘스키 같은 하찮은 시인과 논쟁을 벌이며 스스로를 더럽히는 것을 보며 느낀 낙담을 그에게 전한 것이다.

희극만이 이곳의 희극과 다르군요. 파리의 모든 시인과 마찬가지로 나 역시 똑같은 것을 느낍니다. 일어나서 떠나고 싶은 욕구를.

그리고 그녀는 부분적으로 실현될 예언을, 던지듯 그에게 말했다. 저들이 당신을 잡아먹고 말 겁니다.

1월, 파스테르나크는 〈이즈베스티야〉*에 스탈린이 온 지구만큼 위대하다고 칭송하는 글을 기고했다. 스탈린에 대한 칭송 횟수는 그가 범한 극악무도한 행위의 횟수와 정확히 비례했다.

파스테르나크는 자신도 까맣게 모른 채, 벌써 잡아먹혀가고 있었다.

1937년, 38년, 39년, 츠베타예바는 담쟁이덩굴처럼 심장을 옥죄어오는 비탄에 빠져들었다.

이제는 외침도 나오지 않았다. 외치려면 힘이 필요했기 때문이다.

러시아 이민자 사회는 그녀에게서 등을 돌렸다.

단 한 사람의 프랑스 작가도 그녀를 돕지 않았다.

그리고 그녀는 고국으로 돌아가는 게 두려웠다. 그녀는 스스로

---

*현재까지 러시아에서 발간되는 일간지. 1905년 혁명 기관지로 창간되었다. 당기관지인 〈프라우다〉와 어깨를 나란히 하는 유력지였다.

마리나 츠베타예바

물었다. 모든 것을 고려해볼 때 소련의 마찰음 소리 나는 어둠*이 나를 고독으로 죽게 내버려두는 프랑스의 경박함보다는 낮지 않을까. 마지막 남은 힘을 끌어모아 그녀는 푸슈킨 백 주기인 1937년 생존 비용을 조금이라도 벌어볼 희망을 품고 《나의 푸슈킨Moi Pushkin》을 집필했고, 푸슈킨의 작품들을 번역하고 싶다고 프랑스 출판사들에 제안했다.

그러나 그들은 그녀보다 훨씬 매력적인 인물을, 푸슈킨은 전혀 모르지만 굉장한 유력가의 여자친구인 번역자를 더 마음에 들어했다. 프랑스는 영원히 프랑스로 남을 것이다.

츠베타예바는 역겨움에 속이 뒤집혔다.

그해에 일어난 어떤 심각한 사건이 그녀가 프랑스에서 겪고 있던 불행을 더욱 비극적으로 만들었다.

NKVD의 옛 요원으로 스탈린의 신임을 배반했다고 의심받던 레이스라는 자가 암살당한 채 발견되자, 급조된 수사팀이 그를 처벌하라는 임무를 맡은 세르게이의 프랑스 세포조직을 곧바로 겨냥해들어온 것이다.

체포당할 것이 두려웠던 세르게이는 아내 마리나와 아들 무르

---

* '소비에트사회주의공화국연방'의 약자 SSSR의 S 발음이 마찰음이라는데서 착안한 작가의 말장난.

(아버지와 가까워 친소련 성향의 견해를 공유했던 알리아는 이미 모스크바에 가 있었다)를 운명에 맡겨둔 채 곧장 소련으로 달아났다.

마리나는 경찰의 심문을 받으면서 남편의 유죄를 부인했고, 그를 보호하기 위해 거짓 증언을 했다.

그렇게, 이미 러시아 이민 사회에서 손가락질당하고 있던 그녀는 죽여야 할 짐승이 되었다. 배척당해야 할 여자, 변절자였다.

이제 사람들은 그녀에게 인사조차 건네지 않았다.

페스트 환자를 대하듯 그녀를 외면했다.

이런 치욕을 견디며 프랑스에 남는다는 건 순교나 마찬가지였다.

그녀는 범죄 국가라는 걸 알면서도 오싹한 리듬으로 숙청이 계속되는 나라로 돌아갈 수밖에 없는 처지가 되었다.

떠날 날을 기다리며 그녀는 무르와 함께 파스퇴르 가에 있는 한 호텔의 작은 방에서 함께 지냈다. 드물게 찾아온 방문객들은 엉망진창인 방의 모습에 소스라치게 놀랐다. 이제 그녀는 삶이 흘러가는 대로 내버려두는 것 같았다.

1939년 3월 15일, 독일군은 저항군 한 번 마주치지 않고 보헤미아와 모라비아를 점령했다. 그런데도 서방의 대사관들은 수치스럽게도 입을 다물고 있었다.

츠베타예바는 충격을 받고 그날 당장 이 시를 썼다. 전문을 읽어야 할 시다.

3월

사랑의 눈물, 분노가!
솟구친다!
그리고 보헤미아는 눈물 속에
그리고 에스파냐는 피바다 속에.

검은 산이 세상 천지에
그림자를 펼친다!
때가 되었다―위대한 때가―
내 차표를 돌려줄 때가.

존재하길, 따르길 거부한다.
인간 아닌 것들의 수용소에
살기를 나는 거부한다.
섭정 늑대들과 함께 살기를.

나는 거부한다―울부짖길
벌판의 상어 떼와 함께―
아니다! 나는 거부한다―
등줄기를 따라 늘어진 쇠사슬을.

일곱 명의 여자

귀를 틀어막고,

흐릿한 눈으로,

미쳐버린 당신들의 세상에

난 오직 말할 뿐이다. 거부를.

작가 필니아크는 반反소비에트주의 때문에 체포되어 1939년 4월
21일 총살당했다. 두 달 뒤, 츠베타예바는 소련 당국으로부터 즉각
프랑스를 떠나라는 명령을 받았다. 그녀는 6월 12일에 파리를 떠
나 무르와 함께 르아브르에서 에스파냐 공화주의자들을 호송하는
'마리나 울리아노바 호'에 올랐고, 일주일 뒤 레닌그라드에 내렸다.

레닌그라드에서 츠베타예바는 벽마다 스탈린의 초상화로 뒤덮
인 것을 발견했다. '등대' '나라의 구세주' '살아 있는 신 인류의
개혁자'…. 모두 낫이며 예리한 도구들로 장식되어 있었고(단지 상
징적인 것만은 아니었다) 그녀가 뭐라도 물으면 사람들은 NKVD에
고발당할까 두려움에 떨었다.
소련 인민은 공포에 사로잡힌 인민이 되어 있었다. 츠베타예바
는 이제 이 나라에서 사는 건 불가능하다는 걸 깨달았다.
오늘 아침, 잠에서 깨자 내 세월들은 이미 셈이 끝났다는 생각이 들
었다.
6월 19일, 그녀는 무르와 함께 모스크바 근교인 볼체로에 도착

했다. 세르게이는 NKVD 요원들이 사용하는 공동 아파트에서 그녀를 기다리고 있었다. 공동생활은 힘들었다. 불편한 집. 마리나는 점점 더 슬퍼졌다. 그녀의 모든 책과 원고가 세관에 묶여 있었는데 (그곳에 일 년 이상 남아 있게 된다), 그녀는 그걸 무척이나 아쉬워했다. 이따금 그녀는 사람들이 있는 자리에서 시를 암송하곤 했다. 마치 시를 읊으면서 자신의 삶에 보증을 서려는 것처럼. 갈등을 느끼면서도 여전히 그녀에 대한 애착을 버리지 못한 파스테르나크가 그녀에게 번역 일을 제공해주었다. 8월 27일 밤, 딸 알리아가 체포되었다.

그 이유는 알 수 없었다.

감옥에 갇혀 잠도 자지 못한 채 모의 처형을 당한 알리아는 결국 고문을 끝장내고 싶어 그들이 듣고 싶어 하는 거짓 자백을 하고, 곧이어 진술서에 서명을 하고 말았다. 예심에서 아무것도 감추지 않기 위해, 저는 제 아버지 에프론 세르게이 이아코브레비치와 제가 프랑스 비밀경찰 요원임을 밝히는 바입니다.

세르게이는 10월 10일에 체포되었다.

알리아의 자백과 그가 모집한 요원들이 그의 유죄를 고발하는 것을 보고 세르게이는 아무 말도 하지 않았다.

아내를 고발하라는 요구를 받았을 때 그는 최후의 의지로 거부했다.

협조를 거부하자 그는 말할 수 없이 혹독한 고문을 당한 후 병원으로 이송되었고, 반쯤 실성한 상태로 정신병원에 수감되었다.

1941년 10월 16일 세르게이는 처형당했다. 츠베타예바가 자살한 지 한 달 반 뒤였다.

딸과 남편이 체포된 후 츠베타예바는 그들이 어디에 수감되었으며 판결이 언제 이루어질지 알기 위해 실성한 사람처럼 이 부서 저 부서를 뛰어다녔다.

몇 주 동안은 그들이 그녀에게 소식을 전해주었다.

그 후로는 아무것도 없었다.

1940년. 츠베타예바가 지독한 혼란 상태에 빠져 있자 작가동맹은 그녀에게 골리치노에 있는 요양소에 체류할 것을 제안했다. 그녀는 수첩에 적었다. 이 세계에서 나는 점점 더 줄어들고 있다. 마치 양떼가 울타리마다 양털을 조금씩 남기듯이. 이제 내겐 근본적인 거부밖에 남지 않았다. 하지만 체류비를 계속 지불할 수 없게 되어 그녀는 다른 거주지를 찾아야 했고, 결국 세르게이의 누이가 모스크바에 가지고 있는 작은 아파트로 무르와 함께 피신했다.

그녀의 생활은 비참했다. 비非-삶. 그녀가 쓴 표현이다. 그럼에도 어느 날, 그녀는 국가 출판국의 출간 제안을 받고 희망의 빛을 보았다. 선의를 보이기 위해 그녀는 선전에 '복종'해 시를 선별해서 그들에게 보냈다. 도무지 달라질 수 없는 그녀는 그 시들이 지배 이데올로기에 더 적합하도록 수정할 생각은 결코 하지 않았다.

마리나 츠베타예바

짐을 풀고 남은 잔해에서 찾아낸 책 한 권 덕에 시 모음집 한 권
이 재구성될 수 있었다.

그 시 모음집은 내가 이 글을 쓰고 있는 순간 《나의 마지막 책
1940Mon Dernier Livre 1940》이라는 제목으로 베로니크 로스키의 추
천사를 달고 프랑스에서 처음 출간되었다. 츠베타예바는 이 책을
결정권을 가진 기관에 보내면서 거절당하리라고 확신하다시피 했
다. 실제로 이 책은 공식 문학을 대표하는 가장 영향력 있는 한 인
물로서 작품이 당의 노선 안에 있는지 아니면 위험하게 거기에서
벗어나 있는지를 판별하는 젤린스키에 의해 거부당했다.

그의 보고서는 참담했다. 소비에트 연방에 대한 작가의 적대감,
공산주의 미학과 완전히 상반되고, 다른 세상에서 온 듯 이해가 불
가능한 형편없는 시. 결론적으로 인간 영혼의 퇴화를 임상적으로
보여주는 설득력 있는 그림이라는 것이었다.

출판 불가.

츠베타예바는 노트에 썼다. 벌써 일 년 가까이 내가 목을 매달 고
리를 찾고 있다는 걸 아무도 눈치 채지도, 알지도 못한다… 모든 것이
추하고 끔찍하다.

1941년. 절망이 세차게 후려치자 츠베타예바는 2월에 썼다.

때가 되었다.

용연향을 벗고

말을 바꾸고

문 위의

등을 끌 때가.

4월 12일, 알리아가 살아 있다는 소식이 그녀에게 전해졌다.

6월 22일, 소련과 독일 간의 전쟁이 선포되었다.

7월 24일부터 모스크바는 밤낮으로 폭격당했다. 묘사할 길 없는 공포가 도시를 덮쳤다. 정부는 민간인들의 피난을 계획했다.

마리나와 무르는 8월 8일 한 무리의 작가들과 함께 '알렉산드르 피로고프 호'의 화물칸에 올라탔다. 그리고 타타르 공화국의 오지 마을인 치스토폴에 도착했다. 진흙탕 길. 안락함이라곤 없는 목재 주택. 그리고 그 땅에 불청객으로 온, 열 손가락을 어떻게 쓸지 전혀 모르는 이 부르주아들에게 주민들이 드러내 보이는 음험한 적개심.

배에서 내리자마자 츠베타예바는 피난민들의 이동을 통제하는 NKVD 요원들에게 호출당했다. 그들의 폭력성은 그녀를 절망에 빠뜨렸다.

그들은 그녀와 무르를 묵게 할 숙소를 찾지 못하자 엘라부가라는 마을로 다시 떠나게 했고, 두 사람은 8월 18일 그곳에 도착했다.

세상 끝에 자리한 그곳에 이르렀을 때 츠베타예바가 느낀 슬픔

마리나 츠베타예바

과 모멸감은 그녀가 그때껏 겪어온 모든 일보다 더 참혹하고 치유할 수 없는 것처럼 보였다.

8월 24일, 그녀는 일자리를 찾겠다는 희망을 품고 치스토폴로 돌아갔다.

25일, 그녀는 작가동맹 지역 소비에트에 다음과 같은 청원서를 제출했다. 작가동맹의 새 식당에서 접시닦이 일을 할 수 있도록 허락을 청하는 바입니다.

26일, 작가동맹의 지휘부가 인민의 적의 배우자를 고용하길 망설인 탓에 그녀는 다시 엘라부가로 떠나야 했다.

28일, 그녀는 엘라부가에 도착했다.

여름이 끝나가고 있었다. 그녀는 죽고 싶었다. 그 말을 무르에게 했다. 무르는 엄마가 죽고 싶어 하는 것이 당연하다고 생각했다.

31일, 그녀는 자기 방에 홀로 남았다. 그녀를 재워주던 농민들도 자리를 비웠고, 무르도 일하러 떠나고 없었다.

일요일이었다. 절망적인 일요일이었다.

1941년 8월 31일, 세상 끝에서 또 끝인 엘라부가에서 그녀는 절대적으로 참담했다.

창문 너머 날씨는 화창했다. 하늘은 찬란했다. 그렇게 나는 상상한다. 그러나 절대적으로 참담했다.

츠베타예바는 자기 손으로 매듭을 묶었다.

천장 고리에 목을 매기 전에 그녀는 무르를 도울 만한 사람들에

게 편지를 두 통 썼고, 무르에게 용서를 구하고 가족에 대한 사랑
을 전하는 쪽지를 썼다.

시청 서기관은 사망진단서의 직업란에 기록했다. 피난민.

오늘날 그녀의 모든 책에는 이렇게 적혀 있다. 츠베타예바, 20
세기 러시아의 가장 위대한 작가 중 한 사람.

Virginia Woolf

버지니아 울프

버지니아 울프 Adeline Virginia Woolf (1882~1941)

1882년 영국 런던에서 영향력 있는 문학 비평가이자 사상가였던 레슬리 스티븐의 딸로 출생. 오빠 토비가 케임브리지 대학교에 진학해 사귄 리턴 스트레이치, E. M. 포스터, 존 메이너드 케인스, 레너드 울프 등으로 이루어진 '블룸스버리 그룹'에서 그들과 함께 교유함. 1907년 〈타임스〉에 서평을 싣기 시작하면서 글쓰기를 시작함. 1912년 레너드 울프와 결혼, 1917년 남편과 함께 출판사 '호가스 프레스' 설립. 이후 그곳에서 《댈러웨이 부인》(1925), 《등대로》(1927), 《올랜도》(1928), 《자기만의 방》(1929), 《파도》(1931) 등의 역작들을 발표함. 1941년 평생 앓아오던 우울증이 악화되어 3월 28일 집 근처 오즈 강에 걸어들어가 익사했으며, 4월 18일에 시신이 발견됨.

인간의 마음을 어떻게 이해해야 할까? 어머니가 죽던 날 버지니아 울프는 시턴 박사가 마치 끝이라고 말하려는 듯 뒷짐을 지고 멀어지는 것을 본다. 그때 그녀는 눈물을 흘리는 간호사 앞에서 갑자기 웃음을 터뜨리는 자신을 발견하고는 두 손으로 얼굴을 가리고 우는 척한다. 마음속으로는 아무 느낌이 없다. 아무런 감정도 없다. 그저 속마음을 감추려는 의지뿐이다.

사랑하는 존재의 죽음 앞에서 느낀 이 무감각을 어떻게 이해해야 할까?

매번 죽음을 겪을 때마다 버지니아 울프는 자기 안에서 이 무無를, 자기 존재의 이 결함을, 마치 자기 탓인 것만 같은 **심장의 일시**

버지니아 울프

적 중단을 확인한다.

오빠 토비가 죽던 날도 그녀는 바이얼릿 디킨슨에게 편지를 쓰면서 그의 죽음에 대해서는 단 한 마디도 언급하지 않는다. 어릴 적 친구 리턴 스트레이치가 죽었을 때도 그녀는 그 순간 무기력과 무감각밖에 느끼지 못했다고 말한다.

나중에야, 한참 후에야 감정의 군대가 공격을 개시해온다. 때로는 그녀를 완전히 쓰러뜨릴 정도다.

시차를 두고 어긋난, 설명할 수 없는 이 행동은 종종 울프의 인물들 중 하나의 행동이 된다. 그녀가 창조한, 허무와 열기와 교차하는 흐름과 파편들로 이루어진, 참으로 일시적이고 변화무쌍하고 쉬이 사라지고 헤아릴 수 없는 움직임들, 울프가 뭐라고 명명해내지 못하는 움직임에 휩쓸리는 무한히 복잡한 존재들 말이다.

반면에 자연 앞에서, 들판과 계절 앞에서, 그 아름다움과 색채와 햇살 아래의 영롱한 광채 앞에서, 환상적인 소나기 앞에서, 강의 부드러운 곡선과 하늘에서 퍼덕이는 떼까마귀의 비상 앞에서 버지니아 울프는 조금도 불안한 마음 없이 자신의 온갖 감정을 말로 평온하게 감쌀 수 있다.

하지만 아직은 글을 쓸 때가 아니다. 버지니아는 열세 살이고, 어머니가 막 사망한 때다.

그녀의 어머니는 아름답고 부유하며, 우아하고 교양 있는 상류
사회 출신이었다.

그녀는 첫 결혼에서 세 아이를 두었다. 조지, 스텔라, 제럴드. 그
리고 두 번째 결혼에서 넷을 두었다. 버네사, 토비, 버지니아 그리
고 에이드리언.

두 번째 남편 레슬리 스티븐에겐 미니 새커리(작가 윌리엄 새커리
의 큰딸)와의 첫 결혼에서 얻은 지체아 로라가 있었다. 로라는 얼마
간 부부의 일곱 아이와 살다가 시설로 보내져 죽을 때까지 그곳에
서 지냈다.

그들 가족은 함께 켄싱턴의 하이드파크 게이트 2번지에 자리한
드넓은 주거지에서 살았다. 여름이면 콘월 주의 세인트 아이브스로
갔다. 버지니아는 그곳에서 보낸 시간을 평생 행복하게 기억했다.

어머니는 자주 집을 비웠다.

자선활동 때문에 그녀는 대부분의 시간을 집 밖에서 보내느라
집안일을 할 수가 없었다. 스스로 인정 많은 사람이라고 생각하게
된 뒤부터 그녀는 상심한 사람들을 위해 눈물을 흘리며 온종일 빈
민 누옥을 누비고 다녔고, 죽어가는 사람들의 머리맡에서 간호사
역할을 했으며, 지치지도 않고 헌신적으로 재산을 나눠주었다. 재
산을 나누는 것이 당시 그녀가 속한 세계의 여자들 사이에서 유행
이었던 것이다.

이따금 그녀는 멀찍이 떨어져서 자식들에게 한쪽 뺨을 내밀곤

버지니아 울프

했다. 축복받은 순간들이었다. 잊지 못할 순간들. 버지니아는 어머니와 몇 분 이상 단둘이 있어본 적이 없다고 아쉬워했다.

자식들에게 산만한 애정을 쏟았던 이 바쁜 어머니, 갈망하는 만큼 자신을 채워줄 수 없었던 이 어머니를 버지니아는 오랫동안 작품 속 인물로 만들어내려고 애쓴다. 그리고 1927년, 마침내 《등대로To the Lighthouse》에서 램지 부인의 모습으로 생명을 불어넣는다.

어머니가 죽자 아버지 레슬리 스티븐은 과장 섞인 슬픔을 드러내며 사적인 용도로 회고록을 쓴다. 애가와 어쭙잖은 감정으로 전율하는 책이었다(아이러니하게도 자식들은 《영묘 책Mausoleum Book》이라는 제목을 붙였다).

그런데 이렇게 슬픔을 과시하면서도 그는 집안에서 독재자로 군림했고, 세 딸 중 맏딸, 대단히 순종적이고 헌신적이며 쉽게 상처받는 스텔라에게 온갖 까다로운 요구와 변덕, 불만과 환상들을 전가했다.

큰딸에게 그는 가장의 권력을 남용했다. 아버지의 처분에 내맡겨진 온순한 스텔라는 감히 항의할 생각도 못 한 채 그의 지배를 감내했고, 모호한 관계 속에 어쩔 수 없이 갇혀 있었다.

그녀의 형제자매는 이 끔찍한 지배를 말없이 지켜보는 증인들이었다. 모두 보았고 모두 알았지만 모두 입을 다물어야 했고, 그들 가정에서 일어나서는 안 될 무슨 일인가 일어나고 있다는 느낌을 속으로만 묻어두어야 했다. 영국의 대★ 부르주아 집안의 대단히 청교도적이고 대단히 의례적인 환경에서는 말하지 말고 생각하지 말아야 할 것들이 있었다.

어느 날 스텔라는 약혼을 했고, 버네사와 버지니아는 사랑이 일으킨 변화를 감탄하며 지켜보았다. 그러나 레슬리 스티븐에게는 받아들일 수 없는 일이었다. 그는 격분하고 상심하고 질투심에 사로잡혔고, 그가 애정 이상의 무언가를 품었다고 고백한 스텔라가 그에게서 벗어나는 걸 못 견뎌 하며 딸의 결혼을 늦추려고 가능한 온갖 수단을 동원했다.

가련한 스텔라는 석 달 뒤 병으로 죽었고, 슬픔에 짓눌린 자매들은 아버지가 어느 정도는 원인을 제공했다고 생각하지 않을 수 없었다.

버네사는 스텔라가 사라진 집안의 관리를 자신이 맡아야 한다는 걸 알았다. 그건 악몽이었다. 그녀가 살림 보고를 할 때마다 아버지가 무섭게 화를 냈기 때문이다. 그는 재정 문제에 대해 신경을 곤두세웠다.

그는 존경받는 인물, 높이 평가받는 지식인, 예절을 중시하고 대인 관계에서 정중한 대 부르주아이자 헨리 제임스, 토머스 하디 같은 위대한 작가들을 친구로 여기는 작가였지만, 친밀한 관계에서는 인색하고 화를 잘 내며 지나치게 자기중심적인 인물이었다.

버지니아 울프

버네사는 이 위험한 사자에게 반항했고, 이따금 용감히 맞서기도 했다. 그녀가 보기에 그는 교양 있는 만큼 인습에 물들어 있고 위선적이며 젠체하고 극도의 형식주의에 사로잡힌 상류사회를 구현하는 인물이었다.

덜 반항적인 버지니아는 아버지에 대해 훨씬 모호한 감정을 느꼈다. 이 아버지는 그녀에게 위대한 책들을 읽어주었고, 자신의 서재에 출입하도록 해주었으며, 문학에 대한 열정을 견고하게 해주었다. 그 점 때문에 그녀는 그에게 무한한 감사의 마음을 품었다. 하지만 동시에 아버지는 그녀에게 이름 모를 불안을, 야성적 경계심과 두려움을 불러일으켰고, 그녀는 거기에 맞서 수 년 동안 싸웠다. 그가 죽은 지 스물네 해 뒤인 1928년 11월 28일, 그녀는 일기장에 썼다. 우리가 알았던 숱한 사람들처럼 아버지는 아흔여섯 살까지 살 수도 있었을 것이다. 그러나 하늘 덕에 그러지 못했다. 그랬더라면 그의 삶이 내 삶을 고스란히 파괴했을 것이다. 무슨 일이 일어났을까? 글도 쓰지 못했을 테고. 책도 없었을 것이다. 상상조차 하기 힘들다! 예전에는 매일 그와 엄마를 생각했다. 그러나 《등대로》를 쓰면서 나는 그들을 머릿속에 묻어버렸다.

레슬리 스티븐은 1904년에 죽었다.

버지니아는 그가 죽은 후 처음 우울 증세를 겪었다. 잠을 자지 못했고, 자신을 부르는 목소리들을 들었고, 창문으로 투신을 시도했다. 회복되자 그녀는 두 오빠 토비와 에이드리언과 언니 버네사가 있는 곳으로 갔다. 그들은 아버지의 지배에서 해방되어 블룸스버리 지역 고든 스퀘어 46번지에 자리 잡고 살고 있었다.

새로운 삶이 시작되었다.

토비는 케임브리지 대학에서 만난 친구들을 초대했다. 부유하고 재능 넘치고 명석하고 재기 발랄하며, 모든 것에서 진정으로 벗어난 자유로운 정신을 지닌 이 청년들은 작은 집단을 결성했다. 그들은 존 메이너드 케인스, 던컨 그랜트, 클라이브 벨, 리턴 스트레이치, 올리버 스트레이치, 색슨 시드니 터너, E. M. 포스터, 로저 프라이였다.

그들은 에세이 작가, 경제학자, 예술 평론가, 화가 또는 풋내기 작가들이었다.

그들은 논쟁하다가 분열했고, 사랑했다가 사이가 틀어졌다가 화해하고 다시 틀어지곤 했다. 그러나 그들을 잇는 우정만큼은 끝까지 파괴되지 않고 남았다.

그들은 매주 목요일에 만나 탐욕스레 험담을 하며 거의 모든 것을 조롱하고 노골적인 말들을 즐기고 공공연히 성적 자유를 드러내 스캔들을 일으켰고, 훌륭한 매너를 결코 버리지 못해 각설탕 집게를 능숙하게 다루며 철학적 대의들을 논하곤 했다.

그들은 지극히 속물적이었고 지극히 사교적이었으며, 나머지 세상에 대해서는 건성으로 멸시하는 태도를 보이거나 그러는 척했

버지니아 울프

다. 비타 새크빌 웨스트에게 보내는 1939년 2월 26일 자 편지에서 버지니아는 "옷을 제대로 차려입지 않은 사람들에게는 케이크를 주고 싶지 않다"고 썼다.

드러내놓고 순응주의에 적대적이었던 그들은 닥치는 대로 거부했다. 차 예법을, 번지르르한 말을, 예의 바른 허식을, 메리 여왕의 감기에 관한 대화를, 조지 5세 폐하의 특이한 음식 취향을, 그의 기괴한 문신과 그가 아끼는 가발을, 태동하는 자본주의를, 빅토리아조 소설을, 위축된 예술을, 신중한 예술을, 거의 성性만큼이나 봉합된 입口을, 요컨대 청교도적이고 원칙에 목 졸리고 예의범절이라는 그럴싸한 겉치레 이면으로 난폭하게 억압적이고 뻣뻣한 영국 사회가 내포한 혐오스러운 모든 것을 거부했다.

그들 중 가장 나이가 많은 로저 프라이는 1910년과 1912년에 마네, 세잔, 고갱, 쇠라, 드랭, 그리고 그 밖의 몇몇 화가들을 모아 런던에서 두 번의 후기인상주의 전시회를 열었다. 고매한 영혼의 소유자들은 격분했다.

큰 충격을 받은 〈타임스〉의 비평가는 무슨 수를 써서라도 부르주아 계급을 대경실색시키려는 현대 예술가들의 저주스러운 강박증을 격렬히 비판했다.

사방에서 공격받는 영국의 도덕성을 바로 세우려 분투하는 품위 있는 사람들은 길 하나만 건너면 그들을 볼 수 있었다. 침통한 부모들은 지탄의 표정을 짓고 그들의 악행에 대해 얘기했다. 이마를

일곱 명의 여자

찌푸리고 고개를 저어봤자 상황은 나아지지 않았다.

나이 지긋한 여인네들은 티타임에 어찌나 맹렬하게 그들을 비난했던지 찻잔이 다 떨릴 정도였다. 망측해, 정말이지 망측해.

헨리 제임스도 마음 깊이 충격을 받았다고 말했다. '개' 같은 단어는 너무도 저속한 악취를 풍기는 말이어서 그에겐 입 밖에 내뱉을 수 없는 말처럼 보였다는 사실과 플로베르가 감히 실내복 바람으로 그를 맞이했다는 것만으로 그가 플로베르를 시시한 인물로 판단했다는 사실을 밝혀야겠다!

이 모든 반응들이 그들은 즐겁기만 했다.

블룸스버리의 청년들은 모든 것을 즐기려는 이들이었다.

심지어 그들에게 쾌활함은 거의 의무와도 같았다. 그리고 버지니아는 편지나 일기에서 그 의무를 드물게 위반했다.

모리스 블랑쇼는 썼다. 그녀의 내면을 짓누르는 것은 아무것도 없다. 어쩌다 드물게 보이는 무거운 불안마저 가벼운 외양을 띤다.

가벼움은 예절이자 정숙함이었다. 그래서 의붓오빠들에게 성추행을 당했다는 버지니아의 고백마저도 그녀의 말투를 그대로 믿자면 재미난 일화처럼 여겨질 정도다.

대신 울프는 소설 속에서는 그 가벼움을 벗으려 애썼다. 그녀는 프랑스 친구 자크 라브라에게 말했다. 당신한테 편지를 쓸 때 나는 늘 그렇듯이 즐거운 어조로 씁니다. 그것이 편리한 가면이기 때문이죠. 그러나 바로 내가 작가이기 때문에 가면은 나를 짓누릅니다.

버지니아 울프

1906년 버지니아의 오빠 토비가 그리스 여행 중에 감염된 티푸스 열로 사망했다. 얼마 후 버지니아가 좋아한 언니 버네사, '사랑하는 네샤'가 그녀와 마찬가지로 화가인 클라이브 벨과 결혼했다. 버지니아는 어쩔 수 없이 고든 스퀘어 46번지를 떠나 에이드리언과 함께, 훗날 실비아 플라스가 살게 될 동네 피츠로이로 이사를 갈 처지에 놓이게 되었다. 이후 버지니아는 혼자라고 느꼈고, 사랑을 열렬히 갈구하게 되었다. 그녀는 형부 클라이브와 가까워졌다. 사교적인 클라이브, 재치 있고 가벼운 클라이브, 자기 자신에게 경의를 표하지 않고는 못 배기는 자기중심적인 클라이브, 그러나 탐미주의자인 클라이브, 섬세한 클라이브, 늘 버지니아를 돕고 늘 그녀가 자기 자신을 향해 가도록 부추기는 문학적인 클라이브.

버지니아는 클라이브에게 글쓰기에 대한 끌림을 털어놓았고, 차츰 그에 대해 느끼는 끌림도 털어놓았다.

그렇게 두 사람은 가벼운 연애를 시작했다.

친구들은 심각하게 반대했다.

버네사만이 마지막까지 품위를 지키며 입을 다물었다.

모든 정황상 그녀가 괴로워했으리라고 생각되지만, 그녀는 참으로 비밀스러운 끈으로 버지니아와 이어져 있었다. 하이드파크 게이트 시절에 대한 기억, 어릴 적에 함께 했던 놀이, 세인트 아이브스 모래사장에서 보낸 나날, 새알 사냥, 불꽃놀이, 속내 이야기, 아버지에 맞서 맺은 동맹, 가족의 죽음, 꿈…. 두 사람은 그 밖에도 숱한 것들을 공유하고 있어서 버네사가 버지니아에게 쏟는 애정은 배신에도 불구하고 여전히 파괴될 수 없었다.

1909년에 버지니아는 동성애자이며 문학적 소양은 있지만 외모는 그다지 호감이 가지 않는(지나친 독서로 자세가 구부정했다) 친구 리턴 스트레이치와 충동적으로 결혼을 결심했다가, 역시나 퍼뜩 정신을 차리고 생각을 바꿨다. 일 년 뒤 버지니아는 우울증에 빠졌다. 앞선 모든 죽음들, 자매 사이를 멀어지게 한 버네사의 결혼, 첫 원고를 거절당했다는 낙담, 자신이 보잘것없는 존재라는 변함없는 자각, 그녀를 짓누르고 근심시키는 독신생활이(스물아홉 살이면 다른 모든 사람들처럼 남편을 가져야 하지 않을까? 계속 짝 없이 홀로 살아야 하나?) 그녀 존재의 중심점으로 몰려들어 **텁수룩하고 시커먼 우울증의 악마들**을 깨웠다.

얼마 후, 그녀는 다시 이사를 했다. 여전히 블룸스버리 지역에서 오빠 에이드리언과 두 친구 던컨 그랜트와 메이나르 케인스와 함께 지냈는데, 이것 때문에 여자인 그녀에게는 고약한 평판이 뒤따랐다.

레너드 울프가 등장한 것은 바로 그때였다. 레너드는 토비와 케임브리지 대학교를 다니는 이 모든 상류층 사람들을 만났다. 그는 서민 출신, 더 정확히 말하자면 상인 계층에서 이제 막 부상한 집안 출신이었고, 더구나 유대인이었다. 그러나 그는 명석했고, 그것으로 상쇄가 되었다.

레너드는 대학을 졸업한 뒤 자신이 사랑하는 것들에서 멀리 떠나 스리랑카로 갔다. 그곳에서 그는 육 년 동안 지루하기 짝이 없는 공무원 업무를 수행했고, 호랑이를 사냥했으며, 타밀어를 배웠고, 교수형 장면들을 목도했고, 창녀들과 관계를 맺으며 불쾌감을 느끼기도 했다.

런던으로 돌아온 그를 버네사가 저녁식사에 초대했고, 버지니아는 그에게 자기 집에서 함께 살자고 초대했다.

두 사람 모두에게 그는 그러겠다고 말했다.

그 후 용기를 내어 그는 버지니아에게 청혼했다.

버지니아는 떨고 있는 인간 혐오자 유대인 앞에서 잠깐 망설였다. 그에게서 조금도 성적 떨림을 느끼지 못했기 때문이다. 결국 그녀는 조금 거칠다 싶게 털어놓았다. 요전에 이미 말씀드렸듯이 나는 육체적으로 당신한테 끌리지 않습니다. 당신에게 아무런 육체적 끌림을 느끼지 못합니다. 바위가 느끼는 것 이상의 무엇도 느끼지 못하는 순간들도 있어요―일전에 당신이 나를 끌어안았을 때가 그랬습니다.

그러나 그에게서 다른 수많은 장점들을 발견한 버지니아는 스무 번의 내적 논쟁과 불면의 밤을 나흘간 거친 끝에 결국 청혼을 받아들였다. 그녀는 친구 바이얼릿 디킨슨에게 썼다. 고백할 게 있어요. 나, 돈 한 푼 없는 유대인과 결혼해요.

버지니아 울프의 작품을 연구한 사람들 대개가 그녀가 유대인에 관해 한 말들에 종종 질끈 눈을 감는다. 하지만 그런 말들은 분명히 존재하고, 그녀의 일기를 읽으면 그것들을 발견하게 된다.

이를테면 1910년에 그녀는 에이드리언과 함께 포르투갈을 유람하면서 엄청나게 많은 유대계 포르투갈인들과 혐오스러운 몇 가지 물건과 마주쳤다며 불평했다. 1915년 1월 4일, 그녀는 일기에 썼다. 나는 유대인들의 목소리를 좋아하지 않는다. 유대인들의 웃음을 좋아하지 않는다. 더 뒤로 가면 레너드의 어머니가 그 지긋지긋하고 추한 유대인들인 자기 자식들을 훌륭한 사람들로 여긴다며 비난했다.

나도 버지니아 울프의 이런 면모에 눈을 감기로 할 수도 있었을 것이다. 그녀에게 바치는 무조건적 숭배에 이끌려 맹목적으로 부인否認할 수도 있었을 것이다. 또는 기만적으로, 버지니아의 말이 말 그대로의 의미가 아니었다고 주장할 수도 있었을 것이다. 그랬더라면 사려 깊지 못한 꼴이 되었을 것이다. 정확히 버지니아 울프가 내게 가르쳐준 것 혹은 다시 깨우쳐준 것, 즉 인간은 불법적인 것들로 가득한 복잡한 마음을 가졌고, 그 불법적인 것들의 내밀한 움직임은 이성을 벗어나고, 인간을 괴롭히는 모순들을 분열시키는 내적 부조화는 자주 불가사의하며, 그런 인간 정신의 조합이 미로처럼 복잡하다는 것을 부인해야 했을 터이기 때문이다.

버지니아 울프는 젊은 시절 가볍게 유대인들을 비방했고, 그녀가 애정을 담아 나의 유대인이라 부르는 유대인과 결혼했다. 이건 그녀의 여러 모순 가운데 으뜸이 아니다.

그러나 블룸스버리 그룹 안에서는 반유대주의가 말하자면 정상이요 습관 같은 생각이었고, 포크를 왼손으로 옮기는 것이나 고마워요, 안녕히 가세요 같은 말을 하는 것만큼이나 기계적인 반사행동이고 논의조차 필요 없는 유산이어서, 기성 관념에 맹렬히 맞섰던 버지니아마저 주변과 그런 생각을 공유했다는 사실은 짚고 넘어가야겠다.

그러나 안심하시라. 버지니아 울프는 곧 그걸 문제 삼았고, 자기 주변을 감염시키던 편견들을 냉혹하게 비판했다. 심지어 2차 세계대전 직전의 몇 년 동안에는 레너드 편에 서서 반파시스트 입장을 분명히 취했고, 전설로 남게 될 이 선언을 했다. 우리는 유대인이다.

히틀러가 권력에 오르자 버지니아와 레너드, 그리고 블룸스버리의 친구들 대부분이 젊은 시절에 추하게 읊조렸던 반유대주의와 거리낌 없이 싸웠다.

이제 울프는 결혼했다.

그리고 블룸스버리의 친구들은 흩어졌다.

버지니아와 레너드는 런던과 리치먼드에서 함께한 공동생활을 무척 좋아했다.

그들은(특히 그녀는) 독서 파티에 푹 빠졌고(성적 차원에서 그들은 정숙했다), 글을 쓰고 산책하고 수다를 떨고 재미난 온갖 시시한 일들을 서로에게 털어놓고 집에 손님들을 초대했는데, 때로 버지니아에게 손님맞이는 성가신 고역이었다. 이것 또한 그녀의 모순 중

일곱 명의 여자

하나였는데, 버지니아 울프는 사교적이면서도 혼자 있기를 좋아해서 때로는 인사하다가 기진맥진했고, 때로는 런던의 경박함에 즐겁게 휩쓸렸고, 또 어떤 때는 세상과 단절하려는 욕망에 불현듯 사로잡혀 정신을 빼앗는 괴팍한 무언가와 드잡이를 하느라 리치먼드에 틀어박히곤 했다.

하지만 어디에 있건 버지니아 울프는 언제나 지칠 줄 모르는 열정으로 일했다.

일하고 읽고 쓰고, 쉬지 않고 썼다.

글 쓰는 틈틈이 끼어드는 공허감에 빠지지 않기 위해서였다.

그녀는 레너드와 함께 1917년에 출판사 '호가드 프레스'를 열었다. 둘은 함께 인쇄하고 제본하고 장정하고 표지를 선택하고 원고를 쓰고 교정하고 포장하고 손이 떨릴 지경까지 책 꾸러미를 날랐으며, 지방 서점들에 책을 배본하고 자동차로 서점들을 방문했다.

호가드 프레스는 버지니아의 거의 모든 책을 출간했고, 그녀가 좋아하는 동시대 작가들, 특히 T. S. 엘리엇, R. M. 릴케, 캐서린 맨스필드 등의 작품들을 출간했다. 그녀를 열광시킨 출판 일에 비평 집필, 에세이와 팸플릿, 소설, 편지, 일기를 쓰는 일까지 더해졌는데, 모두 합치면 엄청난 양의 일거리였다.

버지니아는 변덕스러운 기분과 리듬에 휩쓸리면서 그 일들에 몰두했다.

버지니아가 올랜도의 입을 통해 선언하듯이, 재능은 한 줄기 빛을 던져주고는 얼마간 멈추는 등대처럼 작동하기 때문이다. 다만 그것이 발현될 때는 훨씬 변덕스러워서 연이어 일고여덟 번 나타날 수도 있고, 그러다가 일 년 동안 혹은 영원히 그림자 속으로 움츠러들 수도 있다.

때때로 울프는 그런 축복의 순간들을 경험했다. 정신이 야성의 고원을 향해 빠르게 날아가는 순간. 그러면 그녀는 질주하듯 글을 썼다. 그녀의 펜은 내달리고, 질주하고, 초조하게 나아갔다. 빠르게, 여유롭게, 신선한 정신과 놀라운 상념들이 끓어오르는 가운데 단숨에 낭떠러지를 건너뛸 때까지. 《올랜도Orlando》《플러시Flush》《3기니Three Guineas》가 이렇게 탄생했다. 순수한 분출, 순수한 기쁨의 격정, 순수한 은총의 순간들이었다. 그러면 버지니아는 거짓 없이 단언할 수 있었다. 나는 가장 행복한 아내이고, 가장 행복한 작가다. 그리고 주장하건대 태비스톡 스퀘어 전체에서 가장 사랑받는 주민이다.

하지만 이 성스러운 기쁨, 이 분출, 바람만큼이나 야만적이고 일정하지 않은 이 힘, 측정이 불가능한 갑작스러운 이 힘이 그녀를 버리는 일은 매우 자주 일어났다.

그러면 열정이 식고, 힘이 사그라졌다.

그러면 그녀는 담장에 말 한 마디 더 쌓지 못하게 하는, 썰물처럼 빠져나가는 힘의 먹이가 되었다. 글쓰기로 간신히 거리를 둔 공포가 다시 엄습해왔다. 그녀는 그 공포의 전조를 낱낱이 알았다.

말의 무게를 들어올리는 것이 힘겨워졌다.

그녀는 끌어올리자마자 허공 속으로 다시 떨어져 무너지는 문장

일곱 명의 여자

들을 보았다. 이보다 더 절망적인 일은 없었다.

책이 완성되면 상황은 더 나빠졌다.

그녀는 1934년 10월 17일 일기에 썼다.

우울을 떨쳐버릴 수가 없다. 책의 마무리 단계에 와 있기 때문이다. 옛 일기장들을 다시 읽으면서 《파도The Waves》를 쓰고 난 뒤에도 똑같이 깊은 불안을 느꼈음을 발견했다. 그리고 《등대로》를 쓰고 난 뒤에도 거의 자살할 지경이었던 것이 기억난다.

매번 혹은 거의 매번 책을 쓰고 나서, 《출항The Voyage out》(1915)을, 《등대로》(1927)를, 《올랜도》(1928)를, 《파도》(1931)를, 《세월The Years》(1937)을, 《3기니》(1938)를 쓰고 나서 버지니아 울프는 똑같은 우울에 빠져들었다.

그럴 때면 그녀는 모든 걸 자책했다. 자신이 무능한 낙오자요 비생산적이고 어리석고 멸시받는 우스꽝스러운 사람이라고 자책했다. 그럴 땐 자신이 금세라도 부서질 것처럼 느껴져서 혼자 저녁을 보내면 말 그대로 해체될까 불안할 정도였다. 그럴 때 그녀는 삶에 대해 아무것도 알지 못한다고 자신을 비난했다. 삶을 모르면서 글은 왜 쓰느냐고 자책했다. 다른 이들의 명성을 질투했고, 그녀의 네사를 질투했고, 시시한 작품을 썼는데도 사람들이 칭찬을 퍼붓는 그녀의 친구 리턴을 질투했다.

그녀는 자신에 대해 무자비했다.

당혹스러운 공포에 사로잡혀 그녀는 자신을 세상 밖에 있는 존재

버지니아 울프

처럼 느꼈고, 더이상 사물의 의미를 지각하지 못했고, 그럴 때면 이유 없이 돌고도는 맷돌이 된 것 같은 오래된 느낌이 다시 찾아왔다.

삶이 그녀를 부인했고, 의혹이 그녀를 갉아먹었다. 그녀는 《세월》을 끔찍한 푸딩이라고 생각했고, 《3기니》를 무기력한 장광설이라고, 《막간Between the Acts》을 잘 다듬어지지 않은 신통찮은 책이라고 생각했다.

그녀는 매번 책을 끝낼 때마다 죽고 싶게 만드는, 자기 내면의 그 무엇을 어떻게 이해해야 할지 몰랐다. 오빠가 죽은 뒤에 그랬던 것처럼 내가 이 길을 걸으며 불안과 싸우느라 얼마나 고통받는지 아무도 알지 못한다… 그때는 무언가에 맞서 싸웠지만 지금은 무엇에도 맞서지 않으면서 싸우고 있다.

때때로 그녀는 별 확신 없이, 자신의 격렬한 고통이 자신의 비판적 사고와 창조적 사고를 대적시키는 내적 갈등에서 비롯되었다고 생각했다. 슬픔에 이유를 만들어내야 했던 것이다.

예전에 그녀는 자신의 슬픔을 불안한 천성 탓으로 돌렸다. 1928년 11월 7일의 일기. 이건 아무것도 확신하지 못하는 내 천성 탓이다. 내가 말한 것도, 다른 사람들이 말한 것도 확신하지 못하고, 그리고 맹목적으로, 본능적으로, 하나의 원칙을 훌쩍 뛰어넘는 느낌으로… 부름을… 어떤 부름을 좇는 것이다. 부인할 수 없는 사실은 그녀가 세상의 질풍에 대해 특별히 민감한 감수성을 지녔다는 것, 타인의 판단에 지나치게 관심을 기울였다는 점이다. 자기만족이라는 기름

일곱 명의 여자

진 쿠션에 기댄 그녀의 예술가 친구들 대부분과 달리 그녀의 자기 보호 쿠션은 극도로 얇은 막이었다. 그래서 그녀는 칭찬 한마디에 열광했고, 친구들의 무관심에 절망했고, 〈옵서버〉나 〈이브닝 스탠다드〉 지의 채찍질에는 완전히 무너졌다.

우리는 자문해볼 수 있다. 성공에 착각이 내포되어 있다는 사실을 그토록 명철하게 알았고, 책의 운명이 시대 정신과의 성공적 타협에 달렸다는 사실을 그토록 자각했던 버지니아 울프가 왜 그랬을까? 가치가 일시적이고 우발적이라는 걸 잘 아는 그녀가 비판의 말이나 그녀 스스로도 아무 의미 없는 빈말이라고 한 세속적인 말에 왜 그토록 영향을 받았을까?

블랑쇼는 썼다. 그렇게 섬세한 작가를 그토록 조야한 의존 상태에 빠뜨린 거짓된 관계 속에는 불가사의한 무언가가 있다고.

정신분석학을 이용해 울프의 이 극단적 취약함에 관한 수많은 가설을, 그리고 그녀의 우울에 토대가 된 상실들에 대해 대단히 정확한 몇 가지 가설을 세워볼 수도 있을 것이다. 하지만 내가 확대 적용을 견디지 못하는 영역으로 들어가지는 않겠다. 다만 그녀의 일기가 폭로하는 논거들에 한해 살펴보려 한다.

버지니아 울프에게 작품은 언제나 반드시 망친 작품이었다. 작품 자체가 어둡고, 어둠 속으로 나아가는 길 같기 때문이며,

파도 위의 구름처럼 지나갈 작가의 삶처럼 깨지기 쉽고 덧없기 때문이며,

아무것도 없다는 확신에 비해, 심연에 빠지지 않기 위해 세상 끄트머리에서 신중하게 발을 내딛기를 강요하는 공허에 비해 작품은 우스울 정도로 하찮을 뿐이기 때문이며,

그림자를 잡겠다고, 흩어진 모든 것을, 달아나는 것을, 만질 수 없는 것을, 사물의 거품을 붙들겠다고 나섰지만 실현 불가능한 것으로 드러났기 때문이며,

본질적인 것(《파도》에 퍼시벌로 등장하는, 1906년에 죽은 오빠 토비에 대한 불가능한 애도)을 말할 능력이 없음을 보여주는 작품은 한낱 사기에 지나지 않기 때문이며,

마지막으로, 작품은 언제나 부족하고 계획의 완벽성에 비해 언제나 실망스럽기 때문이다.

다른 작가들이 이 약점들을 미덕으로 삼을 때, 그들이 꿈꾼 작품과 만들어진 불완전한 작품 사이의 격차를 활용해 거기에 깜짝 놀랄 무언가를, 한 줄기 바람을, 토끼 한 마리를, 비둘기를, 느닷없는 말을, 에드리 앨런 포가 언급한 기이한 사고 중 하나를 슬쩍 집어넣을 때, 울프는 이 불가능한 합치를, 이 유산된 화합을 개인적 패배처럼 경험했다.

그럼에도, 그럼에도 글을 쓰려는 충동이 절대적으로, 저항할 수 없이 솟구칠 때가 있었다. 벼락같은 순간, 순수한 지복의 순간이.

어떤 성스러운 힘이 작품을 언제나 암초로 여기는 그녀 안의 괴

로운 감정을 극복하고 지배할 때가 있었다.

이런 은총의 순간에는 그녀가 현실이라 부르는 **희귀품**을 붙들어야 했다.

순간을, 추락하는 시간을 붙들 것.

우리가 우리 자신의 파편이 되고, 자잘한 조각이 되는 이 분산의 시간을 붙들 것.

세상에 손을 얹어야 한다. 거기 매달려 매순간 우리를 집어삼켜 와해시키려고 위협하는 이 비현실을 끝장내버려야 한다. 아주 단단한 문에 대고 내 머리를 짓이길 수밖에 없다. 내가 내 몸속으로 돌아가게 하려면.

세상의 그림자들 너머에서, 예절이 강요하는 형식주의와 근시안 너머에서, 좋은 교육과 계급의 편견, 그리고 남성 중심의 고정관념이라는 방책 너머에서 세상을 나포해야 한다.

그러나 울프에게 본질적인 것은 리듬이고 고동이고, 하나 둘, 하나 둘, 몰려와 부서지며 모래사장을 적시는 파도의 밀물과 썰물이다.

그녀가 《올랜도》에서 하는 말을 들어보자.

그들은(애디슨 씨, 스위프트 씨와 포프 씨) 올랜도에게 문제의 본질을 가르쳤다. 그건 자연스러운 목소리의 음색을 갖는 것인데, 오직 귀를 통해서만 얻어지는 자질이다.

작가란 하나의 귀다. 다른 무엇도 아닌.

버지니아 울프

작가는 심장과 조수潮水와도 같아서 고유의 내적 리듬을 가지고 있다. 자신의 내적 리듬을 듣지 못한다면 그는 작가가 아니다. 참으로 단순하고 참으로 냉혹한 진실이다. 리듬이 곧 작가다. 이걸 제대로 말하려면 휠덜린이 한 말을 싱클레어가 옮기면서 할애한 수십 쪽의 글을 인용해야 할 텐데, 지금은 그럴 자리가 아니다.

플라스처럼, 츠베타예바처럼, 내가 존경하는 모든 작가들처럼 울프는 하나의 리듬이다. 다시 말해 한 주체의 흉내 낼 수 없는 목소리다. 타고난 목소리, 사회의 온갖 측량법에 저항하는 그녀 고유의 독특한 목소리.

그토록 아름답고, 그토록 예측 불가능한 리듬이 내게 온다면 내 삶을 송두리째, 아니 거의 송두리째 내놓겠다. 단박에 질서를 웃음거리로 만들고 첫 마디부터 비틀거리는 리듬(비틀거리길 거부하고, 손에 닿지 않는 가지들을 향해 돌진하길 거부하는 리듬은 무시해도 좋을 만한 것이니까), 《올랜도》를 여는 다음 문장 같은 리듬을 가질 수만 있다면.

그가—그 시절의 유행이 남자인지 여자인지 성별을 가렸지만 그의 성별은 의심스럽지 않았다—칼을 휙휙 몇 번 휘두르자 들보에 내걸린 무어인의 머리가 덜렁거렸다.

그러나 비타 새크빌 웨스트에 대해 말하지 않고는 《올랜도》에 대해 이야기할 수 없다.

1922년 버지니아는 그녀보다 열 살 많은 시인이자 소설가인 비타 새크빌 웨스트를 미칠 듯이 사랑하게 된다. 그녀와 더불어 버지니아는 처음으로 관능적 쾌락을, 그리고 그것을 말하는 기쁨을 발견했다. **진심으로 너를 사랑해. 머리부터 발끝까지 너의 모든 것을.**

버지니아 울프가 《올랜도》를 쓴 것은 비타를 위해, 그녀에 대한 사랑을 위해, 그녀에 대한 기억을 위해서였다. 내가 좋아하는 책, 내가 감탄하는 책, 내가 머리부터 발끝까지 좋아하는 책, 짓궂고 톡톡 튀고, 빠르고 공기처럼 가볍고, 신랄하지 않게 조롱하고 악의 없이 풍자적이며, 환상적이면서 심오한 책, 촉촉한 보라색 눈을 가진 피조물에 목소리를 부여한 책, 남자면서 여자이고, 또는 남자도 여자도 아닌, 또는 동시에 둘 다인, 어쨌든 지나치게 남성적인 정체성들에 대한 온갖 확신을 토대부터 뒤흔드는 책(고전적 경계를 무너뜨리고 겉으로 드러난 모순들을 함께 생각하게 만들기에 훗날 발터 벤야민이 현대성에 고유한 것이라 말하게 될 상상의 자웅동체의 출현. 벤야민은 제일 먼저 보들레르의 작품 속에서 여성성/남성성의 상징적 재분배를 세 형태로 찾아냈다. 상품의 현대적 비유로서의 창녀, 남성이 구현하는 지배에 맞선 저항의 비유로서의 레즈비언과 자웅동체).

1927년 울프는 《올랜도》를 쓰기 시작했다. 앞서 말한 저항할 수 없는 격정에 끌려, 그걸 만들어내는 행복에 사로잡힌 채.

책의 행마다 읽히는 이 행복과 격정은 전염성이 강하다.

내가 《올랜도》를 몇 번이나 읽었는지 모르겠지만 앞으로 또 읽

버지니아 울프

을 것이다.

나는 이 책의 문장들을 외울 정도다. 특히 앞서 인용한, 다시 옮겨 적지 않으려 애써 참고 있는 첫 문장은 정확히 외우고 있다.

그 문장을 읽으며 나는 자주 웃는다.

내가 웃지 않을 때는 흔히 하는 말로 매료되어 있기 때문이다.

그토록 쉽게 상처받고 역약한 울프가 이 책에서 복수를 하는 것도 너무 좋다. 그녀는 악인들에게 복수하는 데 적합한 유일한 방식으로 복수한다. 바로 웃음으로. 이를테면 그녀가 그린 닉 그린의 초상이 그렇다. 그는 돈과 명예에 강박적으로 사로잡혀 있고 셰익스피어에 매료된 것만큼이나 자기 자신에 매료된 인물로, 스스로 좋아한다고 단언하는 시詩보다 자기 간과 비장에 더 몰두하고, 생존 작가들에게 원한을 품고 그들에게 오명을 씌우고 비웃으면서도 그들에 대한 증오 어린 말에서 자양분을 (보아하니 듬뿍) 얻어 그걸로 엄청나게 살을 찌우는 문학비평가다. 저런, 누가 생각난다.

버지니아 울프의 말년은 위에서 언급한, 대단히 생기 넘쳤던 시절과는 정반대였다.

소설 《세월》이 출간된 해인 1937년, 에스파냐 공화파에 가담했던 그녀의 조카 줄리언 벨이 프랑코군에 살해당했다. 이 죽음이 초래한 엄청난 슬픔은 그녀를 끝내 떠나지 않는다.

1938년 6월, 《3기니》의 출간은 그녀에게 슬픔만 안겨주었다. 이 전투적인 책은 그녀 최고의 역량이 발휘된 걸작이 아니며 내가 보기에도 가장 무겁고 가장 감정이 드러난, 따라서 가장 소화하기 힘든 작품으로, 남성에게 지배당하고 착취당하는 여성의 대의를 옹호한다. 따라서 이 책이 대개 여성 혐오 성향을 띤 비평계의 악평과 지나치게 정치적인 면모에 반감을 느낀 블룸스버리 친구들의 적개심을 불러일으킨 것은 당연했다.

1939년 2월, 그녀는 《3기니》의 원고를 어느 협회에 증여했고, 협회는 독일 난민들을 돕기 위해 뉴욕에서 책 판매 행사를 열었다.

전쟁은 그녀를 번민에 빠뜨렸다.

온갖 벽들, 보호하고 반사하는 벽들이 전쟁 때문에 얄팍해졌다. 글쓰기를 정당화해주는 원칙도 이제는 없고, 당신에게 대답해줄 대중도 없고, 전통 자체도 투명해졌다.

세상은 침몰해가고 있었고, 새로운 세상은 요원하기만 했다. 미래 없이 닫힌 문에 코를 댄 채 어떻게 살아가야 할까? 무엇에 매달려야 할까? 말로써 허공에 어떻게 다리를 던져야 할까? 내게 행복을 안겨준 문장들을 하나라도 다시 쓸 수 있을까? 버지니아는 자문했다.

폭격과 폭격 사이의 하루하루가 불안한 기다림으로 이어졌으나 아무 일도 일어나지 않았다.

런던 거리는 황량했다.

버지니아 울프

옥스퍼드 스트리트는 드넓은 잿빛 띠 같았다.

공포는 현실이 되었다.

1941년 1월 21일, 〈하퍼즈 바자〉 지는 버지니아에게 그녀의 원고 두 편 〈다리The Legs〉와 〈엘런 테리Ellen Terry〉의 게재를 거절한다고 알려왔다. 그녀는 부엌을 정리하며 슬픔을 이기려고 애썼다(나도 해봤지만 그다지 효과 없는 방법이다).

2월 26일 그녀는 소설 《막간》을 탈고했고, 호가드 프레스에서 레너드의 동업자로 일하는 존 레먼에게 원고를 보냈다. 그는 그녀에게 찬사를 아끼지 않은 편지를 보내 봄에 책이 출간될 거라고 알렸다.

3월 20일, 그녀는 존 레먼에게 자기 소설이 신통치 못하고 충분히 깊이 파고들지 못했다고, 출간을 가을로 미루자고 요청하는 사과의 편지를 보냈다.

같은 날, 차를 마시러 들른 버네사는 동생의 상태에 불안을 느끼고 바로 그날 저녁 치료를 받으라고 권하는 편지를 썼다.

3월 23일, 버지니아는 버네사에게 다시 공포가 시작되었다고 답장했다. 인간의 것이 아닌 목소리들이 그녀를 둘러싸고 괴롭혔다. 그녀는 다시 미쳐가고 있었다. 그녀는 이 새 시련을 이겨내지 못하리라고 생각했다.

3월 24일, 그녀는 일기를 마지막으로 다시 썼다. 레너드는 **진달래 가지를 치고 있다.** 이것이 그녀가 일기장에 남긴 마지막 말이었다.

3월 27일, 극도로 불안해진 레너드가 그녀를 브라이턴으로 데려가 의사 옥타비아 윌버포스를 만나게 했다.

3월 28일, 그녀는 레너드에게 썼다.

누구보다 사랑하는 당신에게,

내가 다시 미쳐가고 있는 게 분명해요. 우리가 다시 이 끔찍한 시련을 헤치고 나가지 못할 거라는 느낌이 들어요. 이번에는 회복하지 못할 거예요. 목소리들이 들리기 시작해 집중을 할 수가 없어요. 그래서 최선인 것 같아 보이는 걸 하려고 해요. 당신은 있을 수 있는 최고의 행복을 내게 주었어요. 당신은 모든 점에서 한 인간이 보여줄 수 있는 모든 것이었어요. 이 끔찍한 질병이 닥치기까지 어떤 두 사람도 우리보다 행복할 순 없었으리라 생각해요. 난 이제 이 질병에 더 맞설 수가 없어요. 내가 당신의 삶을 망가뜨리고 있다는 걸 알아요. 내가 없어지면 당신이 일할 수 있으리라는 걸 알아요. 그렇게 되리라는 걸 알아요. 내가 이 말조차 제대로 쓰지 못하는 것, 보이죠. 이젠 읽을 수도 없어요. 내가 꼭 하고 싶은 말은 내 삶의 모든 행복을 당신에게 빚졌다는 거예요. 당신은 지치지 않고 견뎌주었고, 믿을 수 없을 정도로 좋은 사람이었어요. 이 말은 꼭 하고 싶어요. 모두가 알고 있는 말이죠. 누군가 나를 구할 수 있었다고 한다면 그건 당신일 거예요. 당신이 좋

버지니아 울프

은 사람이라는 확신 말고는 모든 것이 나를 떠났어요. 더이상 당신의 삶을 망칠 수는 없어요.

어떤 두 사람도 우리가 행복했던 것보다 더 행복할 수는 없을 거예요.

바로 그날, 그녀는 주머니 가득 돌멩이를 채우고 오즈 강으로 들어갔다. 물이 그녀 위를 덮었다. 그리고 무엇도 그 물의 무게를 들어올리지 못했다.

Ingeborg

Bachmann

잉에보르크 바흐만

잉에보르크 바흐만Ingeborg Bachmann(1926~1973)

1926년 오스트리아 케르텐 주의 클라겐푸르트에서 나치 그룹의 핵심이었던 아버지의 딸로 태어남. 인스부르크 대학교에서 철학을 공부한 후 그라츠 대학교에서 철학 및 법학을 공부하다가 1946년 빈으로 이주, 도시 신문에 단편 〈나룻배〉를 발표함. 빈 대학교에서 철학을 전공하면서 독문학과 심리학도 함께 공부함. 대학 졸업 후 '47 그룹' 작가들과 교유하면서 시, 소설, 라디오 희곡 등 장르를 가리지 않고 활발한 작품 활동을 함. 시집 《유예된 시간》(1953), 《대웅좌를 부름》(1956), 라디오 방송극 《맨해튼의 선신》(1958), 단편집 《삼십 세》(1961), 《동시에》(1972), 장편소설 《말리나》(1971) 등의 작품을 발표함. 1973년 9월 로마의 한 호텔에서 묵던 중 화재로 큰 화상을 입고, 며칠 후 사망.

당신 곁의 낯선 여자를 더없이
아름다운 것들로 치장해야 할 거예요.
고통으로 치장해야 할 거예요.
루스에게서, 미리암과 노에미에게서 온 고통.
당신은 낯선 여자에게 말해야 할 거예요
있잖아, 나 그 여자들 곁에서 잤어.

낯선 여자란 그녀다. 파울 첼란이 1948년 1월 빈에서 만나 이
구절이 들어 있는 시 〈이집트에서 In Ägypten〉를 준 잉에보르크 바
흐만.

그는 1920년 이후 루마니아에 병합된 부코비나 지역의 체르노

비츠에서 독일어를 쓰는 유대인 집안에 태어났다.

1938년, 그는 의학을 공부하러 프랑스로 떠나야 했다. 부코비나 지역의 대학은 유대인 학생들에게 문을 열어주지 않았다. 일 년 뒤 그는 부코비나로 돌아왔고, 전쟁 때문에 그곳에서 발이 묶였다. 1940년 6월 소련군이 체르노비츠를 점령했다가 1941년 나치가 소련을 침공하자 그곳을 떠났다. 소련군이 떠나자 루마니아 파시스트군과 SS 부대가 도시를 점령했다. 공포가 시작되었다. 몰로스 개들이 사냥감을 몰았다. 유대교회당이 불탔다. 파울 첼란은 발라치 강제노동수용소로 보내졌고, 그곳에서 땅을 파고 또 팠다. 그의 부모는 우크라이나로 추방당했다. 아버지는 그곳에서 티푸스로 사망했다. 어머니는 미하일로프카 수용소에서 목에 총을 맞고 처형당했다. 1944년, 파울 첼란은 다시 소련이 점령한 부코비나로 돌아와 부쿠레슈티의 한 출판사에서 교정자로 일했다. 1947년에는 몰래 루마니아를 떠나 빈으로 갔다. 그곳에서는 몇 달밖에 머물지 않았다. 어제의 형리들이 유순한 가면을 쓰고 여전히 돌아다니고 있었다. 그가 그의 달콤한 광녀를 만난 건 빈에서였다.

그녀의 이름은 잉에보르크 바흐만이다.

그녀는 1926년 6월 25일 오스트리아 남부에 위치한 케르텐 주의 주도 클라겐푸르트에서 태어났다. 로베르트 무질과 페터 한트케, 그리고 음산한 기억을 떠올리는 외르크 하이더*가 태어난 곳이다. 토마스 베른하르트는 이렇게 썼다. 클라겐푸르트에서는 언제나 민족주의, 국가사회주의, 시골의 어리석음이 천박함 속에 꽃을 피웠다.

그녀의 아버지 마티아스 바흐만은 1차 세계대전 때 장교였고, 1932년부터는 국가사회주의당에 가입했다. 그 시절 오스트리아에서는 금지된 일이었다. 잉에보르크는 이 가담 사실을 공개적으로 한 번도 드러내지 않고 평생 무시무시한 비밀로 감췄다.

1938년 3월 12일 오스트리아는 독일제국에 합병되었고, 히틀러 군대는 아무런 저항도 마주치지 않고 클라겐푸르트에 들어섰다. 열두 살이었던 잉에보르크는 군대 행렬과 펄럭이는 깃발, 승리의 노래, 어린 소녀였던 그녀가 이해하지 못한 채 지각한 이 점령의 폭력성 앞에서 죽음의 공포에 사로잡혔다고 말한다.

케르텐 지역 나치의 핵심 그룹에 속했던 그녀의 아버지는 1939년 9월 폴란드 전투에 자원했다. 그리고 1945년 가을이 되어서야 돌아온다.

그녀는 썼다.

우리 가문에는 왕정주의자, 무정부주의자, 사회주의자, 그리고 공산주의자들이 있었다. 그리고 어느 날 나치와 반유대주의자, 정신이 혼란스러운 약탈자, 그리고 살인자들을 갖게 되었다⋯

전쟁 후 잉에보르크 바흐만은 철학을 공부하러 처음엔 인스브루

＊오스트리아의 극우 정치인.

잉에보르크 바흐만

크로, 그 후엔 그라츠로, 마지막으로 1946년에는 빈으로 갔다.

그리고 같은 해, 단편 〈나룻배Die Fähre〉를 그 도시 신문에 게재해 발표하고, 두 단장만 남게 될 소설 〈이름 없는 도시Stadt ohne Namen〉를 시작하고, 논문 〈마르틴 하이데거 실존철학의 비판적 수용〉을 쓰기 시작했다.

1947년에는 '47그룹 작가'들인 하인리히 뵐, 마르틴 발저, 한스 마그누스 엔첸스베르거, 우베 욘존, 페터 바이스, 일제 아이힝거와 다른 몇몇 작가들을 만났다. 그들은 정기적으로 라이문트 카페에서 만나 문학의 정치적, 미학적 쟁점들에 대해 숙고했다.

모두가 그녀의 존재에 강한 인상을 받았다.

어떤 자리에 있건 잉에보르크 바흐만은 곧 중심이 되었는데, 이는 설명되지 않는 점이었다.

그녀는 개성이 있었다. 침묵할 때조차 개성이 있었는데, 이 또한 설명되지 않는 점이었다.

그녀는 얼굴이 아주 아름다웠고 어딘지 취약해서 사람을 끌어당기는 데가 있었다.

그리고 초조하게 줄담배를 피웠다.

그녀는 마치 칼날 위를 걷는 사람 같았다. 아주 내성적이고 수줍음이 많아서 47그룹 앞에서 처음 낭독을 할 때 그녀의 목소리는 들리지도 않았다. 그 자리에 함께한 작가 중 한 사람이 크고 분명한 목소리로 그녀의 시를 다시 읽겠다고 나섰다. 그녀는 가슴이 떨려서 실신해버렸다(이 사소한 사실에 나는 동병상련을 느끼고 바로 공감했다).

나를 그녀 쪽으로 이끈 토마스 베른하르트는 잉에보르크 바흐만을 하나의 사건이라고 말했다(사랑받는 작가는 자신이 사랑하는 책들로 우리를 이끌고, 사랑받는 책들은 사랑받는 다른 책들로 우리를 이끌어 마지막 날까지 무한히 이렇게 이어져 고갈되지 않는, 언제까지고 완성되지 않는, 비물질적이지만 살아 있는, 우리 안에 살아 있는 심장과 같은 거대한 책을 이룬다). 그는 그녀를 흠모했다. 《소멸Auslöschung》에서 그는 그녀를 그의 위대한 시인이라고, 그의 위대한 예술가라고 불렀다. 늘 작가들을 피해 다녔던 그가, 작가들에게서 고약하고 보잘것없고 위대함의 광기 속에서 길을 잃은 소시민밖에 보지 못하던 그가, 작가의 식탁에 앉는 것이 상상할 수 있는 가장 혐오스런 일이라며 작가들과 결코 한자리에 하는 법이 없던 그가 그녀를 가장 위대하고 유일하며 향후 백 년간 우리가 부끄러워하지 않을 작가로 남을 사람이라고 말한 것이다. 그는 또한, 그녀가 무엇에도 자기 생각을 포기하지 않는다고 말했다. 그녀가 자기 시 속에 온전히 자리하고 있다고, 반면에 동시대 여성 작가들, 그녀에 맞서 끊임없이 술책을 꾸미는 경쟁자들의 작품은 결코 그렇지 못하다고 말했다.

한편 하인리히 뵐은 그녀가 인정이 많다고 말했다. 그는 그녀가 친구에게 적당한 호텔을 찾아주기 위해서라면 이탈리아의 절반이나 되는 지역에 전화를 거는 것도 마다하지 않을 사람이라고 했다.
또한 그녀에겐 용기가, 문학적 용기와 정치적 용기가 있다고도 말
했다. 정치적 용기 없이는 1958년에 핵무기 반대 위원회에 가담하
고, 1963년 기민당(권력을 잡은 온건우파 정당)의 사무국장 요제프
헤르만 두프휴즈가 47그룹을 모독했다고 평가하고 그에 맞서는
항거를 지지할 수 없었으리라.

토마스 베른하르트처럼 그녀는 오스트리아를 싫어했다. 나치에
대한 공포로 끝나지 않을 것 같은 밤, 깊은 밤이 계속되던 그 나라
를 싫어했다. 그녀는 그곳을 부패한 나라라고 규정했다. 그리고 줄
곧 그 나라를 피해 다녔다. 그녀는 차례차례 파리, 런던, 베를린,
프랑크푸르트, 취리히, 나폴리, 로마에서 살았고, 1973년 로마에
서 죽었다. 무려 열네 번이나 이사를 했다. 그녀의 소설 세계 속에
서 언제나 우리는 닻을 내리지 못하는 불가능성을 발견한다. 그녀
의 소설세계는 언제나 모든 것이 불확실하고 지역 색채가 빠져 있
다. 1964년에 그녀는 가장 유명한 시 중 한 편인 〈보헤미아는 바닷
가에 있다Böhmem liegt am Meer〉를 발표했다. 이 시에서 그녀는 조
국으로 생각하는 유일한 나라를 만들어냈다. 바다에 면해 있는 이
상적인 보헤미아, 무국적자들과 아무 곳에도 속하지 않은 모든 이
들의 피난처를.

그녀는 벽난로 장식 같은 문학을 싫어한다고 말했다.

그녀는 문학이 현실에 영향력을 발휘하기를 바랐다. 그럴 수 있

다고 믿었다. 그렇게 믿고 싶어 했다. 그녀에겐 천진한 구석이 있었다.

그녀에겐 올곧음이 있었는데, 나는 그 점이 좋다. 1967년 3월 그녀는 출간 계획을 망칠 위험을 무릅쓰고 출판사 피퍼를 떠나기로 돌이킬 수 없는 결정을 내렸다. 러시아 시인 안나 아흐마토바의 번역을 원래 약속대로 파울 첼란이 아니라 그녀 눈에는 형편없는 시인 한스 바우만이 맡게 될 거라는 사실을 알았기 때문이다.

그녀는 돈 따윈 개의치 않았다. 라디오 방송이 끈질기게 출연을 요청하면서 형편없는 금액을 지불하는데도 알아차리지 못했고, 고용주들이 결코 자랑할 것 없는 계약서들에도 건성으로 서명을 했다.

그녀의 친구 잉에 폰 바이덴바움이 귀띔한 바에 따르면, 그녀는 거만한 표현을 몹시 싫어했다. 사람들이 그녀에 대해 전하는 이 모든 사실에 나는 끝없이 감동받고 더욱 그녀를 사랑하게 된다.

1948년 1월, 그러니까 그녀는 아직 무명 시인인, 그러나 몇 년 뒤에는 20세기 주요 시인의 한 사람으로 꼽힐 파울 첼란을 만났다.

그는 스물일곱이었고, 그녀는 스물하나였다.

그는 그녀를 위해 시 〈코로나Corona〉를 지었고, 이 시는 1952년 결정 판본으로 시집 《양귀비와 기억Mohn und Gedächtnis》에 실렸다.

우리는 서로를 바라본다.

어두운 무언가를 애기한다.

양귀비와 기억처럼 서로 사랑한다.

조가비에 담긴 포도주처럼 잠을 잔다.

선홍색 달빛에 잠긴 바다처럼.

그들의 삶과 작품에 마지막까지 꼭 필요한 것으로 남게 될 둘의 관계는 수많은 궁지와 수많은 몰이해에 부딪쳤다. 그러나 그들이 짊어진 침묵의 무게도, 그들 마음 깊이 묻어둔 비밀도, 그들이 뱉지 않고 상대의 입에서 답을 찾는 질문들도, 그들의 삶을 끔찍한 무게로 짓누르는 역사적 착오들도 그들의 어두운 사랑을 이기지는 못했다. 1970년 첼란이 자살한 뒤 잉에보르크 바흐만은 《말리나 Malina》에 썼다. 내 삶은 끝났다. 그가 강물에 뛰어들었기 때문이다. 그는 내 삶이었다. 나는 그를 내 목숨보다 더 사랑했다.

필리프 자코테가 1972년 《말리나》 번역을 위해 로마에서 바흐만을 만났을 때, 그녀는 그가 첼란의 이름을 언급하기만 해도 눈물을 글썽였다고 한다.

파울 첼란을 알게 된 순간 잉에보르크 바흐만은 그에게서 위로할 길 없는, 거의 인간의 것이 아닌 슬픔을 감지했다.

만난 지 몇 달 뒤 그녀는 그에게 편지를 썼다.

당신이 광대한 바다에서 멀리 떠내려가는 모습을 아주 불안한 마음으로 지켜봅니다. 하지만 내가 표류하는 당신을 건져내어 바른 항구로 데려다줄 배를 만들거예요. 그녀 역시 고뇌하는 존재였기에 그의 고뇌를 그만큼 잘 감지했다.

결연히 히틀러 편에 선 사람을 아버지로 둔 그녀는 부모가 죽은 강제수용소에서 살아나온 유대인 시인을 사랑했다.

이런 딜레마를 마음에 품고 어떻게 살아갈까?

유대인들에게 아리아인과의 성관계를 금지하는 인종모독죄 처벌법Rassenschande이 여전히 모두의 기억에 남아 있는 세상에서 어떻게 살아갈까? 최악의 잔혹 행위에 가담한 아버지와 쇼아에서 살아남은 연인과 어떻게 함께 지낼까? 자신을 강박적으로 짓누르는 진리에 대한 요구와, 딸로서의 신의 때문에 아버지의 비열한 가담에 대해 입 다물라는 내적 필요에 어떻게 동시에 응할까? 연인에게 자신이 살인자의 딸이라는 걸, 그런데 그 살인자가 세상에서 그녀를 버리지 않은 유일한 사람이라는 걸 어떻게 설명할 수 있을까? 살인자가 가족의 일원일 때, 그를 배반하는 것이 곧 자기 자신을 배반하는 일일 때, 어떻게 그 살인자를 배반하겠는가?

가족 안의 살인자들을 배반하고 도둑들을 고발하면 내겐 그 가족에 속할 자격이 있을까? 이방인 가족의 범죄와 과오는 고발할 수 있겠지만 곪아터진 종기가 있는 내 가족을 나는 결코, 결코 배반하지 못할 것이다. (유작 《죽음이 오리라》, 1965년)

잉에보르크 바흐만

자신이 저지르지 않은 잘못 때문에 극복할 수 없는 죄책감을 떠안은 채 어떻게 살아갈까?

심장에 쇠침을 박은 채 어떻게 살아갈까?

파울 첼란과 잉에보르크 바흐만이 서로에게 바치는 사랑은 너무도 많은 시련, 너무도 가혹한 고통, 너무도 많은 유령들에 짓눌렸다. 시 〈대웅좌大雄座를 부름Anrufung des Groβen Bären〉에서 그녀는 썼다. 아버지와 어머니는 말한다, 유령이 우리에게 깃들어 있다고/ 우리가 숨결을 나눌 때.

그러나 이런 온갖 불가능에도 불구하고 잉에보르크 바흐만과 파울 첼란(베를린으로 망명했다가 다시 파리로 망명한)은 편지와 작품을 통해 소중한 우정을 오래도록 이어갔다. 그러다가 서로 다른 바다의 물결에 휩쓸려 조금씩 멀어졌지만 결코 서로를 잃지는 않았다.

당신을 향한 채워지지 않는 내 사랑은 나를 한 번도 떠나본 적이 없어요. 이제 나는 폐허와 공기 속에서, 얼어붙은 바람과 태양 아래서, 당신을 위한 말을 찾고 있어요. 다시 나를 당신 품에 던져줄 말을.

온갖 것들이 그들을 이어주고 또 멀어지게 했다.

잉에보르크 바흐만은 사랑을, 삶을, 시를 사랑했다. 지하 감방과 감옥탑의 주인인 첼란은 죽은 이들의 그늘에 몸을 누인 채 밤에 몰두했다.

그녀는 사랑이 빛을 줄 수 있고, 돌이 꽃을 피울 수 있다고 믿고 싶어 했다. 그러나 그에게는 가장 사랑하는 연인이 영원히 낯선 여인으로 남았다.

그녀는 그에게 고백할 수 있었다. 당신은 나의 행복이에요. 당신에게도 내가 그럴 수 있기를 얼마나 바라는지 몰라요. 그런데 첼란에게 행복은 금지된 것이었다. 모든 사랑이 그의 마음에 루스와 미리암, 그리고 노에미로 인해 느낀 고통을 불러일으켰기 때문이고, 세상의 모든 의미가 쇼아 속에 잠겼기 때문이고, 그 공포가 돌이킬 수 없을 정도로 인간들을 갈라놓았기 때문이고, 그것이 그녀와 그를 갈라놓았기 때문이다.

잉에보르크 바흐만은 운명처럼 우뚝 선 이 간극에 맞서, 추위에 맞서, 밤에 맞서, 그들의 무덤이 된 역사에 맞서, 희망할 여지를 남기지 않는 희생자들의 무력한 정신에 맞서 저항했다.

그녀는 말했다. 누구도 자신을 희생자라 선언할 권리는 없다. 그것은 남용이다. 어떤 나라, 어떤 집단, 어떤 생각도 죽은 이들을 증인으로 내세울 권리는 없다.

상처를 입을 대로 입은 잉에보르크 바흐만은 그 시절 첼란과 달리 패배자로 자인하길 거부했다. 환멸은 훨씬 나중에 찾아왔다. 그녀는 말했다. 세상이 끔찍하다 해도 나는 다른 세상을 알지 못한다. 이 세상 밖에는 아무것도 없다. 나은 세상을 아는 사람이 있다면 나와 보시라.

그리고 불행의 나락에서 여전히 희망을 품었다.

불행의 나락에서 나는 조용히 깨어난다.

이젠 앎이 깊어서 길 잃지 않는다.

그녀는 밝은 세상이 오리라 희망했다. 그것이 천 년 뒤에 온다 해도 상관없다. 나는 그걸 믿는다. 그걸 믿지 않으면 더는 글을 쓰지 못할 것이기 때문에.

어떤 경우에도 그는 그녀가 굳게 믿는, 그녀를 지탱해주는 힘이었다. '우리'라는 것이 주는 힘.

우리가 있는 여기가 빛이다.

온갖 불가능이 그들을 갈라놓았다고 나는 말했다. 그러나 두 사람 모두 47그룹의 작가들과 한 가지 의문을 공유했다. 모국어 독일어가 나치라는 재앙에 오염되었으니 이제 어떤 언어로 글을 써야 할까? 그 언어가 혐오스럽고 수치스럽고 내뱉을 수 없는 언어, '죽음'의 언어가 되었으니? 비열한 역사를 벗어 던지려는 것이 아니라 그 공포의 무게와 더불어, 그 시체들의 무게와 더불어 그 역사를 등에 지고, 아직 말로 표현된 적이 없는 것을 떠듬떠듬 말하려 할 때 어떤 언어를 써야 할까?

말하는 것이 그 어느 때보다 필수적인 일이 되었을 때 어떤 언어로 글을 써야 할까?

계속 말하는 것 외에 다른 출구는 없다. 그리고 그것은 가능한

일곱 명의 여자

일이다. 잉에보르크 바흐만, 파울 첼란, 그리고 그들의 47그룹 친구들은 아도르노와 반대로 그것이 가능하다고 생각했다.

한 민족의 소멸이라는 돌이킬 수 없는 단절 이후로 아무런 위로도 기대하지 못하는 이들도 있지만, 그럼에도 한 가지 말은 가능하다.

우리는 모든 것을 잃었으나 한 가지가 우리 손이 닿는 거리에, 상실되지 않고, 가까이에 남아 있다. 그것은 바로 언어다. 1958년 브레멘 문학상을 수상하면서 파울 첼란이 한 말이다. 그는 이렇게 덧붙였다. 시는 바다에 던져진 병일지도 모른다. 물론 깨지기 쉽지만, 어느 해안, 어느 마음의 해변에서 건져질 수 있으리라는 희망을 품고 던져진 병일지도 모른다.

한 가지 말이 가능하다. 아우슈비츠의 잿더미에서, 그 암흑에서 탄생한 말.

죽은 자들을 더는 외롭지 않게 하기 위한 말.

어둠을 기억하고 오스트리아가 수치스럽게도 입을 틀어막아 하지 못하게 한 말을 하기 위한 말.

시 〈이력서Curriculum Vitae〉에서 잉에보르크 바흐만은 묻는다.

서글픈 나의 아버지,

그때 왜 당신은 입을 다무셨나요?

바흐만에게, 첼란에게, 47그룹의 모든 작가들에게 입을 다무는 것은 그야말로 형리들에게 승리를 안겨주는 일이었던 것이다.

잉에보르크 바흐만

잉에보르크 바흐만은 시를, 단편을, 라디오 극작품을 썼다. 장르에 따른 분류는 신경 쓰지 않았다. 시인과 산문 작가를 구분하는 건 저속한 오류다, 라는 메리 셸리의 말을 제 것으로 받아들인 것이다.

곧 그녀는 유명해졌다. 종종 그렇듯 오해 때문이었다. 비평계는 그녀의 두 시집, 1953년에 출간된 《유예된 시간Die gestundete Zeit》과 1956년에 출간된 《대웅좌를 부름》에서 재앙 이후에 가능한 시의 부흥을 보았다고 믿었다. 사람들은 그녀에게 감탄했다. 그녀를 환대했다. 그녀에게 여러 개의 상을 부여했다. 그녀는 심지어 〈슈피겔〉 지 표지를 장식하기도 했다. 모두가 하나같이 그녀의 작품에 깃든, 독특한 동시에 서정적 전통과 이어져 있는 시적 목소리를 인정했다. 그녀는 전후 세대에게 희망의 한 형태를 구현하는 인물이 되었다. 나치즘에 감염된 현실에 대한 인식을 모호함 속에 남겨두었기에 더욱 그랬다.

그녀를 향한 언론의 공격적인 움직임이 거세게 인 것은 몇 년 뒤 《말리나》가 출간됐을 때였다. 그때부터 그녀는 전후의 위로를 주는 여류 시인이 아니라 단절의 작가, 소설의 형식과 개념의 기준을 위반할 뿐 아니라 악몽의 비전 속에 끔찍한 과거를 되살리는 악취미를 가진 작가로 간주되었다.

주류 비평계는 잉에보르크 바흐만이 가부장제의 폭력성과 그때까지도 맹위를 떨치던 죽음의 이데올로기들에 가하는 신랄한 비난에 당황하고, 오스트리아를 마지막 남은 기만으로부터 뿌리째 뽑으려는 섬세하지 못한 산문에 심기가 뒤틀려, 대놓고 그녀의 목소리가 들리지 않는다며 그녀를 추락한 여류 시인으로 규정했다.

그러나 바흐만은 동료 작가들이 그녀를 인정하고 문학 무대가 격렬히 그녀를 거부하는 가운데 글쓰기를 주저하지 않았다. 그녀는 문학 무대가 무기 무역만큼이나 추악하다고 생각했다.

새로운 언어 없이는 새로운 세상도 없다고 믿게 된 잉에보르크 바흐만은 이상적인 언어를 만들어 내려 고집스레 시도했다. 그것은 다른 언어들을 통해 제 길을 여는 언어, 하나이면서 동시에 여럿인 언어, 작가의 말에 다른 작가들의 말을, 죽었건 살았건 지면 위에서 형제인 이들의 말을, 셰익스피어, 무질, 카를 크라우스, 베르톨트 브레히트, 비트겐슈타인, 헤르만 브로흐, 랭보, 뷔히너, 괴테의 말을 뒤섞는 언어였다.

그러나 잉에보르크 바흐만이 자기 것으로 삼은 것은 무엇보다도 파울 첼란의 말이었다. 그녀가 무한히 사랑한 말, 무한히 인용한 말, 메아리로, 기도로, 외침으로, 흐느낌으로, 침묵으로 반복한 말, 그녀의 것이 되었기에 인용부호 없이 쓴 말, 첼란과 그녀 사이에 길고, 가슴 저리고, 끝나지 않을, 속삭이는 땅속 대화를 은밀하게 짜는 말.

첼란의 시구가 바흐만의 텍스트에 다시 등장하고 변이되는 것을 부정한 사취나 천박한 차용으로 여긴다면 추악한 정신의 소유자임을 자인하는 셈이 될 것이다. 자신이 너무 좁다고 생각하는 개념을 문학의 속성을 통해 다시 생각하고 넓히고 늘리려고 시도함으로써, 자신이 감탄하는 작품, 감탄하는 작품들을 공명시키려는 것이 바흐만의 바람이었다.

그녀는 말했다, 중요한 건 한 작가의 개별성보다는 그의 도서관을 이루는 선택된 공동체라고.

텍스트들은 그 비대칭성 속에서 저희끼리 작용한다.

그렇게 텍스트들은 다시 태어나고 다른 텍스트들로 연장된다.

그리고 무궁무진하게 새로운 작품들을 낳는다.

무한히 열릴 수 있는 공간을 구성한다.

오직 이것만이 중요하다.

1960년대에 첼란이 죽은 시인 이반 골의 부인에게서 그녀 남편의 창작물을 약탈했다는 부당한 비난을 받았을 때(언론이 규탄의 움직임을 세세히 중계하는 바람에 그는 결국 무너지고 말았다) 잉에보르크 바흐만은 개인 자격으로 몸과 마음을 바쳐 그를 옹호한 몇 안 되는 인물 중 하나였다. 그녀는 "공동의 현존"을 위해, 절충적이고 열려 있고 관대하고 분산적인 언술 행위를 위해 최고의 작가가 개별적으로 정립한 개념에 의문을 제기할 권리가 첼란에게 있다고 주장했다.

잉에보르크 바흐만은 단언했다. 작품은 타자를 향한 움직임이고, 부름이고, 청원이다. 작품은 심연 위로 타자에게 손을 내민다.

에스파냐 식으로 상스러운 친근함의 몸짓이 아니라 만남이 가능하다는 것을 말하기에 적합한 반말로 말을 건네며, 타자에게 문을 연다(이와 유사한 의미로 버지니아 울프는 독자에게 던질 밧줄을 끊임없이 찾는다고 말했다). 작가는 오롯이 '너'를 향해, 인간에 대한 자신의 경험이 가닿기를 바라는 그 사람을 향해 돌아서 있다. (《맨해튼의 선신善神 Der gute Gott von Manhattan》으로 라디오방송국 작품상을 받고 한 수상 연설.)

1959년에 출간하기로 한 《프랑크푸르트의 교훈Frankfurter Vorlesungen》에서, 잉게보르크 바흐만은 확신이 서지 않은 불안정한 목소리로 자신이 문학에서 기대하는 바를 공리화하려고 시도했다.

그녀는 장식 없는 문학을 원했다. 꾸며진 모든 것과 먼 문학. 교양 있는 하층민이 좋아하는 달콤한 케이크 같은 말과 거리가 먼. 냉소주의나 허영심과는 더더욱 먼. 허기/치욕/눈물/암흑 앞에서 모든 미학적 만족을 외설로 간주하고 거부하는. 아름다움을 은밀히 경계하는. 무장을 해제하지 않고 타자와 세상에 대한 이해를 구하는 문학. 언어를 무기로 사용하고, 선술집과 시장의 언어, 정치인의 야비한 언어, 그녀가 사기꾼들의 언어라고 부르는 것과 싸워 그것이 불건전한 이데올로기와 정신적 예속을 실어 나른다는 사실을 밝히려는 문학. 그렇지만 능력의 한계를 냉정하게 의식하고, 때로는 환

잉에보르크 바흐만

멸을 느끼고 혹은 절망한 채 문학적 열정과 냉정을 주가 변동에 비교하면서, 그러나 포기를 완강하게 거부하고 세상 속에서 끊임없이 작동하는 파괴적 충동에 끝없이 맞서 싸우기로 작정한 문학을 원했다.

왜냐하면 잉에보르크 바흐만은 끝난 전쟁도 다른 형태로 계속된다는 사실을 아주 어려서 깨닫고, 남은 생애 내내 그 생각에 사로잡혀 있었기 때문이다.

1952년에 쓴 시 〈매일Alle Tag〉에서 그녀는 이미 말한 바 있다.

이제 전쟁은 선포되지 않는다.

그러나 계속된다. 추문은

일상이 되어버렸다.

그리고 이십 년 뒤, 소설 《말리나》에서는 이렇게 말했다.

이곳은 언제나 전쟁이다

이곳은 언제나 폭력이다.

언제나 싸움이다.

영원한 전쟁이다.

그녀가 아주 일찍부터 지각한 것은 추악한 짐승이 죽을 날은 멀다는 것, 자신들의 악행에 대해 입을 닫는 빈Wien 사회가 나치즘에 여전히 갉아먹히고 있다는 것, 어제의 형리들이 아무 처벌도 받지 않은 채 황금 잔을 비우고 있다는 것, 오스트리아를 재건하겠다고

일곱 명의 여자

떠들어대던 것이 사실은 옛날의 비열한 짓거리들에 깨끗한 옷을 입히고 티롤 모자를 씌우고 화장한 것에 지나지 않을 뿐이라는 사실이었다.

그녀가 그리도 생생하게 느낀 것은 국가사회주의 정신이 여전히 케르텐 지역에 맹위를 떨치고 있으며, 가정교육도 여전히 국가사회주의적이며, 신문들도 여전히 국가사회주의적이며, 요란한 선전도 여전히 국가사회주의적이라는 사실이었다.

그녀가 마침내 깨달은 것은 국가 파시즘이 은밀하게 내적 파시즘으로 연장되어 있다는 사실이었다. 그것은 눈에 덜 띄고 한결 교묘하지만 여전히 치명적인, 사적인 파시즘이었다. 여기서 내쫓긴 파시즘이 저기서 나타났다. 더 나쁜 것은 그것이 우리의 애정 관계에까지 끼어들 수 있다는 점이었다.

당신, 파시즘이라고 했어? 이상하군. 그 말이 사적인 행동을 가리키는 건 들어본 적이 없는데.

막스 프리쉬와 결별한 후 느낀 고통 때문에 어떻게 그녀가 남녀 사이의 애정 관계에 대해 이토록 암울한 비전을 갖게 되었을지 (더없이 조심스럽게) 추측해볼 수 있다.

그녀는 말했다. 함께할 때 완전히 절망적인 사람들이 있고, 함께할 때 조금은 덜 완전히 절망적인 사람들이 있다.

그녀가 1958년 7월 3일에 작가 막스 프리쉬를 만났고, 두 사람의 관계가 오 년간 지속되었으며, 안타깝게 끝이 났다는 사실만 언

잉에보르크 바흐만

급해두자. 이 관계에 대해 우리는 프리쉬가 소설 《나를 간텐바인이라고 하자Mein Name Sei Gantenbein》에서 밝힌 데까지만 알 뿐이다.

바흐만의 지인들은 이 결별로 그녀가 크게 상심했으며, 그의 경솔한 행동에 큰 상처를 입었다고 말했다.

그녀가 취리히 병원에 입원했으며, 그때부터 수면제와 진정제를 다량으로 소비하는 습관을 갖게 되었다는 사실을 우리는 안다.

그녀가 훗날 '죽음의 방식Todesarten 연작'을 쓰면서 이 비탄에 대해 썼다는 사실 또한 안다.

1959년 라디오방송국 작품상 수상 당시 한 연설에서 그녀는 단언했다.

우리 가운데 고통받은 사람들이 아니면 누가 우리의 힘이 우리의 불행을 뛰어넘는다고 증언할 수 있을 것이며, 우리가 패배하고도 다시 일어설 줄 알며 환상 없이 살 수 있다고 증언할 수 있겠습니까.

말년에 잉에보르크 바흐만은 환상 없이 살려고 애썼고(그러나 환상 없는 삶이 견딜 만할까?) 큰 계획으로 잡아둔 '죽음의 방식'을 작업했다. 제목만으로도 그녀의 영혼이 이미 모든 것을 버렸으며, 죽음의 그림자가 어깨 위를 짓눌렀음을 알 수 있다.

'죽음의 방식'은 《말리나》 《프란차의 죽음Der Fall Franza》 그리고 《파니 골드만을 위한 레퀴엠Requiem für Fanny Goldmann》, 이 세 편의 소설로 구성될 계획이었다.

《말리나》만이 1971년에 완성되어 출간되었다.

《프란차의 죽음》과 《파니 골드만을 위한 레퀴엠》은 미완으로 남아 그녀 사후에 출간된다.

미완이지만, 또는 미완이기 때문에 《프란차의 죽음》은 셋 중에서 내 마음에 가장 깊이 들어온 작품이고, 참지 않는다면 나를 울게 할 작품이며, 내게 가장 큰 고통을 안기는 작품이다. 아마도 내가 알고 싶으면서도 알고 싶지 않은 무언가와 대면시키기 때문일 것이다.

잉에보르크 바흐만은 책머리에서 예고했다. 이 책은 한 범죄에 대해 이야기한다. 사랑이라는 이름을 가진 범죄에 대해.

그녀는 썼다. 학살은 과거의 일이지만 살인자들은 우리 가운데 있다. 하지만 그들의 범죄는 달라졌다. 오늘날 범죄는 참으로 치밀해져서 우리 주변과 이웃에서 일상적으로 범해지는데도 우리가 그걸 의식하고 이해하기가 어렵다. 주장하건대, 실제로 오늘날엔 많은 사람들이 죽는 게 아니라 살해된다.

《프란차의 죽음》에서 잉에보르크 바흐만은 결혼으로 합법화된 살인, 피 흘리지 않고, 조용한 아파트 안에서 범해지고, 더없이 부르주아적인 고결함을 과시하는 일상적 살인 중 하나를 묘사했다.

이미 말했지만 《프란차의 죽음》은 미완으로 남았다. 그리고 더 오래 살았더라도 잉에보르크 바흐만이 소설을 끝냈으리라고 입증해주는 건 없다. 어쩌면 작품은 지금 상태 그대로 남았을지도 모르고, 그녀에게는 미완이 무능이나 실패나 사고라기보다는 존재의 방식이자 글을 쓰는 방식으로 보였을지도 모른다.

크리스타 볼프는 말한다. 《프란차의 죽음》은 언제나 붕괴되기 직전에 놓인, 산산조각으로 해체되기 직전의 바흐만이다. 자신의 이야기와 그 형식을 제어하지 못하는 바흐만이다… 자신의 경험을 내놓을 만한 이야기로 바꿔내지 못하는 바흐만… 여성으로서 겪은 경험을 예술 속에 가두지 못한다는 바로 그 점에서 자신의 예술가적 자질을 드러내는 바흐만이다.

《프란차의 죽음》은 잉에보르크 바흐만이자, 어떤 이들이 붕괴까지 몰아갈 정도로 타자에게 행사하는 지배에 관한 그녀의 앎이자, 사랑의 심장부에 자리한 범죄를 확인하는 그녀의 고통이다.

왜냐하면 《프란차의 죽음》은 한 살인에 관한 소설이기 때문이다.

프란차는 한 의사와 결혼했다. 그는 의학적 관계 말고는 아무것도 남지 않게 되기까지 인간을 해부한 분야 최고의 권위자다. 거만한 어조와 어딘지 대단히 도덕적인 데가 있는, 교양 있는 비음과 권위 있는 비음이 묘하게 뒤섞인 콧소리로 말하는 남자. 그는 처음부터 프란차를 학대한다.

그는 명백히 사디스트다. 사디스트는 정신과나 법정에만 있는 게 아니라, 흠 잡을 데 없는 흰 셔츠 차림을 하고 교수라는 직함을 가진 우리 가운데서도 찾을 수 있지 않은가.

넌 왜 안 떠났는데? 소설 속에서 그녀의 오빠 마르틴이 묻는다.

프란차는 그걸 알지 못한다. 그녀는 말한다. 그렇지만 그 사람과 함께 산 매순간이 내게는 치욕으로 느껴졌어. 처음에 그녀는 사춘기 소녀 같은 감성에 젖어 무모하리만치 그에게 매달렸다. 그녀는 갑옷을 찾고 있었던 것이다. 그녀는 그를 원했다. 그를 갈망했다. 그래서 자신의 생각들을, 자신의 욕망들을, 자신의 계획들을 포기했다. 그러다 어느 날 모든 걸 포기했다.

처음부터 그녀는 자멸하고 있음을 알았다.

자기 이름을 잃게 된 결혼식 날부터 그녀는 그걸 알게 되었다. 너는 동사무소를 떠난다. 몇 시간 뒤 네 뒤로 아파트 문이 닫히고, 자물쇠가 돌아간 뒤 누군가 너를 들어올린다. 너는 마치 닫힌 문과 바뀐 이름과 더불어 이제 막 세상에 경이로운 마법이 일어나기라도 한 것처럼 그와 함께 웃는다.

그녀는 알았지만 눈이 멀었고, 환상을 품었고, 자신을 속였다. 그리고 거짓은 거짓을 낳았다.

왜 그녀는 달아나지 않았을까?

모든 것이 혹은 거의 모든 것이 잘되어갈 때 떠나기란 쉽지만, 스스로 행동하는 습관을 잃어버렸을 때는 어떻게 떠나야 할까? 뭔가를 얻기 위해 무릎을 꿇어야 한다면? 핏속에 진정제나 신경안정제를 품은 채 멍하게 걸을 때? 더는 살고 싶지 않을 때? 빈에서 한 사내가 머리채를 밧줄처럼 배배 꼬아 움켜잡았을 때? 왜라는 질문을 던지느라 피폐해졌을 때? 왜 그는 내게 겁을 주고 싶어 할까?

잉에보르크 바흐만

왜 그는 나를 파괴하고 싶어 할까? 왜, 왜 이렇게 미워할까?

프란차는 스스로 덫에 걸려든 포로였다. 두려움에 병들고 무력한 그녀는 이제 남편이 자신을 살해할 거라고 생각한다. 매일 밤, 그녀는 침실에 있는데 그가 방에 가스를 푸는 꿈을 꾼다. 그리고 다시 한번 그녀는 자문한다. 동물들에게도 없을 저 잔인함의 이유는 무엇일까? 왜? 왜 인간이 동물보다 못할까?

우리는 타인을 구속하고 마비시키고, 그의 힘을, 생각을, 감정을 강탈하고, 마침내 자기 보존 본능을 잃게 만들고, 그가 죽으면 발길질을 한다. 어떤 짐승도 이러지 않는다.

프란차는 꿈을 꾸고, 그녀의 꿈들은 그녀가 살고 있는 현재에 대해 일러준다. 꿈에서 그녀는 여자들의 묘지를 본다. 그리고 문득 자기 자신의 무덤을 본다. 그녀의 아버지는 나오지 않지만, 꿈속에서 그녀는 자신이 그의 잘못으로 죽었다는 걸 안다. 그러자 아버지와 남편이 한 사람으로 뒤섞인다. 두 사람 모두 얼굴에 무사마귀가 여럿 있다. 그들은 그녀의 살인자들이다.

이 아버지를 이미 잉에보르크 바흐만은 전작인 《말리나》에서 환기한 적이 있다. 그녀의 꿈속에서 온갖 방식으로 그녀를 죽이는 이 아버지. 그에게 그녀는 외친다. No! No! Non! Non! Niet! Niet! No! Ném! Ném! Nein! 우리 언어로도 아니라고밖에 말하지 못하고, 어떤 언어에서도 다른 말을 찾지 못하기 때문이다. 그 아버지가 여기 다시 나타나 그녀가 '화석'이라 부르는 자와 뒤섞인다. 그녀의 재산을 앗아간 자, 그녀의 웃음을 앗아간 자, 사람을 기쁘게 하는 그녀의 기질을 앗아간 자, 그녀의 연민을, 그녀의 동물성을, 그녀의 광채를 앗아간 자, 그녀가 표명하는 생각과 감정과 의견을 모두 짓눌러 더는 아무것도 나타내지 않게 만든 자. 그녀가 더는 아무것도 아닌 존재가 될 때까지.

결국 프란차는 이집트 기자Giza의 피라미드에 머리를 짓찧으면서 큰 소리로 외치며 죽는다. 안 돼, 안 돼. 그녀는 순종에 '안 돼'라고, 죽음에 '안 돼'라고, 자신의 추문에 '안 돼'라고 외치고 죽는다. 달리 죽는 방법이 있을까? 나라도 다르게 죽지는 않을 것 같다. 프란차는 '안 돼' '안 돼'라고 외치며 머리를 짓찧는다. 그렇게 그녀는 타인이 기도한 파괴를 거부하면서도 완수한 것이다. 따라서 그녀의 몸짓은 저항이면서 동시에 저항의 실패다.

부딪치고 헐떡이는 산문, 눈물 없는 산문, 휴식 없는 산문, 심장이 느슨해지는 아이러니가 주는 휴지休止 없는 산문(여기서 심장은 처음부터 끝까지 주먹처럼 단단히 쥐여져 있다)에 실린 절망적인 비전. 우리가 부숴버리는 물건들에서 나는 거친 소리나 자갈 부딪치는 소리를 억눌린 흐느낌처럼 배경음으로 만들어버리는 산문에 실린, 끔찍하리만치 비관적인 비전.

나는 마치 물을 짠 빨래처럼 학대당하고 떠밀린 심정으로 책에서 빠져나온다. 독서에는 이런 폭력성이 있다. 내 안에서 일어나는 비교를 피할 수 없기 때문이다. 프란차의 살인(결혼이라는 구실로 한

잉에보르크 바흐만

존재가 다른 존재에게 인정해주는 합법적 지배에 잉에보르크 바흐만이 붙인 이름)과, 사이가 좋지 않은 부모님 밑에서 자란 내 어린 시절을 비교할 수밖에 없었던 것이다. 두 사람 사이의 음험한 적개심과 서로에게 상처를 주려는 욕망이 너무도 커서, 그 혐오감의 원인도 모른 채 나는 모든 부부 관계를 대할 때 경계심부터 품게 되었고, 그들의 불화를 피하기 위해 내 안으로 도망치는 습관을 갖게 되었다. 이 점에 대해 지금은 두 분께 감사한다.

잉에보르크 바흐만은 결혼의 이 끔찍하면서 진부한 차원에 누구보다 몰두했다. 훗날 그녀를 흠모한 엘프리데 옐리네크가 그랬듯이. 토마스 베른하르트는 잉에보르크 바흐만에 대해 이렇게 말한 바 있다. 나처럼 그녀도 이미 지옥의 입구를 아주 일찍 발견했고, 너무 이른 나이에 그곳에서 길을 잃을 위험을 무릅쓰고 그 지옥 속으로 걸어들어갔다.

잉에보르크 바흐만은 이른 나이에 그곳에서 길을 잃었는데, 그보다 더 전에 마치 예감이라도 한 것처럼 첼란의 시를 빌려 이렇게 쓴 적이 있다. 내 머리카락은 희어지지 않을 것이다.

어느 날 저녁, 수면제에 취한 그녀는 담배를 끄지 못하고 잠이 들었다.

그리고 며칠 동안 임종의 고통을 겪다가 1973년 10월 17일 로마의 한 병원에서 화상 후유증으로 죽었다.

일곱 명의 여자

그러나 그녀에 대한 우리의 변함없는 사랑과 그녀의 이름은 남았다. 그녀의 모든 작품을 끌어안은, 참으로 아름다운 그 이름은.

잉에보르크 바흐만

일곱 명의 여자

첫판 1쇄 펴낸날 2015년 3월 30일

지은이 | 리디 살베르
옮긴이 | 백선희
펴낸이 | 박남희
편집 | 김지연, 박민영, 박남주

종이 | 화인페이퍼
인쇄 | 청아문화사
제본 | 정민제본

펴낸곳 | (주)뮤진트리
출판등록 | 2007년 11월 28일 제318-2007-000130호
주소 | 서울시 마포구 토정로 135 (상수동) M빌딩
전화 | (02)2676-7117 팩스 | (02)2676-5261
E-mail | geist6@hanmail.net

ⓒ 뮤진트리, 2015

ISBN 978-89-94015-78-1 03860